北岳中国文学年选　《名作欣赏》杂志鼎力推荐

权威遴选　深度点评　中国最好年选

2017年
散文诗选粹

爱斐儿　主编

山西出版传媒集团　北岳文艺出版社
BEIYUE LITERATURE & ART PUBLISHING HOUSE

·大原·

图书在版编目(CIP)数据

2017年散文诗选粹 / 爱斐儿主编. —太原:北岳文艺出版社, 2018.1
ISBN 978-7-5378-5572-3

Ⅰ.①2… Ⅱ.①爱… Ⅲ.①散文诗—诗集—中国当代 Ⅳ.①I227.6

中国版本图书馆CIP数据核字(2018)第003990号

书名: 2017年散文诗选粹	主编:爱斐儿 策划:续小强 王朝军	责任编辑:史晋鸿 书籍设计:张永文

出版发行　山西出版传媒集团·北岳文艺出版社
地　　址　山西省太原市并州南路57号
邮　　编　030012
电　　话　0351-5628696(发行部)
　　　　　0351-5628688(总编室)
　　　　　0351-5628691(产品开发部)
传　　真　0351-5628680
网　　址　http://www.bywy.com
E - mail　bywycbs@163.com
经 销 商　新华书店
印刷装订　山西人民印刷有限责任公司

开　　本　787mm×1092mm　1/16
字　　数　346千字
印　　张　22.5
版　　次　2018年1月第1版
印　　次　2018年1月山西第1次印刷
书　　号　ISBN 978-7-5378-5572-3
定　　价　49.80元

序—散文诗：通往灵性的桥梁

/爱斐儿

伴随着欧洲现代诗歌运动以来，散文诗在中国的大地上引发了一场长达百年的文学革命。从波德莱尔《恶之花》绽放之时，他便拥有了一把反抗工业时代物质主义的利器，他打破了古典诗歌严谨刻板的形式，把诗歌的自由性从它对人们灵性的压抑中解放出来。散文诗对古典诗歌内容和形式上的彻底革除，为诗歌的新生赢得了更大更自由的抒情空间。波德莱尔为什么选择了散文诗而不是现代新诗？评论家西渡曾在《论散文诗》中给出这样的论述："波德莱尔曾在他的散文诗《失落的光环》中给我们留下另一天清晰的线索：'我告诉自己，任何坏事都有它好的一面……现在我可以微服出游，不带任何阶级的行为意识，可以纵情享乐，像常人一样。'这条线索指引我们在这个工具理性横行大工业时代，诗是如何失去灵性的光辉，却在失去了诗的光环之后，意外获得了出入日常生活的自由，并拥有了与常人打交道的能力。在这篇散文诗里，波德莱尔似乎想告诉我们，散文诗是伪装成散文的诗，其目的是以散文的、表面的理性逻辑，引领'散文'的读者于不知不觉中进入诗的领域。'……'为那些已经被工具理性—物质主义现实损害了心灵完整、失去了诗歌感悟力的现代人搭起一座进入诗歌的桥梁。'"

在这个数字化的新时代，科技飞速发展，正在改变着我们的生活环境，也在人类的意识与身体、心理与灵性的问题上颠覆着我们固有的思考模式。这是一个将灵性洞见与科学发现整合起来的时代，这种浪潮已波及每个人的日常生活。散文诗作品，作为一座通往灵性的桥梁，指引人类心灵走向的明灯，同处于这股浪潮中，产生着新的发展与流变。从散文诗的发展史来看，一批杰出的诗人，曾经开创并将散文诗这一文体发扬光大，创作出了标本级的散文诗，比如大家耳熟能详的波德莱尔的《恶之花》、纪伯伦《先知》、泰戈尔的《吉檀迦利》、鲁迅的《野草》等。这些散文诗语言具有难以比拟的弹性美、丰富性和张力，情感含量和美感含量至今仍给人提供着源源不断的滋养和能量。在他们的笔下，散文诗，既不是在散文中点缀一点诗意，也不是在一点诗意中掺水稀释成寡淡的小美文。好的散文诗，一定是能够无限地温暖我们的心灵，能够唤醒我们的灵性，具有鼓励人在严峻环境下也依旧追求爱与光明的力量。纪伯伦曾说过，"心灵是一柄神圣炽燃的蓝色火炬，吞噬干柴，借风壮势，照亮神的面孔"。而灵性是人类超越自身的过程，是经由物质的生命体领悟到精神生命体的存在，在心理性的观念活动中扩大生命操作的时空。灵性在人类的所有创作中一直承担着压舱石的角色和地位，毫无疑问，最好的散文诗也是带领我们去理解和体悟灵性，是通往真理和觉悟的桥梁。

我在编选《散文诗选粹》时，虽然大量的来稿常常带给我审美疲劳。但一些充满灵性的作品出现时，心头总会一亮。当我读到耿林莽老师的《声音》时，突然感觉到与某种厚重的音频产生了心灵共振。坚持就是一种美德，对于耿老这样令人钦敬的前辈来说，只要还在书写散文诗，就说明耿老的灵性探索还在进行，这种精神对我们就是一种莫大的鼓舞。

散文诗大家周庆荣，内省、善意、神秘、预言性是他的散文诗特色，本书所选文本仍沿袭他一贯的硬朗、雄健之美，平易中见深刻，饱满而丰盈的诗意让人豁然开朗，尽享心智愉悦的审美共振。哲学家诗人灵焚的作品，强烈的现代性文体意识是他的显著特点，他始终以求新的姿态打破传统散文诗外在形态的规范，将一种孜孜不倦的创新意识融入散文诗的内在深度建设和范畴求索之中，使他的散文诗别出心裁、独具一格，为当代散文诗写作确立了现代性写作路径和文本典范。

卜寸丹的散文诗，仿佛有一股绵长的"巫风"推动着我们进入她已设定好的迷宫，诗人看似是叙述主体，实则是藏在背后的引路人，她以不露声色的方式娓娓道来，支撑起诗歌全部的抒情层次和内涵；弹性而跳跃的文字，在不经意间给予读者疼痛一击，使人有幡然醒悟之感。来自台湾的诗人王素峰在《一朵粉红》中带给我们一种形式上的冲击力，她只用简单的几个汉字，就把一朵粉红营造成一场铺天盖地般花开烂漫的璀璨效果，这是一种非常可贵的探索。

张作梗、语伞、崔国发、卢静、池凌云、方文竹、转角、喻子涵、弥唱、鲁侠客等诗人的散文诗，在语言层面和内容诠释层面极具现代性。善于使用象征手法，俨然已超越了一般散文诗传统抒情达意的模式，赋予作品哲学艺术层面的思索。能够感受到他们已经具备了一种超越的能量，就像巫师那样，深入地探索自己的潜意识、无意识，并从那里找到具有普遍性的人性运作原理和后人本主义的超越体验。

还有一些诗人非常偏爱乃至于信仰自然的力量，如北野、贝里珍珠、李明月、扎西才让、阿洛夫基、诺布朗杰、朵而、敬笃、蓝狐等，他们的诗中弥漫着宗教气质与情感表述的神秘色彩。因为信仰，让诗人们站在另外一个角度来看生活：进入生活的"里面"而非表象，站在生活的高处而非陷在红尘浊浪中。他们的散文诗铿锵有力，能穿透我们内在与外在的麻木，直抵素朴敏感的内核。在那里我们看到自己在生活中被压抑过的种种感觉，它们也许不那么让人觉得舒服，却是恢复我们生命完整性的重要部分。正像卡夫卡所说："我想，我们应该只读那些咬伤我们、刺痛我们的书。所谓书，必须是砍向我们内心冰封的大海的斧头。"

还有部分诗人，如萧风、王幅明、陈劲松、王猛仁、郝子奇、陈计会、小睫、李岩、布木布泰、晓弦、李少恩等，在散文诗园地深广耕耘，有着自己深刻而独特的体认，读后会结合自身体验与之产生共鸣。还有一群朝气蓬勃的年轻诗人，如司念、霜扣儿、蓝格子、霍楠楠、麦子、马东旭、杨剑文、淹月、田字格、爱松、张元等，正雨后春笋般成长起来，他们擅长使用混合的意象，用散文诗的形式表达自己对真理的直觉感受，借助非常的想象力表达自己洞察事物的敏锐眼光，进而运用这种视角优化自身的生存空间，以灵性的激活实现个人在各种关系中的最佳平衡状态。

另外值得一提的是近几年的散文诗写作中还出现了一些令人瞩目的现象，那就是很多非常成熟优秀的诗人，也开始散文诗文体的实验和探索、如黄亚洲、西川、王家新、谢克强、龚学敏、树才、侯马、大解（他们的作品分别收录在2015、2016年的《散文诗选粹》中）、娜仁琪琪格、三色堇、安琪等，他们拥有成熟的诗歌写作经历，而散文诗很好地匹配了他们长期的实践、思考。这充分体现出一个好诗人，既能驾驭无形的事物，更能够捕获那些超越人类知识极限的真理端倪，并能立刻理解它们，通过自己的静观冥想，能够从宿命中找到必然和偶然，在红尘中走向觉悟。

最后我要隆重感谢蒋登科、孙晓娅、罗小凤、范恪劼教授提供的非常专业的评论支持！也非常感谢今年参与此书"评鉴与感悟"的诸位年轻的诗歌研究者，这群青年评论者敏锐而独到的见解，成为今年散文诗选粹的一大亮点。众筹的是生命，汇聚的是心灵，对每位散文诗作者来说，无论赞扬还是批评，都是对这一文体成长壮大施予的阳光和养料。更要感谢热情投稿《散文诗选粹》的各位诗人，是你们的才华和智慧，汇成了这一年一度的散文诗盛宴。通过这些散文诗，让我们感受到原来我们并未感受到、却在阅读之后才被唤醒的那份知觉，那份对生命的热爱和感悟，那份因灵性的激活而可能抵达的精神彼岸。

2017年10月1日

目 录

没有名字的村庄

/阿洛夫基

　　秋风渐凉的黄昏，看不见村庄的左边，风中赶羊的姐，雨中背水的妹。看得见村庄的右边，一头牛在四处寻找自己的主人，感觉有些慌张。一只鸟从远处飞落在电线上，稍稍松了一口气。

　　毕摩的经语依然在风中飘散。

　　"一粒汗水，能喂养一个村庄。一滴泪水，能淹没一个心灵。"

　　"只要不停地挖，总会挖出大地之心。"

　　秋风再次吹起来，我听见村子的骨头和老人的骨头，一起吱吱作响。回来走亲戚的人说，宁可饿死在城里的某条街上。

　　那么，亲爱的朋友啊，是否可以都不放牧了，是否都可以不种地了。

　　那么，过了今夜，我们村庄的人能否一同出发？

《星星·散文诗》2017年第1期

作者 ——

阿洛夫基，彝族，1968年生于四川马边县。在《人民日报》《民族文学》《星星》《散文》等50余种报刊发表散文诗、诗歌六百余首。出版有《黑土背上的阳光》《没有名字的村庄》《月亮上的童话》《情满凉山》《阿洛可斯夫基散文诗选》等多部诗集。

评鉴与感悟 ——

阿洛夫基这首诗是悲怆的，悲怆而萧索。在遥远的动物活跃、植物生长、毕摩念经的无名村庄里，辗转入眠中看到的是彝族自古以来的生活方式被现代化，母语的流失，人口大规模迁移，生活习惯的变化……剩下的就只有怀念。而所有的这些怀念只能在毕摩的经书里去回味去想象祖先的历史。

作者以一句彝族古老的毕摩经的经语为核心，点出现代化给彝族带来了不可避免的文化流失，让今天被大家逐步忘却的一点点地被割离出来的民族情感又清晰起来，但也让人感受到更多的苍凉与无奈。毕摩经的经语在飘散，村里的老人也已经不复存在，没有名字的村庄在沉默，却平静而深沉，但族人对于大地的赤子之心是永存的。

诗歌写得很有现场感和空间感，失去精神家园的彝族同胞过着越来越现代化的生活，或许只有梦回故园，才能得到心灵的救赎。（曾子芙）

海书(选章)

/阿西

2011年的冬天很多人罹患心肺病。毒素源自不明气体。

渡琼州海峡的人,在海口喝下登岛的第一杯酒。有人选择先砍饮一个椰子。

酒和椰汁是一样的,都令人心醉。其实,即使是喝了南海的风也会醉的。

登岛的人醉了,会光着脚踩在细沙上,踩在鹅卵石上,模拟海鸥的节奏,模拟一种水生的姿势。南海广袤的阳光让人心热,让人随时想放手入海。或许是逼仄太久,人们渴望在南海释放尚未耗尽的激情。

春节前的海面交叠着北部湾的阴云,人们在少许的冷空气中发现一艘沉船,便在树下谈论起一次海难。南海有时也会怒吼,曾经发生过怒吼。

在南海,我们小声说话,不惊扰游鱼和海燕;我们爱着南海,每一秒都心生敬意。

如果起雾,一条条船就锚在码头上,我们在雾中触摸这座绿岛,在旅人蕉下发现泉水。

我从那年的冬天开始为几个词工作，一直持续到现在。我用海水腌制黑体的字，周而复始，甚至有些枯燥。洗掉所有的赞美之后，岁月的躯体方可康健。

其他人变得可爱起来，柔软如面包树，如傍晚的椰风。我竟然写下大量的诗，写下无数关于大海没头没尾的诗。其实不是什么诗，而是自己半生中的已然流失的本真。

目光突然辽阔，用每一滴海水把自己放大N倍，
并向每棵树每株草打开心扉——我的思想也富有了弹力。

《诗潮》2017年8月号

作者 —— 阿西，黑龙江省人，曾在一些杂志发表过诗歌和诗歌评论，有作品入选一些年刊选本，少量文字在海外发表，获过几个诗歌奖项。在学校、法院、报社工作过，也去过俄罗斯闯荡和广州打工。现居北京。

评鉴与感悟 —— 正如阿西在《海书》选章中所书写的那样："酒和椰汁是一样的，都令人心醉。"而读罢这些可爱的文字，也让人忍不住尽兴而醉。《海书》选章字里行间所袒露出的亲切和真情，就像一汪甘洌的泉水，一杯浸润着南海椰风的美酒，一串用浪花拍打出的音符。

在《海书》选章中，阿西紧紧围绕南海的生活创设了丰富的情境，这些情境暗含逻辑，详细记录了他在南海所观察到的事物。冬天，许多人渡过琼州海峡来到南海度假、疗养，美丽富饶的南海很快就使游人沉醉，以至于他们卸下了生活的重担，忘掉了束缚，回归了天性。随着时间的流逝，人们发现大海也会怒吼，他们发现了一艘沉船，那是关于一场海难。对南海的了解越深，人们对于大海的情感也更复杂，不仅有爱，还有敬意。这篇散文诗同时也描写出了作者的心境变

化。写作的艰难，让他的内心变得枯燥无聊，他决心洗去所有的赞美，从而书写了本真，也回归了本真。在向南海袒露内心的同时，他的"思想也富有了弹力"。

海书，是阿西关于海的书写，是南海生活情境的再现，也是阿西的真情化为文字的表现。阿西的散文诗似乎也在告诉我们，当迷失自我的时候，拥抱大海，回归自然，是找寻本真和自我的一种方式。（杨黎）

渡

——读柴小刚同名油画

/爱斐儿

一切都是心像。

世界被我们自己的心塑造出来。

正像你用深不见底的孤独，染黑你身处的时间之河。

你可以看到并不遥远的彼岸，你也可以听到希望的号角，正在迷雾般的远方吹响。

只是，一块嶙峋的怪石为何突兀出现？

就像你不得不面对的许多意想不到的时刻，时不时地横亘在你的面前，即使你拥有翅膀，也必须赤脚一步步走过。

好在，每个灵魂，注定会遇见同船共渡的另一个，为你提着灯，身负渡你的使命，面对飘零这唯一的归宿，无论拥有什么样的错误与美德，要么互相救赎，要么一起沉沦。

只是，两个不同的灵魂，怎样放弃外缘，才会被全心全意的爱意贯通？

才会为漂泊的心注入勇气和能量，涉过这黑暗的孤独？

那船为何鲜红如同旗帜？

如果命运是一条孤独的河流，而你又必须面对随时可能出现的困境，请你一定留意倾听，那些被你忽略的时刻，也许正是你灵魂的摆渡人，向你传授获得救赎的密码："慈悲的力量广大无边。"

《诗潮》2017年第11期封底

作者

爱斐儿，本名王慧琴，曾用笔名王小雪，祖籍河南许昌，从医多年，文学写作以诗歌和散文诗为主，中国作家协会会员。部分作品先后被翻译成英、日、法等文字。出版散文诗集《非处方用药》《废墟上的抒情》《倒影》。曾获 "中国首届屈原诗歌奖银奖" "第八届散文诗大奖" 等多种奖项。

评鉴与感悟

"如果命运是一条孤独的河流"，人生就是一次注定的单向启航。彼岸若在，渡船若行，海天空阔，迷雾时来，谁提灯渡你，谁离苦得乐，谁迷航漂泊？苦海无边，"一切都是心像"，唯破迷才开悟、觉者生慈悲、妙觉而得渡。如是，航者亦是渡者，渡人亦在渡己，得渡与否，全在能否"为漂泊的心注入勇气和能量"。无上菩提只有一个——"慈悲的力量广大无边"。慈悲，梵语也。慈乃予以他者利益与幸福；悲乃同感他者苦难怜悯心生并拔除其苦。慈悲的根基是爱而怜悯。

作者睹画而感，缘笔而叙，借佛典禅语而探骊得珠，融喻世真言而振聋发聩。将事理推演上的穷尽其相与哲理逻辑上的深究其义植入于形象刻画和景象造设之中，形成境语，格外惕心。而行文中的跌宕起伏，不惟有参差错落之韵调，亦有转折顿挫的骨感。"两个不同的灵魂，怎样放弃外缘，才会被全心全意的爱意贯通？"的凌厉设问，将身在渡中者逼回无可退避的拷问台上，直面一己的无明与自性，棒喝风生；而"请你一定留意倾听，那些被你忽略的时刻，也许正是你灵魂的摆渡人"的温言细语，又仿佛妙音贯耳，春风化人。至此，茫茫心海之上，漫漫渡船之旅，慈悲恰如菩提，倒驾慈航，人人可得救渡——只要你破解并尊崇"救赎的密码"。（范恪劼）

红堡练习曲(节选)

/爱松

1

他抱着吉他，窗前飞过小鸟。

轻盈的痕迹划疼，厚厚的老茧。里面的迷宫迂回曲折，藏在琴箱中。

许多把钥匙在手指间，晃动。他不确定该用哪一把。

这坚硬的琴弦，越来越紧。他想起一张脸，整晚的月光照耀着的、红色的锁。

他伸出手，但仍然不确定，该对准什么部位。

2

双手是父母遗传给他，最骄傲的一部分。

他用它不停地弹奏，不停地挑拨着路人，脆弱的神经。

宫殿的结构令人眩晕。他一直在寻找一条捷径，在手心秘密的纹路里，生长着巨大的圆柱。他期待已久的答案，就在这里。

这个圆形的谜团，来自少女圆圆的脸。那是母亲在多年以前，被人亲昵呼唤着的乳名。

3

母亲好几次走近。他毫无察觉，他在艰难地攀登着阶梯。

宫殿的大门关闭着某种，异样的温暖，那是在子宫中，才可以体验到的美妙。

母亲常常对他微微一笑，这狭小的空间中，他不停地动。

他开始怀疑，出生对于一个音符，是真正存活的存活；而出生对于自己，终究是死亡的伊始。

他开始害怕世界，真正喜欢上了，音符活生生的气息。

4

某几日，他对练习突然，厌倦起来。他觉得练习是某种程度上，混乱的触摸。

他爱上了一个人！

他担心之后，要发生的一些事情。

他害怕两个赤裸裸的身体，彼此纠缠不清，就像丧失距离的音符，一不小心，就会被胀破。

5

坚持了多年，练习越来越多，身边的人却，越来越少。他品味着孤独，另一番真实的含义：

"宏伟的宫殿，只有靠这点孤独，才能进入。"

他惊喜于他的理解和发现。他奋力推开，坚持的大门，宛如推动自己，沉重的影子。

《散文诗》2017年第12期

作者

爱松，本名段爱松，云南昆明晋宁人，中国作家协会会员。在《新华文摘》《人民文学》《诗刊》《星星》《散文诗》等发表作品，出版诗集《巫辞》《弦上月光》《在漫长的旅途中》等。入选参加过《中华诗词》第7届青春诗会、《人民文学》首届新浪潮诗歌笔会、《诗刊》第30届青春诗会、《散文诗》第17届全国散文诗笔会。曾获《安徽文学》年度小说奖等。

评鉴与感悟

爱松善于用意象来对话，正如该组散文诗中反复出现的意象"手指""琴弦""宫殿""音符"，两相呼应。象征主义的手法贯穿全诗，我们看不到晦涩难懂的字词，而是常见的物象，两种物象的组合，产生了陌生化的效果，如"手心的纹路""少女的圆脸""赤裸纠缠的身体""丧失距离的音符"等，诗人巧妙地用隐喻来揭示内心的苦闷与挣扎。

诗歌的意象混合了宇宙的神秘，如"攀登的阶梯""宏伟的宫殿"，不仅有主观的意念，也写出了客观的某种孤寂，只有靠这点"孤独"才能进入"宫殿"。诗人的笔调是浪漫的，一心练习曲子，"练习是一种混乱的触摸"，也夹杂着一丝嘲讽和苦涩，有一种穿透生活、学习、历史和文化的理性主义，他害怕世界，在狭小的空间中来回走动。这是他的理想，也是他灵魂安放的空间。

点题的意象"红堡"是母亲的子宫，子宫用温暖的血肉保护她的子民，子宫的世界是诗人向往所在，诗人与外在主动隔绝，用内心的世界来升华今后的人生，诗人完成了自我的超越。这样的奇异暗示让整组诗歌灵动和飞跃起来。与其说这是一组散文诗，不如说这是一首空灵跳动的吉他曲。

爱松的散文诗具有分行诗的多变和隐喻性，又具有散文的凝练叙述性，诗歌的思想简单深邃，形式又纷繁不一，仿佛一棵树开出了千万朵颜色不同的鲜花。（司念）

在大青沟

/安琪

在大青沟遇见水曲柳，它不像一棵树而像一捆生锈的绳子。

在大青沟遇见黄菠萝，它有深深的眼睛这眼睛阴湿而没有眼睑。

在大青沟遇见紫椴，紫椴与紫椴之间巨大的蛛网静静等待世界自投。

在大青沟遇见白皮柳，蒙古格格塔娜说它的树皮可以食用我小声询问这得腌制吧。

在大青沟遇见黄榆，老榆树老榆树你是愿意在此枯死还是随我到京城当一把椅子。

在大青沟遇见金银花，它们啪嗒啪嗒迎着风张开翅膀每一朵花心都住着一个小魂。

在大青沟遇见北五味子，它要我说出哪五味我答金木水火土它回我以大拇指。

在大青沟遇见东北天南星，此星非彼星，此星为草本植物，叶片呈鸟趾状全裂，可入药在大青沟遇见桃叶卫，亲爱的别来无恙，槛内人来此拜会槛外人，很快复要回归红尘……

《科尔沁文艺》2017年第4期

作者

安琪，本名黄江嫔。新世纪十佳青年女诗人。先后获得第四届柔刚诗歌奖、首届阮章竞诗歌奖和中国首届长诗奖。诗作入选《中国当代文学专题教程》《中国新诗百年大典》《百年中国长诗经典》《亚洲当代诗人11家》（韩国）及各种年度选本等。合作主编有《第三说》《中间代诗全集》《北漂诗篇》。出版有诗集《你无法模仿我的生活》《极地之境》《美学诊所》等。2015年8月开始尝试钢笔画，有作品被文学刊物选作插图。现居北京。

评鉴与感悟

大青沟是内蒙古著名的阔叶林自然保护区，其中丰富而珍贵的水曲柳、黄菠萝、紫椴等树种以及北五味子、东北天南星等稀有药材大片分布于林间。诗人显然是熟知这些，便以大青沟的珍奇物种为引，展现自我的荒诞诗意；虽是咏物，但字里行间无不流露着诗人对生命的困惑和思考。也许是她长期坚守于"中间代"概念的表达，在其笔下，我们似乎总能通过一些具体物象发现抒情主体传递出的"化蝶"之变，比如这之中的"水曲柳""五味子""老榆树"等等。诗人将这些植物赋予其感性色彩，以形象诙谐的比喻、亲切大胆的拟人融入自我的生命体验，借助客体各自的特点、用途，展开对社会存在、人性矛盾的精神思索，从而使诗歌整体摆脱了观念性写作的束缚，上升到一个融会贯通的新高度。看得出来，诗人并不崇尚对诗歌进行唯美、感伤的悲观化处理，而是将其推向真正的"现代化"，表现"荒诞"与"怪异"。她以略带嘲弄、玩笑的对话形式，展开对荒诞内部的细节描绘，同时也尽力保持其惯有的幽默风格，创造出令人愕然而极具本色的另类诗篇。（刘婧）

石相

/白炳安

有时看马如看人，看人如观石。

"路遥知马力，日久见人心"。世上的马很多，能有一匹适合自骑，常伴你在河边饮水，足矣！

人间石相太多，难以共识。

不与石相处，或接触，谁知何石是何品相？

一生受时光浸淫的影响，溪底石最起眼：圆滑、光洁。

流水经过，随流水叮咚而歌，不甘水中寂寞。

榕树下的怪石，被树根穿孔，流露一截起皱的曲折经历，

很沧桑，终生无用。

最不起眼的石头，三尖八角，风吹，也不见动一下，

只会绊脚，划伤皮肤，被弃路边。

还有一种石，受尽切割之苦，流放公园，做凳椅，被坐，遭污。

吞尽所有的露水，仍然是哑口，只有阳光下阴影深处的孤独，才是它的私语。

最受用的石头来自著名的地方，按品相而论：

一品。少见，可供雕砚。

在砚学里经巧手的修辞，从默默无闻，走向高贵。

天下皆知！

天使开口：当石确认为玉，绝品的称号成为永远的桂冠。戴到王的头上。

玉，稀少，被人如获至宝。

宝玉，一直被达官显贵掌控，养在深宅，不露一点色香。

太像某类美女了！

有一块普通的石，为刀而生，为刀而赴死，将自己的一生奉献。

尽管缺了一角，不完美中，供一把刀磨来磨去，磨损了自己的身心，

但把刀越磨越锃亮，越磨越锋利。

《诗歌周刊》2017年8月19日，总第273期

作者 ——

白炳安，系中外散文诗学会理事、广东作家协会会员、肇庆市作协副秘书长。已在《诗选刊》《诗潮》《诗歌月刊》《星星·散文诗》等发表作品。有作品入选《中国年度散文诗》《中国散文诗精选》《中国散文诗年选》《大诗歌》。著有散文诗集《诗意肇庆》《与众不同》多部。

评鉴与感悟 ——

《石相》一诗的突出之处在于对"石"之意象的运用，以"石相"喻"人相"，寥寥数语，道尽了诗人的人生态度和智慧。诗歌第一节将看马、看人、观石加以对比分析，意在表明三者的相似性和复杂性，其"品相"的知晓都需要历经时间的考核和亲身的相处。第二节写品相较差之石，以四类石头隐喻四种人生常态，除溪底石不甘寂寞外，榕树下怪石、三尖八角、切割之石无不沧桑孤独、历经曲折。第三节写品相较好的石头，与第二节形成鲜明的对比，但品相较好的石头也

有不同的际遇：一品的石头用以雕砚，就像那些"是金子总会发光"的人，终归会被欣赏，由默默无闻到高贵盛名，而另一种石头——宝玉，"太像某类美女了"，诗人以此讽刺了那些华而不实、趋炎附势的女人。诗歌最后一节，诗人表明了自己最欣赏的石头类型——磨刀石，普通平凡，却为"刀"始终如一地磨损自己，以象征的手法，赞美了像磨刀石一样坚守职责，无私奉献之人。（罗萱）

一生啊,怎么可以这样短?

/北野

一生啊,怎么可以这样短?

月亮又大又亮,像恒河边上的灯盏。在草原上相见的人,直接面对的就是死亡。夜里悄悄来到玛尼堆,你见到的蝴蝶,是多少人凋谢的花瓣。

藏进谷底的湖水,已经忘记了我的身体,现在我需要你浮出水面与我相见,用你神奇的山冈和深渊。

巨大的风车被推动,只有天空的手才能做到,正像万山红遍,倾注了大地疯狂的热情。草木、枫叶、含着泥沙的嘴,反倒是安静的,它们什么也不说,只有烧红的夕阳,凝视着它们安静的脸。

一生啊,怎么可以这样短?

繁花在飞。从滦河源头刮过界河的暴雨,让暮色和野果子一下子熟透。外省也是短暂的。外省被异乡的光蒙住。剩下河岸边的那只小羊,它孤零零走回草丛。

我草木里的神啊,拉住它的耳朵吧,让它自己找到家,像天空收回了孤独的光。

《散文诗》2017年第5期

作者

北野，当代诗人，生于承德木兰围场，满族，20世纪80年代在《人民文学》《诗刊》《青年文学》《民族文学》《十月》《中国作家》《大家》《散文》等发表诗歌、散文、随笔等作品，出版诗集《普通的幸福》《读唇术》《分身术》《燕山上》《上兰笔记》《我的北国》等多部，获得"孙犁文学奖""中国当代诗人奖""河北诗人奖"等各类文学奖数十次，作品入选各类选本并被译为法、德、日、英、俄等文字。现居承德。

评鉴与感悟

诗人起笔便是一句颇有沧桑感的反问，使整个散文诗的基调庄重而肃穆。"玛尼堆""花瓣"与之前的死亡相呼应，以恒河为引，更增添了诗歌的宗教性气质与情感表述的神秘色彩。看得出来，诗人非常偏爱甚至可以说是信仰自然的力量，他渴望看到"神奇的山冈和深渊"，渴望看到主宰自然的神谕，"你"的象征意在这里突然变得清晰。也许是诗人与生俱来的满族血统，其诗歌意象也带着一股草原的壮美与辽阔，"风车""草木""泥沙""夕阳"，诗人在绝美而沉寂的景致里，又再一次发出对人生无常的感慨："一生啊，怎么可以这样短?"是中年回顾人生的愤慨，还是突遭变故的感伤，抑或是诗人自我立于天地之间苍茫一粟的智性思考，我们不得而知。可是，从之后的"繁花在飞""外省异乡"，似是读出了些流离在外的愁苦与孤寂。诗人始终与读者之间保持着一种心灵距离，可又并非像有意为之，将诗引入神秘；而是他偏偏看到了现代人物质与表象背后的阴影，试图将其表达出来，进而造成了理解上的对立。从最后一段来看，诗人却愿意保持这种"幽灵"般的气质，愿意在诗中逐渐还原自己，找到内心真正的寄托与归宿。（刘婧）

万物生

/贝里珍珠

夜空浩渺，将一种自然之"道"，蕴藉，彰显。

这是一股无法抵抗的神秘力量，存在于无形，将尘世与苍穹联通。那迅速落往大地的雨露、种子、恩慈……迅速长成人间的模样。

大地还以万物生。

山川、河流，城市、乡村，植物、人类的身躯，都在同一时刻迸发出独有的气韵，将生长裸呈在太阳中心，即使消隐也无法遮蔽这瞬息的美妙，在生长里消逝，在消逝里生长。

神说："不要恐惧死亡，死亡既是永生！"

听，用心倾听，万物生长的声音，正是天与地合奏的交响乐：松涛滚滚、浪花汹涌、蝴蝶振翅、植物拔节和人类呼吸的声音……

这是生命的礼赞，这也是生命的蓬勃。

烟雨蒙蒙，姹紫嫣红，万物深处诠释着生命的力量——永恒！

小即是大。

一粒种子、一泓水源、一簇星火、一声婴啼，都在传递这人间的生命，大自然延伸向远方的生息。

万物生。

《散文诗》2017年第5期

作者

贝里珍珠，70后，居北京。作品散见《青年文学》《诗潮》《诗歌月刊》《散文诗世界》《散文诗》等刊物，曾获2014年度星星·中国散文诗大奖。出版散文诗集《吻火的人》。

评鉴与感悟

散文诗将诗的抒情与散文的叙事相结合，使得包含的内容更加丰富，情感体验更加细腻。贝里珍珠的这首《万物生》分为万物生长之迅速、生与死的矛盾转换、生命力量的永恒以及生命的由小成大四个方面，关涉范围广泛。看似各个方面没有关联，独成体系，但内在的思想情感都在于对生命的礼赞，关注的是生命存在的普遍意义。

这首诗描写的意象是"生命"，以万物生为题，关照自然界的一切事物。生的力量存在于无形，开篇有关于此的描写富有诗的意味，引发读者关于"生命之道"的兴趣，留足了想象的空间。从第四句开始关于生与死的讨论，诗人说"在生长里消逝，在消逝里生长"语言通俗易懂，其中蕴含的道理与生物圈的循环息息相关，个体形态的消亡不能代表生命的终结，只有在不断地循环转换中才能得到生命永恒的力量。诗人所关照的生命，属于"一粒种子、一泓水源、一簇星火、一声婴啼"，将生命具象化，可以看，可以听、可以想象，不至流于空洞，从细微处着笔，寓深奥于浅显。

这首诗歌涉及有关生命的宏大话题，从细节着笔，将生命给予具象，留给读者丰富的想象空间。但总体而言，诗歌内容之间的次序稍显混乱，读起来有错综复杂之感。（闫立娟）

幻象：我镜中的斑斓之虎

卜寸丹

"我喜欢磨砂玻璃。"

"是的，父亲叫它毛玻璃。诗人则更喜欢叫它暗花玻璃。"

"我喜欢它的隐蔽性。它的粗糙。"

"它漫反射的光柔和、恬静。它是通透的，又是模糊的，你永远无法看清楚里面的一切。"

"哦，是的，这一切难道不正是我们所期待的？"

"譬如，你不知道眼前那个房间是不是空的。里面都有些什么。一个男人或女人刚刚离开，他们拥有什么，烟斗，蕾丝花边的衣饰，婴儿最初的啼声，爱的荣光、屈辱、罪孽。"

"它本是一块普通的玻璃。我们使尽办法将它变形：用机械喷砂、用手工研磨，或用氢氟酸溶蚀……"

"我们觉得这种变化是当然而然的。比如装着磨砂玻璃的卫浴是恰到好处的。比如一个磨砂玻璃做成的瓶子，装花、装酒都是极养眼的。我们不会因为对事物的改变而感到畏惧和羞愧。"

"所以，想法、想象的滋生有时是可怕的。谁又能选准自己所属的命运的缰绳？"

"诱惑我吧！"

"我忽然感到疲倦了。"

"用另一种方式吧。我们有时需要裸露自己,有时却需要将自己遮蔽起来。"

那天,我们从一个光滑的表面,看到了自己清晰的面影。

"镜子!"你尖叫。

你保留尚存的元气。斑斓之虎一闪而过。

《诗潮》2017年6月号

作者 —— 卜寸丹,70后,居益阳。

评鉴与感悟 —— 整体读来,这首诗呈现给我们的正如其题目所言,似是种幻象。诗人以对话形式贯穿整个叙述,透过"磨砂玻璃"的种种特点和视角,表现对自我生存状态以及社会现象的把握和思考。在其诗中,总觉有股绵长的"巫风"推动着我们进入她已设定好的迷宫,诗人看似是叙述主体,实则是藏在背后的引路人,她以不露声色的方式娓娓道来,支撑起诗歌全部的抒情层次和内涵;弹性而跳跃的文字,在不经意间给予读者疼痛一击,使人有幡然醒悟之感。

起初,诗人以磨砂玻璃的特点意欲透视出个体在社会掩藏之下的种种幻象,譬如"装着磨砂玻璃的卫浴""用磨砂玻璃做成的花瓶"等等,它们是如此模糊而神秘,象征着人性社会一些不可言说的丑恶和羞愧。而之后,叙述主体突然"从一个光滑的表面经过",看到了自己清晰的镜像,也是象征着自我存在的真实状态。兼具"烟火味与陌生化"的表达,使其文字具有了独特的识别性和艺术气息,诗人以看似从容镇定的口吻,实则表达着对灵魂信仰的热切追逐。诗中所流露的见解与情感,是诗人在俗世的起伏和颠簸中一直坚守的品质,同时也展现出她作为女性极敏锐的洞察力和内心波澜。诗人的文字就像是面镜子一样,哪怕已被打碎重组,却依然可以反射出她高贵的气质;好似包裹着无穷无尽的风暴,慢慢走向灵魂深处。(刘婧)

就当我们只是偶尔来过人间

/布木布泰

无所谓过客，我们都是在路上追赶影子的人。

太阳有时在前面，有时在后面。

方向，不过是一种参照物，无须仔细辨认。

很多时候，不知自己身处何地，也或者不想知道正确的答案，或者自己究竟是谁？

反正，会有人一一证明什么是正确的，所以，结果并不那么重要。

有的人走在路上，生怕踩着一只蚂蚁，而蚂蚁却可以随心所欲地到任何地方去逍遥。

它们有时躲避火，或者水，或者雷电。却从来不躲避食物。

一群蚂蚁抬着一块面包渣，就像一群人挤在海市蜃楼一样，活像抢到人间的宝藏那样心满意足。

或许有一天，我们会同蚂蚁不宣而战，蚂蚁变得不食人间烟火，在地狱里的我们与魔鬼握手言欢。

这是一场喜剧的两种结局，人间再没有了战争和霸权……

好吧，就当我们只是偶尔来过人间，留下名字和亲人，以及没有悲伤的死亡。

《云朵屋》内蒙古人民出版社2017版

作者 —— 布木布泰，原名张玉磬。3月4日降生于科尔沁草原，蒙古族血统，诗人，剧作家。内蒙古文艺评论家协会会员。作品散见于各类杂志及诗歌选本。"科尔沁诗人节"发起人。著有诗集《经过一只鱼的海……》《云朵屋》，电影剧本《勋章》，儿童音乐剧《蓝星星的秘密》。

评鉴与感悟 ——

人生啊，就是随意而开阔的，这个世界的争吵是无所谓的，如何行走在这个世界也是无所谓是，开始不重要，结果不重要，重要的是我们来过这人间。这是一首自由的诗篇，自由而又生机勃勃，以人和蚂蚁的生存现场进行换位的对比性表现，闪现着狡黠的光芒。诗篇里通过寥寥几笔在人间行走的描述，呈现出了一派疏朗、恣肆、平和的诗文世界，又通过在细致观察基础上对"蚂蚁行走和搬食"的描写和暗喻，隐隐透露出作者自己的哲学思考，对生命的价值发出深层的追问。

生存，在作者笔下被糅合及类比成了一个松散随性的自由整体，生而为人，却如蝼蚁，人类在广阔的时空变迁生活着，人类产生的种种焦虑，在"蝼蚁"的映衬下而变得不值一提。我们都只不过是追赶着这个时代而行走的渺小存在。最后在结尾处点出，存在于人世间的种种矛盾，在人间存活不具有光荣和理想，探索生命意义的内在于对现实的阐释。（曾子芙）

下午三点钟的纬二路

/曹立光

汽车引擎轰响，突突的声音如同刚刚飞过头顶的那只黑乌鸦扔下来的排泄物。

车来车往的街道，白色塑料袋吐着长舌头，游荡在车轮之间，像夹尾巴的丧家犬。

被抛出车窗外的矿泉水瓶，它翻滚着不喊疼，它还想站起身来给世界一个沾满尘土的笑脸。

120呼啸着绝尘而去。

商店的门永远敞开，买货的人还没有来。

手捧鲜花走出蛋糕店的那个男人，他脸上有青春的痘在生长，有奶油的憧憬在荡漾。

瓦工、改水、改电、电镐、钻眼、砸墙……站大岗的任师傅把他的新名片塞进我手中，羞涩的阳光，花白的头发。

《诗潮》2017年第1期

作者

曹立光，1977年，笔名荒原狼。黑龙江省作协签约作家。中国作家协会会员，鲁迅文学院29届高研班学员。2013年参加第七届全国青创会。2015年参加全国散文诗笔会。2016年参加《诗刊》32届青春诗会。著有诗集《北纬47°》《山葡萄熟了》。有作品散见国内一百多家文学刊物。有作品收入六十多种诗歌选本。曾荣获国家级省部级征文奖八十余次。

评鉴与感悟

生活真实，一直是文学意欲抵达的高标所至，亦是艺术真实的基础所在，正如车尔尼雪夫斯基所说："再现生活是艺术一般性格的特点，是它的本质。"问题是，生活仅仅是市井中某个点钟的某条路，你在或者不在、聚焦或者虚焦、看见或者漠视则完全成了另一种显影。曹立光的难能可贵，在于立足市井目光平视人立光照，将一个物质过剩元气透支喧嚣漫天污染铺地的时代立体于良知的天平，动漫于阅读的神经；在于嘈乱的前景并未压住心中的光亮而将焦点留给了"手捧鲜花走出蛋糕店的那个男人"和"羞涩的阳光，花白的头发"笼罩着的"站大岗的任师傅"。生活裸露的街头，命运拐弯的马路，面对众生纷披的尖利与卷折、斑斓与锈痕，曹立光有着勘悟万物凌驾其上的全景摄入，更有着血性奔突闭唇缄默的立此存照。最终，这种冷观后的心跳和目击后的温润，不惟被那个"被抛出车窗外的矿泉水瓶，它翻滚着不喊疼，它还想站起身来给世界一个沾满尘土的笑脸"的赋予人格所嘹亮，亦被任师傅朝着生活围墙一下子派出"瓦工、改水、改电、电镐、钻眼、砸墙……"的雄心所激烈。（范恪劼）

命中注定我绕不开这一条路

/朝颜

命中注定我绕不开这一条路。

其实我早该知道这条路上布满了荆棘、充斥了危险，但在路的那头，娇艳的花朵以及鲜美的果实还是不容置疑地诱惑了我的双眸。

在禾苗青青的季节，我踏上了这条路。我是一个手无寸铁的孤独的行者，我以为有足够的勇气和坚强就够了。

事实上，一路上伴我同行的只有谎言。我啜饮着谎言里的甜蜜麻醉了自己的神经，靠着虚幻的意念支撑自己走了一程又一程。直到我的双手已无力抵御重重的困苦，直到荆棘和谎言将我刺得遍体鳞伤。

这样的夏日比冬天还要寒冷，路旁的枝叶提前枯萎。我咀嚼着枯干的枝叶跨过灵魂的梦境，穿越冷冷的朔风，蜷缩在茫然的目光中。

我本该伫立在远方，静静地剥离冥冥之中的牵引，过一份恬静祥和的生活。但我还是踏上了这条路，一条没有归途的路。

莫非在这个流言迅速传播的年代，真情付出只能换来一声叹息，一份伤害？

莫非我鲜血淋漓的伤口已不能刺痛你的双眸？

莫非这生命的缝隙里隐藏的思念已成为最后一个夏季永恒的记忆？

走到今天，我才虚弱地发现，那牵引了我的目光的烂漫之花，原是一丛罂粟。我伸出素净的手，毫不犹豫地吞下你藏好的毒。我无力的双手已托不起一片白羽般美丽轻浮的谎言，我知道我的生命将在这条路上走到尽头。

你像一只飞舞的蝶，歇落了一个花园的承诺。我要说的是，没有一朵花儿将成为你永久停靠的彼岸。

贪婪就这样残忍地亵渎了爱恋的纯真。如果有来生，我愿自己做一只傻傻的飞蛾，在光明的欺骗里甜蜜地死去。今生里我不知道，为什么做到一个"傻"字也千难万难。

我的心是玻璃做的，碎了一路的透明。这条路走不到尽头，只留下一摊血的殷红！

《星星·散文诗》2017年第6期

作者

朝颜，原名钟秀华，1980年7月出生，瑞金市作协副主席，中国作家协会会员，鲁迅文学院第29届高研班学员，参加第16届全国散文诗笔会。作品见《人民文学》《诗刊》《散文》《青年文学》《文艺报》等刊，发表作品近百万字。获《民族文学》年度散文奖、井冈山文学奖、《人民文学》《诗刊》《星星》杂志社全国征文奖、全国"山哈杯"文学创作大赛佳作奖等多种奖项，作品多次被《散文选刊》选载，入选《中国诗歌排行榜》《中国随笔精选》《中国年度散文》《中国散文诗人》《中国校园文学年度佳作》《散文江西》等多种选本。出版有散文集《天空下的麦菜岭》。

评鉴与感悟

凄婉、哀怨，是这首散文诗给予醒目的阅读体验。其中"你像一只飞舞的蝶，歇落了一个花园的承诺。我要说的是，没有一朵花儿将成为你永久停靠的彼岸"是通篇理解的核心，它让一段情感悲剧鲜活地展现在我们面前。

爱情是人间最美的一道风景，但它完美的前提是灵魂的契合，是两个独立个体相互尊重理解下的一曲美妙的合奏，爱情是唯一不能与第三者分享的私密情感，任何一方的朝三暮四，都是对于忠贞爱情的亵渎。

当我们读到"今生里我不知道，为什么做到一个'傻'字也千难万难"时，我们不免为一份圣洁的情感坚守，一份对于纯洁爱情的执念的心痛。

此篇散文诗情感深挚、笔触幽深、痛彻，蝶、罂粟、飞蛾、花园等象征手法，让一段隐秘的悲情叙事抵近真相，作者心中矗立的一盏爱情风灯，让人读出锐痛，泣血的笔下，让人们再次审视爱情的本质。

（鲁侠客）

铜铃山的水

/陈波来

一

水与石头的角力，明里暗里的撕扯、击打，甚至啃噬……

是铜铃山最为奇崛而动人的风景。

二

在这里，你得重新认识水与石头。

水不仅有清冽的前世，还有一跳为千百碎身的今生。

一跳，百丈不惧，只为浩荡前路。

而石头，被水的激流销磨，即使委以哑默之身，即使由尖到方、由料峭变为圆钝，甚至千疮百孔……石头仍然砥柱中流，还在挽留逝水。

被消磨的又被抚慰，挽留的又在接引。

三

壶穴作为石头的另一种塑形，消解了来自水的又一次猛烈撞击。

越来越显宽怀的壶穴里，水渐有回荡，开始返呈水的沉静与深碧之美。

在天长地久的角力中，水与石头又相互紧紧抱着：谁也离不开谁。生死契阔，同样的天长地久。

四

谁说水与石头只有角力?

谁说石头只是被一点点丢弃,在与水的厮磨中,只有销形蚀骨的悲凉……

谁说水只是由高向低一去不回,而没有留下……

五

满山遍野的阔叶林压向涧底。

满山满野的阔叶林遮挡不住:水与石头的这一幕。

游逛铜铃山的人群中,有心人在壶穴的碧潭里,一定看出了人影憧憧——

你的,他的,我们的。

《诗选刊》2017年第9期上半月刊

作者——

陈波来,本名陈波,原籍贵州湄潭。现居海南海口。执业律师,海南省作协理事。诗作散见《诗刊》等境内外百余家报刊,出版有诗集、散文诗集。获小奖若干。辍笔十几年后于2014年起重习写作。参加第16届全国散文诗笔会。

评鉴与感悟——

河流山川从来都是入诗的绝佳角度,《铜陵山的水》是一首游记性的散文诗,题目直接点题,开门见山地划定读者的想象范围,将所要描写的山水具象化。由写景着笔,记叙在铜铃山游玩时的所见所想。

这首诗最值得回味之处在于诗人以禅入诗,富有哲理意味。石与水是本诗情感表达的意象主体,彼此之间有势力的角逐撕扯,但更因“山得水而活,水得山而媚”纠结缠绕出阴阳互补的关系,衍出世间万物和谐相生的秩序。“壶穴”因水而生,浩荡前行的水在这里开始“返呈水的沉静与深碧之美"，水因石的阻碍奔流不息，又因石成其幽深沉静；"壶穴"本是水带动砂石打磨形成，又因水成其博大宽广，互相制约又互相促进，事物之间的相生相克不外如是。

诗人曾经说"写一颗饱受磨难的心吧！心映万物，但只示以爱与感恩"。细细揣摩，诗人对石倾注更多的感情。水滴石穿本是最浅显易得的道理，诗人却给"石"赋予了"虽九死犹未悔"的精神。水看似无情，毫无留恋，但第四节的反问不就证明着水对石的感恩？这首诗最重要的书写部分在于壶穴中的水，"游逛铜铃山的人群中，有心人在壶穴的碧潭里，一定看出了人影憧憧——你的，他的，我们的"。诗人从景物入手，关涉人得以生存的普遍法则，不就如壶穴与其中的水一样，相依相存？诗人情感凝练，由山与水的关系延伸至人与人之间的生存关系，是诗人对生命的关照，但诗歌内容之间跳跃性较弱，留给读者的想象空间不足。（闫立娟）

我们的河流

/陈计会

河流悬在我们的命运里凝重而生动。

割开血脉。在伤口在阵痛和祭礼的钟声之中，河流的光芒熠熠横越我们家园的上方，照耀黄土里的白骨，照耀灶膛前的母亲，以及我们透明的肉体和乳房……

河流自古典的诗经中流来。泊一苇古风，我们爬上河滩。面对血液汪洋成千古的河流，我们痛哭失声。

倚水而居。我们开荒种麦，撒播爱情和种子。四月南风大麦黄，我们抬着花轿摇晃进新月照耀的村寨。

倚水而居。我们的双手舞蹈在庄稼葱茏的腹地。垒坟筑巢。制造烽火硝烟淹没自家兄弟。

倚水而居。我们和泥烧陶，烤出汲水女子走进红罂粟的传说。

倚水而居。我们用黄麻纺出民谣，贯穿烦琐的秩序和礼仪。

农闲时翻动阴历，扳指计算婚嫁、赴约的日期。

河流总在我们平朴而婆娑的日子深处闪闪烁烁。

我们的痛苦之外幸福之外生死之外一曲不朽的古歌剥蚀许多青铜和稼穑的故事……

河流悬在我们的命运里凝重而生动

我们在钟声弥漫的麦地注视河流穿过自己的肉体和骨头……

大水汤汤。河流的热浪覆盖住土地的呻吟。我们麦穗成熟的家园以及屋顶翔舞的太阳深埋进起伏的潮声。救救我们吧！水面浮升着绝望的手势。泪水流向远方。麦壳！麦壳！苍茫的水域我们想起一种诚挚的光芒。麦壳会载着我们发白的骨头超度哀乐的氛围吗？

（麦子在潮声中怀孕，又在潮声中死去。）

我们立在大水冲断的木桩上遥望逝去的麦穗……

在血泪里我们捞起一把腐烂的麦粒和骨骸，钟声在伤口的阵痛之中怆然响起。血脉泪泪……断裂之夜，悲咽的祭歌又在青铜巨鼎上刻下一道凝重的水纹。

河流在我们的白骨里闪烁悠远的光芒。

光芒之中，我们默诵古朴的钟声默诵自己写好的碑文和河流逐渐老去。

《虚妄的证词》北京燕山出版社2017年8月版

作者

陈计会，1971年2月生，广东阳江人。中国作家协会会员，阳江市作协副主席，《蓝鲨》诗刊执行主编。作品散见《诗刊》《十月》《北京文学》等国内外报刊，选入一百三十多种选本。著有诗集五种。曾获全国散文诗金奖、全国鲁藜诗歌奖一等奖、广东省新人新作奖、广东省诗歌奖等多种奖项。

普鲁斯特在《追忆似水年华》中曾言："生命只是一连串孤立的片刻，靠着回忆和幻想，许多意义浮现了，然后消失，消失之后又浮现。"《我们的河流》的作者，正是凭借一系列对人类历史的追忆和自我经历的体悟，将这些孤立的片刻汇成一条河流，滔滔地滚动着生命的意义。

诗一开篇即点明主旨："河流悬在我们的命运里凝重而生动"，始把"河流"的意象同"命运"联系在一起；它低沉的涛声与翻滚的波浪，恰好与命运可有一比，显得"凝重而生动"。于是，作者开始上溯河流的源泉，追寻着隐匿于血脉、埋藏于黄土乃至潜伏在语言中的根基；而后，他用一系列结构相似而又意义递进的句子，冠之以"倚水而居……"，梳理着那些"平朴而婆娑的日子"。接下来，作者又一次叹咏："河流悬在我们的命运里凝重而生动。"散文诗的语句此时突然有了情绪上的起伏，并引入了"麦子"的意象。麦子对当代诗人来说有一种特殊的属性，它具有一种象征功能，譬如海子，便每每以"麦子"自况——它紧紧地与土地联系在一起，孕育着生命的根基。至此，作者把人类历史、连同自己麦子般的生命都融进了这生命的悬河之中，千百年的故事在水花中翻动，却只是无言……（袁玥）

苦杏核

/陈劲松

守口如瓶：用坚硬的壳守住一腔的苦和涩。

在乡下，我见过太多心怀苦涩的父兄和姐妹。凄风苦雨中，他们咬紧牙关，努力想拔除那钉入骨头的苦和痛。

沉默如钟，抱紧喑哑的声音。
苦难如鞭，驱不散繁茂的人群。
一次又一次滚石上山的西绪弗斯，看到自己的身影遍布大地。

苦杏核：如果你不开口，那满腹的苦，
你要说给谁听?!

《上海诗人》2017年第2期

作者 —— 陈劲松，本名陈敬松。1977年6月生于安徽省砀山县。青海作家协会
会员。著有散文诗集《白纸上的风景》《风总吹向远方》《藏地短

札》《五种颜色的春天》（合著）。获第七届青海省青年文学奖等各类奖项三十余次。现居青海格尔木。

毫无疑问，陈劲松的苦杏核是一种隐喻，如同臧克家的《老马》，他见过在乡下心怀苦涩的父兄和姐妹，这便是苦杏核所隐喻的农民形象。千百年来他们对自己的苦难闭口不言，他们沉默着独自舔舐着自己的伤口，全世界中西绪弗斯何止一个。诗人对这长久的苦难，发出了最强的控诉，这也是新一代知识分子精神独立，具有强烈的反叛精神的体现。农民，像是永恒的，是常数，恒星，其沉默或笑脸都像永恒。农民是一个活了几千年而且还将继续活下去的生命，是仍然活着的"历史"。存活在现在的"过去"。所以这便是诗人诗境的开阔之处，苦杏核隐喻农民，而农民在此又有语义的丰富性，文学中的"农民"其语义常常大于农民，诗中农民体现的是民族的象征、历史的化身、历史文化的人格化。农民千百年来的苦难正是这个民族的苦难，诗人发出的控诉也是民族的最强音。（杨仁达）

冰　雕

/陈俊

其实镜子还是镜子，其实自己还是自己。

镜子更真实，镜子找到方法论。水没有镜子认死理，水有无数变戏法。

水迷路在北方的街巷，有了许多人间的烟火气。

水想方设法找到自己的反面，头、四肢扭过来扭过去找，找昨天的铁青色天空，找一只鸟掠过的影痕，找路的藏匿点，找平起平坐的对手，找幻化的魔法，找依据。水的脸扭得生痛，脖子扭得生痛，水在没有方法论时找不到水的模样。就像镜子在没有打碎自己前看不到镜子。无边无际的水，光光溜溜的水，风流千古的水，收留自己，盛满自己。

水不是水最后的镜子。一百个镜子里有一百个哈姆雷特，有一百头疯牛、野羊、老虎、兔子，有一百个诞生、旺盛和消亡。水在水的镜子里还是水，还是自己，水不甘心。

水拿风照照花容，风一点都不含糊，风的手里有一面魔镜，从此水总是看着不像再是自己。水没有多想，也容不得多想，水从湖里起身，天空的镜子充满奇幻，水走得太急，忘了穿衣裳，它以为天空会关心它的冷暖。水从水里出走，水失踪多日，全世界的水都在找它。

怪不得别人，水总是妖娆的打开自己，总想从地上跑到天上去。

水到了天空，天空的镜子里水已被改了户籍，名字也被修改，基因也差一点被修改。它被无限的克隆、复制，水已找不到哪一个是自己的脸孔。水忘记了水的模样，水无比的后悔，它不能承受自身的方法论之重，水一片片从天空坠落。

水太想找回自己，以至于需要刀锋的锐利。它逢人就问，我长什么样？有个老人刀锋一划，它成了一个开屏的孔雀；有一对年轻人把两颗心掏出来比画着给它定型；还有一个孩子想它变成一只小白兔就被大人捏成乖乖兔。

水终于不再想找回自己时，才知道自己无所不在，它挺直脊梁。水在寻找自己时寻回一面镜子，自己不仅多情柔软清波荡漾，也有坚硬的一面，原来还有冰肌玉骨，自己复杂、多样、有棱有角。水战胜自己照镜子的想法，大地上端坐水的前世，镜子已在所有路过人的手上，它们照着，快乐的打闹、奔走。

北国的风相互尥蹶子，那一刻水与大地抱得更紧，浑然天成。

《散文诗》2017年第8期上半月刊

作者

陈俊，1965年10月生，笔名梅蕾、少屏、零一。2016年创办并主编微刊《山蚂蟥》，主要发表散文和散文诗。中国散文诗作家协会会员，安徽省作家协会会员，安徽散文诗创作委员会委员，桐城市广播电视台副台长。曾在《安徽日报》《诗歌报月刊》《诗人》《南国诗报》《清明》《安徽文学》《散文诗》《青春诗歌》《作家》《散文诗世界》等上发表过组诗、散文诗、散文。散文诗作品曾入选《中国散文诗》2013、2014卷和新华版《中国年度优秀散文诗2016卷》等选集，已出版诗集《无岸的帆》、散文集《静穆的焚烧》。

陈俊的散文诗有一种自在漫游，刚柔并济的特质。像这一章《冰雕》："北国的风相互尥蹶子，那一刻水与大地抱得更紧，浑然天成。"寄托着对自然的感应与人生的感喟，"无边无际的水，光光溜溜的水，风流千古的水，收留自己，盛满自己""水从水里出走""水总是妖娆的打开自己"等，这些句子很动人，借助富有表现力的物象来呼唤意义的君临，充满了某种人生况味的深刻与恍然大悟。

作家写作的意义在于：将理想的精神赋予清晰的现实指向，让物象与美感在呈现着生命灵魂的庄严时刻同时抵达，同时在大自然的秩序中恪守内心的自由与宁静，在生命肌理的和谐中映现山川的淡泊与气度，于感性的充盈和诗性意义的关怀中折射出独特的风情与风格，好的作品应该有着无比生动的气韵和无尽的艺术魅力。（司舜）

大寒:隔空相握

/陈茂慧

祖先们淌着历史的河流，随水东逝。

彼时，一切皆未封冻。江水寂寥，思想空旷，人世孤独，月圆缺，星明暗，天空高远，大地凉薄。

史籍，由薄到厚，由远到近，由兴到衰，由明到暗……谁翻阅，谁被认领。

人们开始数典。寻找生命的源头。

轮回。从立春到大寒，阳光来，雨水来，风暴来，冰雪来。花开，花谢，雪飞，雪化。又一次轮回即将启程。新的呼吸传播着动听的轻音乐。

指南针不在我的手里，没有明确指向你的方向。

今晨，雪花纷飞，落地即成冰花。

思念的翅膀还没展开，就被霜花封冻。

有哪一滴水能安然越过冬天？

祖先的魂灵已远走。隔着大寒，谁与你互致问候？

谁的乡音，谁的故都？

回望，历史苍茫。

降温，寒流不止。

谁的记忆将镌刻在时间的墓碑上？一抔骨灰，一把枯草，一截朽木，一缕乱发，一件一碰即碎的饰物，一粒隐于光阴深处的种子，一段爱恨……

啊，谁被谁收藏？谁被谁掩埋？

大寒日，你仍在尘世数典，你仍相信灵魂自有归宿。隔着时空，你与祖先的手紧紧相握。

握紧了——

生命的流动，温度的流泄，内心的坚强，灵魂的悲悯和善良。

只有寒风仍在天地间不停地往返，驰骋！

《山东文学》2017年第3期下半月刊

作者

陈茂慧，中国作家协会会员，中国报告文学学会青创委委员，中国诗歌学会、散文学会会员，中国铁路作协理事、济南市作协全委会委员。鲁迅文学院第24届中青年作家高研班学员。出版作品集《匍匐在城市胸口》《荼蘼到彼岸》《向月葵》等多部。作品被收入各种年度选本及其他选本，多次获得各种诗歌大赛奖项。曾获得山东省"第二届十佳青年散文家"奖。参加第二届、第十届全国散文诗笔会。

评鉴与感悟

这首散文诗是作者在寒冷天气里关于历史与生命的一场冥思。一开头诗人就在读者面前展开了一幅历史的画卷，随之淡淡的笔墨一路铺展，"史籍，由薄到厚，由远到近，由兴到衰，由明到暗……"寥寥数语将历史的更迭勾勒出来。

诗人的思绪继续跳跃，在数典中开始追寻生命的来源，可生命哪有什么源头，只是一个又一个的轮回，"从立春到大寒，阳光来，雨水来，风暴来，冰雪来。花开，花谢，雪飞，雪化"，旧的生命消逝，新的生命启程，永不停息。

接着诗人笔锋一转开始描写周围的环境，"今晨，雪花纷飞，落地即成冰花"，在这银装素裹的静谧世界里，诗人内心却思绪浮动，继续追问着生命，追问着历史，"有哪一滴水能安然越过冬天?""谁的乡音，谁的故都?"诗人渴望着从祖先那里找到答案和共鸣。

回望历史，感知当下，诗人继续数典追问和寻找，终于他找到了灵魂的归宿，他的手与祖先紧紧握在了一起，"生命的流动，温度的流泄，内心的坚强，灵魂的悲悯和善良"，这是人世间永恒的美好，这美好穿越时空，跨越千年，将两颗心连在了一起。

寒风仍在天地间驰骋，可诗人的内心却很温暖。相信这温暖也会静静流淌进读者的心河，带给读者一丝宁静。（张利嫄）

青春行吟

/陈修平

1

是谁于昨夜我的小屋骤然爆起一簇火花，映亮我幽静的心房？

是谁提着月亮和星星，陪伴我走过无垠的旷野？……

伊人，你可知道，你无尽的温柔已渗透进我青春的热血；你清丽而圣洁的目光，如春之手抚慰我昨日的忧伤！

有种爱是深入骨髓的；

有种情是永铭心田的！

在众多触觉无法企及的深处，你的温柔却无所不在。三百六十五个日日夜夜，那无时不响的风铃——可是你的浅吟轻语?!

握着你的温柔，一如抓住维系我生命的绳索。

人生多艰，命运多舛。许多不该抛弃的抛弃了，许多不该丧失的丧失了；而唯有你的温柔以一种太阳般的光芒深入我生命的内部，无可替代！

2

水之滨。

我的目光穿透千年不散的雾气——溯寻伊的踪迹！

以岩石之姿站立，站成一帧旷古不绝的风景。

伊曾经的呢哝在阳光里融化为点点滴滴的秋雨，洒落在我瘦削的脸颊……

渐行渐远的背影，犹如一串串冷色意象，袭击我孱弱的灵魂。谁曾料到，我昔日坚若精钢的意念，而今竟不堪一击!

自此，记忆的天宇不再有美丽星闪烁。

一只脚已深入水中；

另一只脚还在岸头踟蹰。

今夜，月亮河的流水泛着彻骨的寒意。

河对岸，伊是否亦站在岩石之上，婷立为一种永恒?!

3

伫立在时间的边缘，我分明感到一种灵魂的战栗。

秋深，游云似水，让我情不自禁怀念那段玉石般明净的日子。

花儿开在裙子上；

裙子开在窈窕的身材上……

我不会忘记风中的承诺，也请风转告月亮河那边的人!

现实是一条干涸的季节河。在秋天，你必须考虑冬天的事情，诸如木炭涨价、羽绒服夹稻草，诸如黑的雪、白的雪……

迅疾的风中，我听到昨日的承诺呼啸而过，留下几缕淡淡的馨香。

于冰雪封锁下，你能看到先行者血泪斑斑的足迹吗?

置身尘世，你必须能破译天籁!

《辽宁诗界》2017年春之卷

作者——

陈修平，江西省作协会员，供职于九江日报。作品散见《诗刊》《星星》《诗歌月刊》《绿风》《中国诗人》《散文》《散文选刊》《散文百家》《散文诗世界》《小说选刊》《天津文学》《延河》及各地报刊。作品入选《中国诗歌精选300首》等选本，获《人民文学》征文佳作奖等奖项。

爱情与青春从来都是璀璨夺目的，它是人生履历中的蓬勃的诗行。它给予成长过程一种光环，一种北斗星的指引，它包含了激情与奋斗，成功与挫折。

在第一小节里，作者以回首的姿态，细数青春以及爱情的温婉和甜美，在人生跋涉过程中的酸甜苦辣，茫然与笃定，失去与获得。

在第二节，作者将爱情与青春进一步抽象具象化，河滨、岩石、秋雨、岸边，时空变化无疑让爱情与青春成为双棱镜，折射作者心境巨大的反差，当爱情如花凋零，青春不再靓丽，岁月冷霜爬上鬓角，伤感失落便成为秋水，漫溏成疾。

第三节成为全篇的转折点，作者将有些虚蹈的笔触，转向烟火现实，煤炭涨价，羽绒服夹稻草，黑的雪，白的雪，折射出经济压力，环境污染，人心不古等等异化现实，从而让人深度审视青春后成长的重负。

从"于冰雪封锁下，你能看到先行者血泪斑斑的足迹吗？置身尘世，你必须能破译天籁"我们读出了作者的慨叹，也读出感性作者理性的智慧，破译天籁意味着能够入得生活的内核，听懂生活里的乐音和噪音，发现生活丛林里的鲜花和荆棘。

此篇散文诗语言优美，情感绵密，如果没有第三节烟火生活现实的介入，或许有空蹈之嫌，阅读体验也会打去折扣。（鲁侠客）

因为有了河流，我们有了流浪的命运

　　向着河流的方向，从大垭口跑出来的神秘小河，向着它的命运奔跑。它要去哪里呢？遥远的村镇，热闹的城市，还是归属大海。它命中奔跑的姿势，是石头怀孕天空的时期。它背着我的父亲去了，从此我开始了姓氏的流浪。

　　我热爱什么？保持着僵硬的说明。在我出生的那一刻，我身体的血液流动着，就是一条河流，我过着昏天暗地的年纪，一到了青春期，我就分娩着各个支流。岸上的野花，燃烧着少女的悲剧。洁白如纸的河床上，少女的生产，是怀抱鲤鱼的春天。

　　我知道我的命运不可抗拒，我遵循着这个古老的仪式，诅咒活着的各种藻类。我们一路流浪着，汇入时代的命运，走在各自的命运中。月光的照耀，夜空中各种昭示，闪烁在一堆骸骨中，所有的墓碑都是伤悲。

《散文诗》2017年第8期

作者

程鹏，重庆开县人。作品散见《打工诗人》《诗刊》《中国作家》《散文诗》《重庆文学》等各大刊物。诗歌作品收入每年度《打工诗歌精选》及各诗歌选本。作品曾获全国青工大赛散文奖一等奖，深圳网络拉力赛非虚构二等奖；小说《小姨的婚礼》获深圳青年作家奖；散文集《在大地上居无定所》获深圳十大佳著奖、广东产业工人奖；组诗《一个村庄主要由三个人构成》获中国诗歌协会原创诗歌奖。2008年参加第24届青春诗会。

评鉴与感悟

"我们一路流浪着，汇入时代的命运，走在各自的命运中"，这句攀上人生哲理高度的警句和诗题"因为有了河流，我们有了流浪的命运"的隽语，印证着程鹏在命运河流泅渡中的即时打捞和自由流浪后仰观俯察中的神性窥见。散文诗如何做到深度写作与意义实现，如例所见，深度一定是触摸到生命河床底部后的知浅知深，意义一定是熟稔生命河流流向后的能行能止。深度之深，可以是在挥臂浮游浪花搅动中荡起多元的声响；意义之意，可以是在沿岸流光河水沉浮中采撷纷披色彩。换句话，深度的度是全部文本合成的纵深，留给读者适当的转向宽度和潜泳长度不仅是对读者的信任，也给读者以沉溺的乐趣和延宕的张力；意义之义是文本聚合的核心蕴含，写作主体为了实现这种聚合反应功效，可以在行文之时时有陡转、抑扬与落差、反讽与抵悟、斜出与旁逸，恰恰能够从悲喜互见、消涨互转、隐明互衬中强化那个居于核心之义。当然，程鹏打工诗人的个人经验和由此而获得的人生体悟，不惟修正着他自己，也启示着每一个在生活门槛上犹豫的诗者。顺便说，"洁白如纸的河床上，少女的生产，是怀抱鲤鱼的春天"，真是妙不可言，非要言说，那就是王尔德的那句了，"有着悲伤的地方，就有着圣洁的所在"。（范恪劼）

黑房间

/池凌云

只有我一个人在黑房间里。我将模仿我看到的那些人，他们是我另外的肢体。

他们在另一个黑房间。他们试图跳得高一点，要冲破压在头顶的东西。他们跳着，表情激动，把身边所有东西都敲打一遍，想跳得更高一点。但他们没有成功。其中一个跳得很高，陷落也很深。另一个在原地转圈，然后昏厥倒下。　唯一的女孩，感到了寒冷，独自在黑房间跺着双脚，她是最后一个昏厥的人。我等待他们把力气用尽，散落的肢体回到我身上。从一个黑房间进入另一个黑房间，我的弹跳终于让一个密闭的房间变成一座危城。

《诗潮》2017年4月号

作者 —— 池凌云，出生于浙江省温州瑞安，1985年开始写作。著有诗集《飞奔的雪花》《一个人的对话》《池凌云诗选》《潜行之光》，部分诗作被翻译成德文、英文、韩文等。曾获《十月》诗歌奖。

本诗写了一个很抽象的空间——黑房间。其中也有一个很抽象的群体——"他们"。这群人在另外一个黑房间里或是弹跳，或是敲打，行为举止都很极端。只有一个女孩（也许就是作者自己）感受到了寒冷，可即使是这样，她最后也昏厥了。池凌云的诗一向注重个体的生活感受，在另一个房间发生的事情也许就是诗人看到的生活写照——人们和自己都一样，在现实的寒冷中昏厥又弹跳，像是有种使命感。诗的最后，那座危城其实也是所有人的危城，在现实的生活中，一步步塌陷。诗人用了极其理智的语言来描写这种心理情况，再加上种种模糊不定的概念，凸显了诗歌引人深思的地方。（张星南）

立 春

/川北藻雪

脑海里蹦出一杆秤：它是斜的。

需要朝篮子存放的东西太多，一件件扔掉的事物也太多，他习惯埋首于大腿和梦，从内部制造热能，他的永动机深因于冰冷的城堡。

从花里寻找平衡，有如从波浪里分舀宁静。

他需要抖擞在野的草，肆意的绿，在空中，不循章法的啼鸣，辅以决堤的荡漾，他需要的甚至一个闪念，在暗处发芽。他是形变膨胀的，人或物，他想悄悄按住自己，却从农历的简书上弹醒。

一地残红，砸在身旁。他摸索不出那只隐形的秤砣。

他模仿海棠，红梅，他不知道，那些开过的花一脚深陷悬崖，另外一只，却成了荒芜的前路。

那好吧，他想，做一个凝视天空的人，就不会为改弦易辙而矛盾。

《大西北诗刊》2017年创刊号

作者 —— 川北藻雪，四川省作家协会会员，鲁迅文学院西南作家班学员。作品散见于《诗刊》《星星》《诗潮》《散文诗》《中国诗人》《四川文学》等刊物。入选《中国散文诗精选》《中国年度散文诗》《世界华人诗文精选》《中国年度优秀散文诗》《2015散文诗选粹》《中国当代诗库》等各种选本。曾获首届屈原杯全国诗歌大赛二等奖、蜀道之光全国诗歌大赛二等奖等多项奖项。

评鉴与感悟 ——

川北藻雪的散文诗贴近生活自然，同时饱含寓意哲理，读来有一种十分新奇又像细雨微风滋润心田的感觉。说起抗日战争，想起战士，人们首先想到的便是血与泪，在《立春》中，作者开头就一句"脑海里蹦出一杆秤：它是斜的"，让人们不禁思考立春为什么会写到秤呢，这杆秤又为什么会是斜的呢？相信读完这篇散文诗之后，感受着"在野的草，肆意的绿""不循章法的啼鸣，决堤的荡漾"，读者一定会得到一个属于自己的答案。北川藻雪的散文诗能从另外一种不同的不落于俗套的角度来将作者独特的心理感受娓娓道来，打破常规思维模式的写作角度十分难得。（鹿丁红）

炼丹术

/崔国发

需要的是一颗丹心。

我非葛洪，亦不好丹经，如果时光倒流，我会于抱朴子的篇目中，抽取晋代炙手可热的语境。然后剔去井窑里的恨，剩下的一些仁爱，足可以吐故纳新。

倘若心尘未洁净，则邪气就容易乘虚而入。

内外兼修，意念蒸腾。修道悟真，金丹难炼是精神。

一次次地开鼎，一次次地研磨药石：烧焙与飘袅，熔解与结晶，甚至于在自我裂变的时候，还必须学会对痛苦的隐忍。

也许我从来就没有奢望，某一天能返老还童，即使在烈火中也未必能永生，但这并不代表着可以随便熄灭我对极度纯净之物的叩问。

但有一点我得说明，只要有恰到好处的火候，我就愿意在淬火的炽热中，恬淡虚无，心齐气顺，慢慢地炼成一副仙风道骨与金刚不坏之身。

点石成金。是谁一直保持着对于仙的虔敬？

耐得住寂寞，稳得住慧心，梦想着某一天，我也能渐渐地炉火纯青——

升腾的是精气神，沉淀的是神丹的灵根……

《山东文学》2017年第8期下半月刊

作者

崔国发，1964年生，安徽望江人。中国作家协会会员，安徽作协散文诗创作委员会副主任，安徽省文艺评论家协会会员。主要著作有：散文诗集《黎明的铜镜》《黑马或白蝶》《鲲鹏的逍遥游》、散文集《铜都溢彩》（合著），理论评论集《中国散文诗学散论》《审美定性与精神镜像》《散文诗创作探微》《诗苑徜徉录》等多部。曾获第五届"中国·散文诗大奖"、全国十佳散文诗人奖、全国散文诗大奖赛金奖、中国第四届散文诗"天马奖"。2014年入围第三届"中国当代诗歌奖"（2013-2014）批评奖。现在铜陵学院工作。

评鉴与感悟

《炼丹术》是一首极富哲理的散文诗。古代的炼丹术本无科学依据，所谓的神丹妙药，是为了达到长生不死的功效，实则荒谬。作者别具匠心，本文并不是为了批判炼丹术的不合理之处，而是用炼丹术来比喻修身养性的过程和追求高尚人生的境界。文章开篇说"需要的是一颗丹心"，"丹心"在此一语双关，暗指在漫长人生中不断修炼自己和修身养性的过程，从而炉火纯青，炼成"神丹"——"一副仙风道骨与金刚不坏之身"。炼丹的过程是漫长而枯燥的，需要耐心；炼丹的过程是痛苦的，需要对痛苦的隐忍；炼丹需要讲究火候，人生境界的升华也需要恰当的时机……由此可见，"炼丹"就是人生的修炼，是芸芸众生在俗世中漫长、隐忍、执着、坚持不懈地追求高尚人生境界的奋斗历程。炼丹是为了长生不老，然而，作者却指出，肉体的返老还童或永生并不重要，重要的是永不磨灭的精神和对于理想的执着信念。因此，"炼丹"其实炼的是一颗"丹心"。作者别具匠心，在简短的篇幅中，寄寓了深刻的人生哲理。（鲁静）

白　纸

/东方亦鸣

此刻你不能说它空。

躺在办公桌上，这张白纸，或许是许多故事的黎明。关于自己的前世今生，它绝口不提。沉默让心灵插上了翅膀。

一片雪白。

现在，我就要提起笔，在它的身上写下古老的方块字。一横一竖，一撇一点，之后，也许它会被赋予新的命名。

整个上午其实短暂得很。时间在白墙上的电子钟上跳动着走远。但我手中的笔，提起又放下。白纸的白，在渐渐浓郁的阳光里改变了温度。

依然是纯洁的。白纸。

风从窗外闯进来，它飘了一下就落在了地上。

我望着它，不知道还要不要将它捡起，轻轻吹去淡淡的尘埃；或是，直接扔进墙角的垃圾桶。

《星星·散文诗》2017年第5期

作者

东方亦鸣，本名袁毅，80后诗人，安徽文学院第五届签约作家，安徽省作家协会会员。中学时期开始发表文学作品，至今在《星星》《安徽文学》《阳光》《山东文学》《牡丹》《安徽日报》《江淮晨报》等近百家刊物发表各类文学作品约三十万字，有作品入选《2011中国当代散文诗》《诗探索2012年优秀作品集》等多种文学选本。

评鉴与感悟

意境是诗歌的灵魂。在两段诗歌中，以白纸为线索，割裂出两个前后不同的状态。空的白纸，以一张白色的白纸和生命在空白间相互比拟，白纸始终是空的，但时间已经过去了，时间的空白无处可寻，日光已经落下了，生命已经逝去了。在空白和意义的中间带，只不过是一张白纸，是生命中的人的出神状态，生命中空白和意义的中间状态。

白纸是空的，空间是满的。在有限的字数里，用白纸的白的可视性的实来比拟时间的空白的虚，用在白纸上写下什么对应在生命里留下什么，也实现了对时间和空间相互对照，百无聊赖而又暗含意味。（曾子芙）

黑天鹅

/朵而

起先，她是抵触的，为选择的这只黑天鹅，她瘦弱、狡黠、自卑、偏执。

跟着它不停旋转，终于有一天她背部长也长出一对坚硬的黑翅膀，深嵌在肌肤里，连着血肉。

为拥有爱的味觉，她们一起试毒，在悬崖上等待风暴。终于，她们有了这纵身一跃。

鲜红沾到那个站立在指针上的人，他眉宇间迸出一朵毒玫瑰，红与黑的组合。

无数个缺圆的夜晚，她托人给他捎去口信：

褪去羽毛的身体，一直虚无的白。

《上海诗人》2017年第4期

作者

朵而，本名吴雅弟，70后，松江人。作品散见于《诗探索》《中国诗人》《散文诗世界》《上海诗人》《文学报》《新民晚报》等报刊，入选《2016中国年度作品散文诗》。2016年获第一届上海国际诗歌节创作大赛奖。

爱情，本就是毒药。何况是本就不爱却依然在一起，天鹅本就是关于完美爱情的意象，而在朵而犀利冷峻的笔锋下，黑天鹅的不完美在其对比下就更不为世俗所认可。受伤得再多，承诺得再多，疯狂得再多，也不过是别人眼中的不般不配。

你不知道的事永远比你知道的更有意义，野心家处于阴暗的深处，演绎着怀疑与不屑。殊不知，希望越大，失望越大，在无数个孤单的夜晚，所有脱下伪装的灵魂，都是孤魂野鬼。深爱下的痛苦比孤独灵魂的漂泊更值得人深思，更令人神伤。（范快）

有杯红，12度的等待

/范恪劼

一抹高贵红细微荡漾。暗香透骨，眸子流光。

故事在故事的结构内山呼海啸无以名状。

杯浅情长呵。

还是绕过夜光之杯，绕过一路偶遇与必然的千山万水。在勾魂摄魄的最后一寸，乘汉代西泊而来的一枚词语，且度三千年云宇一万里雾霭。能不能，玉树临风赶上粉妆玉琢，在尘世的琉璃球面"金花纸写清平词"？

是葡萄！这草龙之珠，日曦夕霞镀上最初的圣洁，月辉清露凝缩最后的纯粹。谁的心事，续脉边缘的霜雪而抵达窖藏的醇和，谁的钟情，攀缘凌霄的芳心而揉入一场刻骨的供奉？等待早已在最好的年份，栽培、修剪、棒条、采摘、清洗、发酵、榨汁。熟成一个滚圆的饱满，埋下一次旷世的启封。

日月精华，淳甘抱紧馥馥，需肝胆如雪才能映照方死方生的山高水长；

天地灵气，旖旎共舞缱绻，要声气相投才能对接灵犀在心的美轮美奂。

寂寞是甜的，为有所待；至味是甘的，为有所怀；杯酒人生，啧咂品尝中，谁舌尖溶化了纷纷萦萦，谁在喉间滑下了淅淅沥沥，谁又从品种与产地、肥瘦与冷暖、长短与粗细中，酸甜入腑，箴言悟醒？

高脚杯擎握于这一刻的中心。

万物退场。

任何装帧都是浮云。绵长有绵长的悠远，空蒙有空蒙的瑰丽。

神秘在奥妙中且沉且浮，一只夜莺迷乱了前尘的悸动，一只蝴蝶纷飞起后世的春光。韵律取宋词，节拍十四行。写意唇边，一杯酹江月，另一杯不是愁肠还是愁肠到底婉约还是豪放且任它心洲沟渠纵横不辜负这

眉前馥郁，此在荣光。

有一抹红。

12度等待你。

深爱飞腾于柔情之觞，心瓣盛开于知会之光，守望含咏于芝兰之岸。而灵魂，在微醺中红宝石璀璨月婵娟恒远。

《奔流》2017年第7期

作者

范恪劼，曾用名安皋闲人。河南南阳人。郑州某高校教授。有诗文文学评论见诸报刊及选本。

评鉴与感悟

葡萄酒自从开始兴起就一直受到诗人的青睐，由古至今流传下不少诗篇。范恪劼继承了这个传统，把对葡萄酒的所有深情用品酒一般的节奏抒发出来。诗歌第四节开始用了大量的篇幅赞美葡萄和酒，历史，圣洁，箴言，这是诗人对它们的感受。像是刚喝下酒时的剧烈。接下来便是酒后的回味了。此时"万物退场"，剩下的是一丝丝神秘的联想，酒有余香。此诗还有一大特点就是颇受中国古典文学影响，其中句式，词汇，都带着古典文学的影子，更增加了这首赞酒诗的醇厚。

（张星南）

春天里回家母亲的五句话

/方文竹

你这个恶狗，是家里人不知道吗？你闻不出气息吗？真的贼来了你反而不叫！白养你啦！

你爹老啦，得准备一副棺材，开花时节的料子好，一个胖老头，越来越能吃，像要等到秋天里结果子呢！

你去年带回家的露丹保健片吃起来身体硬朗多了，听电视上说还有毒呢！现在的人哪，也不能光信坏。

杜鹃岭上的杜鹃花开得正欢，你快去看，一大摊，一大摊的，像血，现在不去看就看不到啦。不然，人家还以为是骗人的呢！

冷热无常季节，要多添些衣被，这鬼天气，花里唿哨的，好像谁惹气了它？

《大西北诗刊》2017年创刊号

作者

方文竹，安徽怀宁人，供职媒体。20世纪80年代末开始散文诗写作。先后以《东方智慧》《城市空白》《纪实体散文诗》《月牙湾》等系列作品行世。散文诗理论方面提出"自律"与"他律"，"难度写作与标高""理论的理论""未完成"等。出版四部散文诗作品集，一部散文诗评论集。散文诗作品获"中国当代散文诗作品集奖"、第二届"中国·散文诗大奖"、"2013中国散文诗排行榜"榜首等。

评鉴与感悟

方文竹的这首散文诗《春天里回家母亲的五句话》，貌似是截取母亲与作者随意交谈的五句家常话，但细细读来，平凡浅淡中却包含不俗的诗意之美。

纵观全诗，特别是诗的开头，母亲训斥"恶狗"，暗示作者刚进家门。寥寥五句，却也是以时间线索贯穿全诗。从内容上看，没有杂乱无章的漫天絮语，五句表达了五层含义，第一句训斥小狗不识得家人，第二句父亲身体很好，第三句吃了儿子买的药自己身体很好，第四句催促儿子观赏家乡美景，第五句提醒儿子照顾身体。五句话中既包含与久未归家的儿子相见的欣喜，也有家里一切都好，不用挂念以及殷殷叮咛，一位平凡朴实却又饱含真情的母亲形象跃然于这首短短的散文诗之上。语言是这首散文诗最大的亮点。方言的加入，带有乡土气息的比喻修辞的运用，使得整首诗在平白浅显、朴实无华的文风中融入了浓浓的乡情与亲情。

耿林莽曾评价方文竹的散文诗"将新的表现技巧与丰富的诗意感受自然、贴切、和谐的结合"，"自然调度，自由转换，似断似连，跳跃于一种整体的勾连之中"。《春天里回家母亲的五句话》以从对话中选取语言的独特形式，通过作者对这些片段式语录自然地调度，自由地转换，看似不经意的选取，实则一方面展现了自然且不俗的语言调度之美，另一方面也表达了母子之间平凡真挚的浓浓亲情。（张雅婷）

白云源

/风荷

这刻，水在飞奔，心也在飞奔，向着白云源——

月光抛下吻痕，一潭一潭涟漪荡漾。

风撩起千万只小白鸽，站在画框里的桐庐，美轮美奂。

雪衣裹紧，目标抱成一团。意气风发，溪水随着山势，每一曲、每一折都形成飞瀑跌泉。

那飞泻之势，那决绝之意，并非一念之有。溪水越过绝壁，灵魂的根留下，直到融入一座山的血脉。

以水为镜，根在天空，画布上的白云。没有人时，风轻轻吹过。

而现在这里是喧闹的，很多人前来仰望白云，前来嗅一嗅桐庐的豪迈和奔放。

人们要用山之精气喂养灵魂。

我也在其中，怀谦卑之心。一步一步登高，倾听瀑水与花香的交谈。扑面而来的是隆长的光阴。

折叠的秋光，被徐徐打开。白云的源头，被用心者一一指认。众生的孤独也被群山之神抚慰。在桐庐，然一座山还在生长，水之上，云之下。

我仰头，任胸口磊起丘壑。

杂树丛生，溪水叮咚，安然于大地。

《诗潮》2017年9月号

作者 —— 风荷，浙江省作家协会会员，列入"首批浙江省青年作家人才库"。出版诗文集《临水照花》《恣意》《城里的月光》等。诗歌发表于国内外各级各类刊物，并入选《中国年度诗歌选》《中国年度散文诗精选》等多种选刊。多次在诗歌大赛中获奖，其中散文诗《一条河的诗经》获"中国·星星·月河月老杯"散文诗大赛金奖。

评鉴与感悟 ——

"风雅先生旧隐存，子陵台下白云村。"，历史与人文积淀深厚的白云源，千百年来，一直吸引着众人的目光。诗人风荷目光所及之处的白云源，山灵水秀。

"风撩起千万只小白鸽"，诗人以超乎寻常的想象，将风吹起水花的景象写得生动具体而又不失宏大之感；"以水为镜，根在天空，画布上的白云。没有人时，风轻轻吹过"，在现实中的"静"景与想象中的"动"景的交错中，静谧之感顿生，但"而现在这里是喧闹的，很多人前来仰望白云，前来嗅一嗅桐庐的豪迈和奔放"，喧闹的众人要用山之精气喂养灵魂，诗人也正是这众人中的一个，心怀谦卑。

登高远眺，秋光正好，白云的源头被用心者指认，茫茫天地，苍茫与孤独感顿显，然"众生的孤独也被群山之神抚慰"。"我仰头，任胸口磊起丘壑"，在高处自然的视角是"俯"，而诗人此时"仰头"，"俯仰天地间，触目俱浩浩"，在这种反差中，产生了张力，我们感知到的是诗人对于自然、对于生活朝圣者般的虔诚与谦恭；此外，这一句所描写的，恰是日常生活中我们登上高山会形成的一个整体画面，在这样平常的经验中，诗人风荷想要传达的是自然会赋予众生"胸有丘壑"的力量，在世存在，安然于大地。（张留哲）

冬 夜

/高专

默默对坐，寒气掩埋了温暖。

弹指间，两颗心已迈上各自的道路。

也许什么都未发生，你正感受着月光的银辉，风依旧轻轻掠过——我却扎进枯无一叶的黑林。

就在昨天，太阳烤熟树梢的叶儿；今天连残叶的柔软都难以踩到。

点燃支能照亮过去所有角落的烟，或许我错了——人间的许多许多并不值得留恋，更犯不着为之滴泪，爱与恨的小舟怎能漂行于无水的江上。

遮掩的面纱飞走后，说实话：离开你——我并不伤心。你在为自己营造一间美丽小屋，尽力在四周种上别人有的鲜花，那里缠绵着人间最一般的欢乐痛苦。

而我还要居住太阳上向人间没有鲜花的地方播撒鲜花，当世界一片昏暗时为任何人点燃燎原的火把。

不想扰乱你人生的计划，却愿我的祝福冬天时成为披在你身上的太阳。

通向金字塔的崎岖中，曾乞望有双温柔的手，它激发我催人的力量，其实这种力量只能来自生命的境界。嘀嘀嗒嗒时光在历史的墓碑上早写明——能抵达塔顶的人无论历尽苦难但终能如愿，不能的人哪怕撑持他的是十万苍山，也将夭折在某级石阶上。

每次，当夕阳用温存的霞光抚摸原野时，是啊，无数的曾经已经干涸，众多开始又步向幽幽的林海和欢畅的小溪⋯⋯

可无论冬夜有没有星光，我都会满怀春色地越过万丈深渊，走过美丽的草原。

《中西现当代诗学》2017年3月9日

作者

高专，1965年生于云南，毕业于云南大学中文系，鲁迅文学院22届中青年作家高研班学员。曾获《文艺报》中国作家世纪论坛（2006年会）诗歌一等奖、《中国作家》2010年金秋笔会诗歌一等奖、昆明文学年会奖、云南省第五届政府文学艺术创作奖。诗歌见于《人民文学》《诗刊》《北京文学》《大家》《滇池》《中西诗歌》等。著有诗集《高专的诗》《雨敛黄昏》。现居昆明。

评鉴与感悟

这首诗开头营造出的意境是寒冷、凄苦的氛围。可以从开头知道是两个人物，"默默对坐"，一瞬间，"两颗心已迈上各自的道路"，无言无语，分道扬镳。天气的寒冷却抵不过心与心之间的凉意。接下了作者运用了一连串的对比进行展现。"你"像无所谓似的，依旧"感受着月光的银辉"之类的美景，而"我"却堕入"黑林"；昨天是那么温暖，太阳烤熟树叶，而今天却成了"残叶"。随之情绪来了一个转变，"我"在思索这样沉沦是否值得，"我"得内心是纠结挣扎的，最后，"我"想清楚了："或许我错了""离开你——我并不伤心"。"我"借用面纱表述自己思想的反转。

从这首诗里，可以看出"我"是一个在历经思想斗争后重拾曙光的勇往直前的积极形象。"我"的思想是崇高的，"我"还有更重要，更有意义的事情去做，去奉献温暖，对于"你""我"也深深祝福。

这首诗的语言，作为青春或爱情的证词，纯粹而有张力，表达出对世界、人生和现实生活的真实想法与看法。我们可以明显地感觉到，

"我"一直在努力探索一条光明、自由的道路，哪怕荆棘丛生，却总是满怀信心和期待，不畏暂时的黑暗，纵使是冬夜，却也在后半部分读出了霞光万道。（刘书宏）

声　音

/耿林莽

　　鱼没有声音
　　蟋蟀以翅长鸣
　　——何其芳：《声音》

"声音是我自己的"。
不属于太阳，月亮，也不属于哪一堵古老的墙垣。

翅膀与翅膀轻轻抖动，弹出来的声音是微弱的，却有着我自己的独特。而不是鹦鹉们的学舌。

西窗又吹暗雨。诗人姜夔这样写道，不是暗雨，是暗语吧？
音乐的幽灵，一滴滴，比雨声温暖。

一只萤闻声而至了。它提着一盏小小的灯笼，闪闪烁烁。
世界上最弱小的一点微光，照亮了草间小虫，一曲孤独的苦吟。

"声音是我自己的"。

不是千人一腔的陈词滥调，也不属于指挥棒下的鼓乐齐鸣。

《诗潮》2017年1月号

作者 —— 耿林莽，1926年生，作家。原籍江苏如皋，现定居青岛。1939年开始写作，曾做文学编辑多年。1980年起以散文诗写作和研究为主，兼及散文随笔和文学评论。已出版散文诗集《散文诗六重奏》等十二部，散文集《人间有青鸟》等三部，文学评论集《散文诗评品录》等两部。2007年"纪念中国散文诗90周年"活动中，被授予"中国散文史终身成就奖"，2009年获中国作家协会颁发的从事文学创作60周年荣誉证书及纪念章。2015年获《星星》诗刊主办的"首届鲁迅散文诗奖"。

评鉴与感悟 —— 诗人先想起何其芳的《声音》，想到了小虫的长鸣。于是开始了诗人关于声音的联想。无论是蟋蟀，还是古人笔下的夜雨，抑或是一只小萤，它们都有独特的声音，但我们注意到，这些小声音的发出者都不是什么大物件，小声音是微弱的。但是，"声音是我自己的"，不管"太阳"还是"月亮"，无论发声者多么渺小，声音都是自己的。第一节和最后一节都有这样的表达，构成了一种对应关系，也增强了诗人想要表达自己的心声。（张星南）

素歌行

/谷莉

人间的风和天上的云握手，万物各得其所，在神的指缝间默默穿行。不信奉，不妨碍肃穆之声的照临，胸口放出高远的安宁。

无须听格里高利的指令，径自取一盏烛火。黑夜这顶大帐篷，常常被星星射出许多洞，在洞口，两种光相逢，私语如流萤。

迷雾渐渐萦绕、升腾，辉煌的廊柱间增添了暗涌，不由想念前生。

树上的果坠落，河流缓缓淌过面容，一条船扣留一双眼睛。坚硬的木板，被昨夜残留的梦描摹，迸发的帆影消失于曙色。

教堂的钟声再次雕刻晨光的萌动，流烟泯于水声。

墙壁高挺，中世纪的草木怀抱僧侣，阳光下，他们排成人字形，恍如大雁，却不能飞向天空。

而我，已脱下肩膀上的负重甚至水流与鸟鸣，直接用肺腑里的歌声与醒来的宇宙呼应。

据称，有一种超弦是魂灵，不死的琴被万物倾听。

《散文诗》2017年3月下旬刊

作者　谷莉，生于1974年2月，曾用笔名风轻语，网名谷子。居黑龙江省佳木斯市，电台主持人。诗歌作品见于《诗刊》《诗选刊》《星星》《散文诗》《延河》《绿风》《诗林》等。有诗作入选一些年度选本。

评鉴与感悟

散文诗亟待突破小巧灵秀，这是业界共识，对于散文诗抒写有纵横之说，纵是指在散文诗抒写的深邃，智性角度发力，横向是指在题材选择卜敢于尝鲜。

此篇散文诗，有着浓郁的超现实和神话色彩，它带来的阅读体验源自作者斑斓瑰丽想象，神奇的语言嫁接再生艺术手段。

如"黑夜这顶大帐篷，常常被星星射出许多洞，在洞口，两种光相逢，私语如流萤。""树上的果坠落，河流缓缓淌过面容，一条船扣留一双眼睛。"

全篇有着完整的故事画面，天地，教堂，罗马教宗，河流，树木，僧侣，我成为神灵一部分，直接用肺腑里歌声与醒来的宇宙呼应等。

虽然此篇散文诗简短，但由于构思的巧妙，即时抒写的灵感，杂以"人字形大雁""我脱下肩膀重负""超弦是魂灵"分别赋予的乡土根性，超脱羁绊，精神向度等暗示手法，给予全文一种天人合一的神性和灵性。（鲁侠客）

花开不为倾城

/关玉梅

先期抵达的，都已粉墨登场了。

一场戏，要演到极致，才有掌声；一朵花，要开到荼靡，才嗅得芬芳。
形的诱惑、色的诱惑、香的诱惑，已使这个世界不安分了。

空寂，孤独，把所有的心思藏于冻土之下。
等待一片一片的雪花儿覆盖，等待何其漫长。
土冻僵了、水冻硬了、风冻醒了。
自然界，只能听到风打着哆嗦与雪对话。

一种声音，蹑手蹑脚，咬破了冻土层。
一朵花儿，提着一盏，又一盏心灯，金色的灯光，照着她单薄的身体
和冻得有些发紫的脚，我听到了脚下的破冰之旅。
一个脚印，一个雪坑；一个雪坑，一个脚印。

坑里渗透着红色的血水、白色的雪水、黑色的泥水，像极了鸡尾酒。
冰凌花，踏破冰层，以春天的名义，出席一场盛宴。

早知道，有一种花容"倾国倾城"

早知道，有一种花影"疏影横斜，暗香浮动"

早知道，有一种花纯"出淤泥而不染"

也知道，有一种花"红杏出墙"

也知道，有一种花"招蜂引蝶"

也知道，有一种花"梨花带雨"

可有谁知道，千里冰封，万里雪飘的张广才岭，完达山脉，有一种生命顶着严寒冰雪，携一缕金黄，压倒群芳，最先抵达春天。

有人说：花开，只为倾城，它一辈子贴着泥土，一辈子顶着寒冰；她是村妇、村姑、村妮，一辈子守着土地，守着大山，守着儿女，守着村庄。

有人说：花开，只为留香，它一辈子藏于大山深处，杂草丛中，腐叶覆盖着它的头顶，羊粪压在它的身上；

它侧着头，歪着身子，只有一枚硬币大小，圆圆的花盘，低到尘埃里。

它的芬芳只有泥土知道，小草知道，放羊娃知道。

它是百姓心目中的女神啊！它是盛开在北方的雪莲！

它是无数个小小太阳，照亮了山川、河流、森林、小草，照亮了北方的春天。

有一种花开，不为倾城。

《星星》2017年第7期下旬刊

作者—— 关玉梅，满族，1965年11月16出生于黑龙江省宝清县十八里乡高家村。现任黑龙江省宝清县文联主席。中国散文学会会员，黑龙江省作家协会会员，双鸭山市作家协会副秘书长。2007年开始创作，作品曾在《星星·散文诗》《散文诗》《诗选刊》《延河诗歌特刊》《诗文杂志》《意文》《北极光》《黑龙江日报》等多家刊物发表作品。出版散文集《那片荷》《鸟非鱼》。

评鉴与感悟

冰凌花是东北辽宁地区一种冬末初春的小花，有"雪莲花"美誉，它代表着一种顽强的生命力，坚忍执着的地域文化。

作者全篇采用拟人对比手法，先抑后扬，坦陈冰凌花的生存环境的恶劣，它在冰天雪地中等待时机，积蓄力量，为最终破土而出做做铺垫。

在对冰凌花绽放之前的描写中，细腻形象地表现出它的破冰之旅。如"蹑手蹑脚"，"提着一盏又一盏心灯"。"一个雪坑，一个脚印"等。

花有千百种，但像倾国倾城的牡丹，暗香浮动的梅花，红杏出墙的杏花，都不及冰凌花在冰天雪地盛开的早，更不用说夏天的荷花了。

花开只为倾城，当作者将冰凌花再次推出慕写时，笔锋一转，将朴素的冰凌花的气质与东北的村姑、村妇、村妮联系在一起，它们一辈子守着大山、守着儿女，守着村庄。

冰凌花的根性，体现在它的不选择浮华，脚踏实地。

花开不为倾城，表现冰凌花藏于大山深处，杂草丛中，但即使这样，它还是百姓心目中的女神，是盛开在北方的雪莲。

在最后章节里，作者再次强化冰凌花内在精神气质，将它比喻成太阳，通过倾城，不为倾城相反层面的诠释，作者巧妙地提炼了冰凌花的文意，通过对比、拟人化的抒写，冰凌花已被塑造成东北大地上一道人文景观，隐忍、坚韧、低调、务实，冰凌花成为讴歌地域精神的象征和载体。（鲁侠客）

蒲公英

/郭辉

她细密的秀发，刚刚盘起。

生性是迷恋的，会用头骨，举起命里黄金般的重量。

是捧给绿草地的一个个初吻。

是钉住了无边春色的一排排铜扣。

是那些飘来荡去的翠鸟啼，摇头晃脑的和声。

并且给丝丝清风，线线溪水，一山坡一山坡的枫树林子杨树林子桉树林子，不间断地打卡，打入——看不见摸不着的淡淡清香。

属于她的日子是短暂的。从金子般的年轻，到白雪满头，也就是十几个昼夜。

但这又何妨！

她生过，爱过，灿烂过，轰轰烈烈过。况且，度过此生，还有来世！

死亡之神的长指甲，潜入阳光下的阴影，伸过来了，步步紧逼。刮出来一身的疼，一身催命的绝响。

就要脱离，就要放下爱恨情仇，就要御风远走，就要告别这一个季节，等待下一个轮回。

天命不违，大地永生！

呵，她的飞扬，她的死去，她的执念，多么轻盈，多么重！

《散文诗》2017年第3期上半月刊

作者 —— 郭辉，湖南益阳人， 中国作家协会会员，一级作家。在《诗刊》《星星》《人民文学》《十月》《北京文学》《中国诗歌》《中国诗人》《绿风》等刊物发表过诗歌、小说作品。著有《美人窝风情》《永远的乡土》《文艺湘军百家文库·诗歌方阵·郭辉卷》《错过一生的好时光》《九味泥土》等诗集。作品选入《中国新诗选》《新中国60年文学大系·散文诗精选》《中国散文诗90年》《21世纪散文诗排行榜》《中国年度散文诗选》等选本。

评鉴与感悟 —— 这是一首生命的赞歌。诗人把蒲公英的花开花落到最后传播种子的过程看作了一场生死的戏，写出了蒲公英令人动容的一生。诗人对于其青春丝毫没有吝惜自己的语言。然而，清纯的描写突然戛然而止。话锋陡转，蒲公英就要老去逝去。但诗人并未因此而悲伤，反而对又一个轮回的开始表达了自己的敬畏。这就使得整首诗的境界得到了升华，也让我们看到了生命的伟大。（张星南）

在宝顶

/郭 毅

暖阳煦煦，招募的良工只留下佛海幻影。

我保证我的灵魂向善，有鞭挞的痕迹在上三层中三层下三层扫过轮回。这虚无境界，岂止是一个俗人体会到的。

赵氏孝忠的父女，投佛祈求嗣息，有究竟怜悯恩、父母恩重经，在寰宇仅此一刻。

他们沿石飞升，一路扶摇，弯向最美的故地，一纵几千年。那些无人悟醒的高深，末世的希望，沧桑，下一轮，刻满圆图，活灵活现普世的价值里。

向着光明，也有身披春光的兽，结伴或独行。他们空空如也只不过通向善的一面，将歌声渐行渐近。

我的汉字头痛，经不住狂狷的风声，伏在现在的苔青面上，与良心打折，廉价出卖了石头的体温。

阳光照着异乡的我，也照着春天的自己。我兀自聆听的传说在讲解女的唇印上，神话轰鸣，权当一路提醒。

他们并未离开，从起源到圆寂，每个佛都没有呐喊。他们静静的，似有似无，幻作神奇，自唐宋明清，系在风化中，一晃就到现在。

因了题写"宝顶"，我将他们藏在心底。这精神的山峰，还有无尽者，在身前身后穿梭、抵达，不管在与不在，都形同壁上惟妙惟肖的仙人。

《上海诗人》2017年第3期

作者 —— 郭毅，1968年生于四川省仪陇县。四川省作家协会会员，《四川诗歌》副主编。1985年开始文学创作并发表作品，其小说、散文、诗歌、散文诗、评论散见《诗刊》《解放军文艺》《四川文学》《星星》《绿风》《诗潮》《诗歌月刊》《中国诗歌》《中国诗人》《上海诗人》《飞天》《青海湖》《诗选刊》等刊。曾获苏东坡百花文艺奖和二十余种国内外诗歌赛奖。有作品入选三十余种各类年度选本。著有诗集《行军的月亮》《灵魂献辞》《银河系》等六部，散文诗集《向上的路》《苍茫鹰姿》《一个人的清晨或午后》等四部。

评鉴与感悟 —— 杜甫有诗歌泰山曰："造化钟神秀，阴阳割昏晓。"诗中表露自然似乎对泰山情有独钟，把神奇和秀美集中在它身上。大抵自然之山得阳光雨露的化育，受风霜寒热之洗礼，得日月之精华，遂成名山。僧人便在这聚集天地灵气的崇山峻岭之间参禅修行，去心灵之污秽，感星辰之精华，悟天地间至善之理。因此，名山有佛，结下不解之缘，山的朴实永恒传承着佛的禅理。

宝顶山便是坐落于山城的这样一座佛教名山。千年的传承，佛教的因子早已氤氲在民族的血液里，激荡着心中佛性的底蕴。千年的轮回，不变的是民族心底的集体潜意识。宝顶山的佛光普照，向善的光穿越时空，幻作神奇，系在风化中，从赵氏孝忠父女到"我"，自唐宋明清到现在，洗涤着无数人的心灵。诗人虔诚的笔触，诉说着宝顶千年的教化，生生不息，指引众生走向善与光，透露出民族的宗教情怀。在此，宝顶早已成为民族精神的山峰，受人敬仰，"还有无尽者，在身前身后穿梭、抵达"。（韦容钊）

沉重的手

/郝子奇

"救我"。一个摔倒的老人，在喊。

声音颤抖，很快被喧嚣淹没了。

匆匆的，很多人，很多手，离喊声很近很近。

这是都市的街。无法站起来的老人，在等待一只手。

匆匆的人，都在走过。

一万只手在闲着。

路灯在看，不动。路边的树在看，不动。广告牌上，露胸的女孩在看，不动。

一万只闲着的手，看见了，也不动。

"救我"。许多的老人，在跌倒，在喊。

声音有点哑，很快，被都市的喧嚣淹没了。

站不起来的老人，有点晕眩，城市的手在眼前旋转。

繁华的都市，到处都是手，却软弱到没有一只手的力量，去握住一个老人痛苦的求助。

"救我"。老人痛苦地喊着。

闲着的手听到了，却伸不出来。一只手，不能扶起的痛，如此沉重，就要压垮城市所有的繁荣。

《伊犁河》2017年第1期

作者 —— 郝子奇，中国作家协会会员，中国诗歌学会理事，河南散文诗学会副会长，鹤壁市作家协会主席，河南第二届十佳诗人。作品散见全国报刊，入选《中国散文诗90年》《60年散文诗精选》《河是时间的故乡》《中国当代优秀散文诗精选》《中国当代爱情散文诗精选》《中学生读物千字散文选》《读者》和多种诗歌及散文诗年选等选本，多次获奖。出版散文诗集《寂寞的风景》《悲情城市》《河南散文诗九家》（合著），诗歌集《星空下的男人》。

评鉴与感悟 —— 摔倒的老人、低哑的求助和繁华的都市、喧嚣的人群，因为一只手而联系起来。郝子奇是一位具有社会责任感的诗人，在这首诗中，他把之前一度引起热议的老人摔倒没人扶现象以诗的形式呈现，因而给人十分强烈的感官冲击。同时也向我们展示，艺术来源于生活。

匆匆的行人，无数只手以及喧嚣的城市，没有人发现一个摔倒的老人，也没有一个人去把他扶起。诗歌用了反复对照的手法，老人的多次呼喊与城市的喧嚣的对照，一只手与千千万万只手多次的对比，再加上城市动态中的静态景象，愈发显得现代都市的冷酷无情，现代人的冷酷与麻木。

诗名叫"沉重的手"，因为老人伸出的不仅是一只求助的手，这只手还寄托着老人殷切的希望以及求生的意志，所以变得愈发沉重。诗的最后两句和诗名相呼应，同时也隐含着诗人的思考与忧虑。在热闹繁华的城市街头，没有人愿意向孤立无援的老人伸出援手，这繁华似乎成了一种徒有其表的假象，冷酷无情的城市状况使得表面的喧闹与繁华变得黯然失色。

从形式上看，这首诗每段只有三五行，且大部分的停顿都很短，两个字一停顿，三个字一停顿，也有四五字的，读起来紧凑而又有节奏，值得反复朗读。（宋云静）

割草的母亲

/胡杨

秋天了，风像是赶羊的鞭子，把树叶从树梢上赶下来，那树叶一片一片掉下来，正好落在母亲身上。

地上无数的叶片在风中拥挤，好似归牧的羊群。母亲只顾着割草，把割倒的草归拢起来，那些树叶就包裹在草中，扎成一捆。

母亲把镰刀扎进草捆，猛地用力一掀，沉重的草捆就骑上了母亲的肩头。乡间的小路曲曲弯弯，草捆在母亲的肩膀上颠簸着，那夹杂在草捆中的树叶，窸窸窣窣地掉下来，就像顽皮的小羊，紧紧跟着母亲。

那金黄的叶子，静静地铺在田埂上。

后来，一场又一场的风吹来，大地一片金黄，仿佛这些草和树叶，是喂养秋风的饲料。

《散文诗》2017年第8期

作者

胡杨，中国作家协会会员，甘肃省文学院荣誉作家，甘肃诗歌八骏之一。《中国国家地理》、《人民日报》（海外版）、《华夏地理》（美国国家地理中文版）特约作家。出版诗集《西部诗选》《敦煌》《绿洲扎撒》，散文集《东方走廊》《敦煌风俗漫记》，及地理文化丛书《雄壮的嘉峪关》《罗布泊纪实》等著作二十五部，曾参加第二十三届青春诗会，曾荣获言子文学奖、黄河文学奖、敦煌文艺奖等。

评鉴与感悟

母亲是一个承载着太多人文与伦理内涵的符号化了的指称，因其涵载的公众性认同和普遍性一致，使得母亲这一形象和母爱这一主题往往成了动笔者情不自禁成文后难于突破的尴尬与遗憾。胡杨却另有蹊径，在极为有限的篇幅里一跃而抵达母亲成功塑像的维度。细究其故，一是从母亲漫长而斑斓的一生中嵌入限定词"割草"，使得勤劳、顽强、坚韧、奉献的人格品质动态化于挥镰刈草和背草回家的场景中；二是浓墨皴染秋意，为劳作母亲铺设油画效果般的背景与物象，光影、风声、落叶、弯曲阡陌、负重震颤，形成了长焦中景深与短焦中主体交叉辉映又辅之以视听触觉的强烈传示；三是母亲主体形象刻画中不仅用词准确而且以动作曝光来凸显劳动的力度、强度和儿子的揪心度，"割""拢""扎""掀""颠簸""掉下来""紧紧跟着"，体力劳动的动作镜头追踪挤掉了任何夸饰形容词的任性空间；四是首尾呼应中境语化情语，尤以尾句"大地一片金黄，仿佛这些草和树叶，是喂养秋风的饲料"，叶草与人子仿佛浑似，化实为虚，虚中蕴实，将文本推向意蕴的纵深，将母亲形象归位于奉献到底的生存本相和生命愿景。（范恪劼）

茶卡盐湖

/胡绍珍

味道先于感官出场，牛羊还未出窝，马兰花还未打开全部的花蕾。

太阳还未爬上正午的位置，风还未蜕掉单薄的衣装，高原就飘来浓浓的盐香。

远处的雪山，聚集成吨的雪花，层层堆积覆盖，然后慢慢嬗变移动。

我的生长变化是秘密的，从不泄露生长的进程和青春期的嬗变。我只是把你当作雪，借雪的光亮熠熠闪烁。

时间的晶体秘密地转化成盐，盐的晶体秘密地堆积成湖泊。

青海，用盐塑造出一尊尊雪山的佛像，我们坐在盐湖的寺院打坐。

青稞在生长，青海在生长，雪山草原玛尼石藏传佛教在生长。

青海溢出花香草香奶香盐香藏香。咸咸的风挟带这奇异的香在你身边缭绕。

雪山从云层里钻出来，矗立在高原的童话中，她在加速蒸干水分涅槃和你一起结晶。

水是一层金子，云是一层金子，盐是一层金子。月光把你们搅匀挤压变形，这高原就剩盐和雪浩阔的白了。

牛羊是蠕动的雪山，沱沱河是大地牵出的情思。

青海用盐传递信息，用盐写诗，唱歌，卓玛姑娘的羊鞭上飘着咸咸的盐味，把青海赶到世界出产诗歌的湖泊中。盐做了青海的名牌，做了诗歌的名牌。

浩荡的历史，风干往事，沉淀下来的晶体，就是茶卡盐湖。

青海用日月山文成公主马兰花抒写茶卡盐湖，那些结晶的盐把世界漂得更加洁白了。

《散文诗世界》2017年第5期

作者

胡绍珍，四川省作家协会会员。作品散见《诗刊》《星星》《散文诗》《散文诗世界》《天津诗人》《山东诗人》《杂文选刊》等刊物。有作品收入《2010年中国散文诗精选》《中国散文诗2013卷》《2016年中国散文诗精选》《2016中国魂·散文诗选》《中考作文指导》《四川爱情友情精短诗选》《当代千人诗歌精华卷》《八一诗选》多种选本。已出版散文集《故乡情怀》，散文诗集《我一直轻轻地叫你》《城市魂灵》，诗集《临界点》

评鉴与感悟

这篇文章是胡绍珍去青海游历时写的，文章在介绍茶卡盐湖的时候，还向我们介绍了青海的风情和特色。文章行文很慢，如细细的泉水，娓娓道来中将西部地区的景象尽显于我们眼前。

青海是盐的世界，胡绍珍从盐香写起，描述了在太阳还没升起，牛羊尚未出窝，花儿还未绽放的时候，在高原上就能闻到满溢的盐香。青海的盐香不是单调的，一般还会夹杂着花草香、奶香、藏香等的香味。在雪山的映衬下，盐湖在自由地生长，盐塑的佛像在静静站立。青海的盐是有颜色的，盐湖的盐和云端的雪山，再加上地上移动的羊群，这是一个白色的国度，仿佛能漂白整个世界。青海的盐是有文化底蕴的，人们用盐来写诗，用盐来歌唱，盐赋予歌者以灵感和想象力及创造力。青海的盐最著名的是茶卡盐湖，它是经过岁月的沉淀形成的，是青海盐的一个重要标志，这里不仅有文成公主，还有马兰花等。

胡绍珍笔下的青海盐湖与雪山让人为之心醉，她调动视觉和嗅觉，将近景和远景相结合，向我们展示了一个细腻而又充满盐味的青海世界。全文用大半的篇章进行铺垫，最后才引出文章的对象茶卡盐湖，一方面增加了神秘感，另一方面也在结篇时起到了很好的点题作用。

（宋云静）

酒后的故乡老气横秋

/湖南锈才

可种水稻、茶、亲人、童年小伙伴、初恋小阿珍，膀子村那一小缕蓝天，想啥时下就下的雪，眼泪，欢笑。

可种植爷爷的白发，父亲的咳嗽和消瘦，大哥的断指，早早远嫁的姑。

可种植季节农事。春花秋月。乡亲们的音容笑貌，粗俗笑骂，无所事事，不思进取，淡吃萝卜闲操心。

可种植我撒野的麦地。离经叛道的少年。郁闷的青春。

故乡，你是我心里的一道硬伤，一道熟透的脓包。

你养育了我，又抛弃了我；你营养了我，又深深伤害了我。

今晚这新月，又一次割伤了我，遍体鳞伤。

你肥沃，又贫瘠。

一张方格纸亩产十万八千斤，将我思想的卫星高高放出，让我的孤傲，悲伤，深深种下。

你又贫血，一贫如洗，如我思想的盐碱地。

故乡，一年一年，已被秋风吹薄。

故乡，一日一日，已被词语用旧。

《散文诗》2017年第6期下半月刊

作者 —— 湖南锈才，本名曾昶。乡村出品，混迹城市。有诗发于《星星》《诗刊》《散文诗》《扬子江》《绿风》《诗歌月刊》《诗潮》《作品》《延河》《奔流》《山东文学》《广西文学》《中华文学》等。2016年参加第16届全国散文诗笔会。著有散文集《寂寞小河》、诗集《月光，穷人的利息》。

评鉴与感悟 —— 故乡，是一个人的精神家园，在对"故乡"没有任何理性的思考之前，一个人就已经与它有了"剪不断，理还乱"的精神联系。童年、少年与"故乡"建立起的这种精神联系是一个人一生也不可能完全摆脱的。后来的印象不论多么强烈都只是在这样一个基础上发生的，而不可能完全摆脱开这种感情的藤蔓。诗人用平实的语言，抒写出了儿时的"故乡""小伙伴""初恋""蓝天"等给"我"许多欢乐、甜蜜的回忆。而现实的"故乡"，却面目全非，沉寂、毫无生气、老气横秋，"乡亲们无所事事"，"少年离经叛道"。诗人运用对比的手法，让我们强烈地感受到诗人对故乡爱恨交织的情感，以及对童年故乡的怀念，对现实故乡的失望、伤心、悲凉。（吴月连）

诵经之后，蓝天白云

/黄曙辉

云开日出。连日的阴雨消失，一切又回到明媚。我在秋冬之际的阳光下打禅，不小心遗落了从前朝带来的一串念珠。

风在轻轻吹。习惯性的手势还在习惯性地动作，只是，已经找不到那一粒粒黑亮黑亮的念珠。

转经筒也已经被人带走。

我一直在原地转山。

经文在经幡之上，在风马之上。

用汉字写下那些无法读懂的音节，我像一个朝圣者，念念有词，心无杂念。只有阳光暖暖地照在大地之上，像我名字里的和暖的光焰。

一切都将在风中消散，即使再小的风，也将把尘世的喜怒哀乐带走。大地之上，白茫茫一片真干净，像极了一句古典的格言。

一些人在风中反反复复出现。他们的来去，皆有明确的目的。利用与被利用是他们信奉的原则，仿佛，他们就是风，可以带走所有。他们不知道，最后他们也将被风刮走。

春夏秋冬，我一直坐在喧闹的尘世打禅。封闭的园子异常安静，我敞开胸怀，接纳阳光，清风，也接纳冷雨，霜雪。和风细雨之后也许紧接着就有一场暴风骤雨，但是，阳光总是在我的名字里照耀，高居于风雨之上。

风吹浮世，时光不老。雨水洗尽尘埃，风儿吹走荫翳。

诵经之后睁开眼睛，内心空空荡荡，白得发蓝的云朵在蓝得忧伤的天空，何其自由，或者飞翔，或者停驻。

风，吹。浮，世。我借助这不可多得的大自然的风，清扫干净内心里的阴云，灵魂在冬日凋敝的旷野，寂寞成碧天里一朵被自己都能遗忘的白云。

《星星·散文诗》2017年第7期

作者
───

黄曙辉，湖南省作家协会会员、益阳市作家协会副主席。出版过诗集《荒原深处》《大地空茫》《在时光的锋刃上》《水边书》等著作。作品见于《诗刊》《星星》《中国诗人》《诗潮》《绿风》《扬子江诗刊》《诗歌月刊》《上海诗人》等众多刊物，并入选多种选本。

评鉴与感悟
───

这是一篇叙事与抒情相结合的散文诗。展现出作者在静谧冷清的冬日阳光之下，静静打坐修禅，逐渐与自然融为一体，从而扫清心中的杂念与阴霾，重新获得心灵的平静与安宁的心路历程。作者运用了借景抒情的写作手法：散文开头所描写的前日连绵的阴雨正如作者心头久积的苦闷与抑郁，而今日终于云开日出，天气回归明媚，暗示着诵经之后作者心中的种种情绪渐渐被一扫而光。同时，作者又借用风、雨、阳光、蓝天白云等意象，体现出作者逐渐重获心灵的自由与安详。作者借此文言情言志，抒发了作者希望在喧嚣的尘世里，能够超脱于世俗的纷扰，能够保有明澈的心境的愿望。所以作者静坐打禅，借此获致灵魂的平和与宁静，最终达到物我两忘而归于本真的彻悟之境。作品中的语言优美精练，兼具思想性与可读性。（吴月连）

夜游大同城墙

/黄亚洲

我们坐着电瓶车在明朝的肋骨上隆隆驶过。明开国大将徐达，使劲托着我们。

这样的夜巡激动人心。城墙周长七公里，古砖打制的肋骨都是冷兵器的模样。

六十四座金碧辉煌的望楼在东南西北四个方位上，给我们六十四次震撼。

徐大将应该是满意的：大同市政府先后花了七年时间，才完完整整恢复了徐达的图纸。

所有失散的古砖，都从百姓的院落里、牲畜棚里、村道上，给赎了回来。所有的边塞烽火，现在都在城楼的聚光灯里燃烧。

护城河、吊桥、城楼、箭楼、月楼、乾楼、望楼、角楼、控军台，一切修旧如旧。大明朝在大同市的中心，稳稳坐着。

其实在徐达之前，甚至，早在北魏年间，大同就有了自己的城墙。不过，那是泥土夯就的。大同很早就知道，如何将战争，通过泥土夯造成和平。

只是，镇守大同的徐达大将把泥土变成了青砖；把国家的眼睛，变成了六十四座望楼。他还在城墙外，修筑了北小城、东小城、南小城。显然，大同的和平发展，一直是穿着盔甲进行的。

依我看，大同城墙，是一部上下册的正方形教科书。上册，是从北魏到明朝；下册，是从明朝到改革开放时代。

我在今夜细细翻阅。一辆电瓶车，做了我的手指。

而讲解员，一直说着徐达大将的腔调。

其实讲解员一晚上说的，就是一句直截了当的话：真正的和平，都是穿着盔甲的。

《散文诗世界》2017年10月号

作者

黄亚洲，《诗刊》编委，中国诗歌学会常务理事，中国电影文学学会副会长。曾任第八届全国人大代表、第六届中国作家协会副主席、浙江省作家协会主席。已出版长篇小说等文学专著三十余部，其中诗集二十四部。诗作曾获鲁迅文学奖、首届中国屈原诗歌奖银奖、马鞍山李白诗歌奖金奖。

评鉴与感悟

黄亚洲的这首散文诗的主要内容很简单，大致记录了其晚上参观大同古城墙这样一件事，以及参观过程中的所见所闻，所思所想。然而在他笔下，我们却能感受到不一样的古城墙。

通过黄亚洲的描写，我们不仅看到了城墙、望楼等的匠心独具，还能由城及人，感受到明朝将士徐达守城卫国的决心。大同的古城墙从北魏时候就有了，但却在徐达的手下变得更加坚固，因而古老的城墙也是一代名将精神的写照。

历史上对于大同古城的建设尤为重视，今人怀着敬畏之心来重现古城，为之付出了不懈的努力。旧时的城墙是拼着血泪堆起来的，今时的城墙一砖一瓦皆饱蘸汗水，都值得去游览与崇敬。

在作者眼里，大同的城墙可以充当历史教科书的角色。确实是这样，城墙虽不言，却静静地立在那里，见证着时代的变革，社会的发展，以及和平时代的到来。在朝代更迭、时代变换的过程中，古城墙一直充当了见证者的角色。

一晚上的游历，作者忆古思今，不仅向我们展示了旧时的古城墙以及今日的古城墙，还简单介绍了古城墙的发展历史，只为向我们说明和平来之不及，在和平的岁月里我们得清楚，和平从来都是和盔甲相伴的，我们得珍惜和平，热爱生命。（宋云静）

反光的岛屿

/霍楠楠

小灼的五月，忙碌的宿命把她推向日渐倾斜的文字。

她拒绝洗衣水却把纤指泡进哀愁，她热爱象牙塔也只能在深夜触摸斑驳的塔身。

痴迷于一朵无果之花，带着易碎的词语闪入玲珑的晚风。

漫溢的香气多么美妙！

如一片海洋的铺陈，她们面对彼此就是面对自身的灯塔。

谁都有一座沉重的岛屿，每座岛屿都有一扇很晚才关灯的窗口。

诗性的语言发酵着来自谷底的微光，与昨夜蜕掉的茧蛹一起，灼疼清晨布谷的鸟鸣。

在向晚的野风中吟哦诗篇，仅有一袭清澈的月光是不够的，适合拿出所有的路程与章节，摊开，挑拣其中闪烁的星光。

与屋檐下的风铃一起，打造成舟楫，驶入纵深的夜幕。

同样不能拯救什么，可她们都相信热情与天鹅绒的叶片，能够应对不同的时间以及任何一处废墟。

尽管被无数的霓虹缭乱着眼睛，她们依然能够看向对方的岛屿。

沉重如斯，却也拥有着各自的河流，与火山。

《星星·散文诗》2017年第2期

作者 —— 霍楠楠，诗文见于《诗刊》《散文诗》《葡萄园诗刊》《诗天空》等国内外文学期刊。入选多种新诗与散文诗年选读本。获第三届全国鲁藜诗歌奖，参加第十七届全国散文诗笔会。

评鉴与感悟 —— 远离世俗的繁忙，给自己的心灵找下一片净土，这是《反光的岛屿》中给出的最真切的感受，而诗人心中的那片净土便是装载着人类情感的文学。忙碌的宿命将她推向文学，拒绝洗衣粉而泡进哀愁，不正是唱着对世俗的拒斥对文学的迎合。诗人歌颂着文学世界的美妙，那里溢满着香气；像海洋般的宽广；又如同岛屿上的灯塔指引航行。在世俗的世界里，文学它不会带给我们物质，但是如那旷野中的一袭月光，一颗星给人以慰藉。它不是高大雄伟的救世主，但它能让每一处土地都充满生机，远离精神的废墟，在这霓虹缭乱的世俗中，也能分辨对方的岛屿。诗人用一系列生活事物，来象征世俗的迷乱；用灯塔、文字、星光等象征着纯净的文学，这两方对立的事物各自建构着彼此的意境。字面上的纯净的文学，仅仅是诗人外在的表现，这种纯净的文学实则代表的或者说寄予的是诗人的一种乌托邦式的理想世界。拥有着各自的河流，与火山。不正是告诉大家每一个人心中都有一个理想的王国。它们可能是陶渊明式的；可能是乔伊斯式的；也可能是莫言式的等等。在这迷乱的尘世，正如诗人这样坚守心中的净土，理想的世界，才能充满存在的生机和个人的主体性。（杨仁达）

祭春贴

/姜桦

春天的黄昏苍茫黯淡！巨大的鸟鸣一点点减弱。借着满园盛开的梅花的光亮，我在一块石头上寻找一个名字。

有星光曼舞，有明月照临，字迹模糊不清而石纹清晰可辨。

哦，你告诉我！这名字是被那雨水带走，还是被雾霾的云彩抽空？

月亮是一只倒空的木桶，留下那水波在天空荡漾。一路银霜沿着河岸铺开，它莫非是被那星星摇醒？

哦！我终于找到了你的名字！跟着你，爬上结满星星的屋檐，回旋的水流，没带走半点声音。

大地安静得只剩下落日的余晖。

月亮从楼顶上升起来，看上去有些病恹恹的。

先加入小剂量的川贝，再放入适当苦苦的蛇胆。那绿色的玛瑙一般的符咒伏在一棵慌乱的梅树跟前。半夜里和一个人擦肩而过，我记得她圣婴一般的脸庞。

那个女人已离开我许久了，我还不敢靠近那一只水缸，趴在那巨大的月亮的边缘，我依旧看见那干净的脸庞。

写满药方的纸片飘舞在空中，蓄满我身体的雷电瞬间爆发。整个二月发生过多少件事情，许多年后，我只记得一场咳嗽。

《散文诗》2017年第7期

作者

姜桦，笔名阿索，诗人，纪录片导演。中国作家协会会员。1964年生。江苏响水人。1980年代后期开始写作。在《人民文学》《诗刊》《星星诗刊》《钟山》《扬子江诗刊》等发表过大量诗歌散文作品。出版有诗集、散文集七部。参加过第十七届"青春诗会"、第十五届散文诗笔会获江苏省第五届"紫金山文学奖"。现居盐城。

评鉴与感悟

这是一篇情感丰沛的抒情散文诗，描写了一位痴心的男子对于已故的爱人的刻骨思念。作品写法含蓄、内敛。作者并未直接描写男子对爱人的思念，而是透露在字里行间，给读者留下了极大的想象空间。散文诗的前半部分，作者描绘了一位男子孜孜寻觅爱人名字却寻而不得的情形；后半部分，男子终于找到了爱人的名字，却想起爱人早已离开他许久。可谓是一个非常令人唏嘘叹惋的爱情悲剧了。除开故事叙述非常耐人寻味之外，这篇散文诗的另一大亮点在于对环境的描写。无论是苍茫的黄昏，哀鸣的飞鸟，还是病态的月色，都渲染出一种凄清、悲凉、黯淡的氛围，为本诗增色不少。作者虽然没有对人物形象进行正面描写，但我们仍不难看出，女子的美丽动人与男子的痴情和悲痛。作品表现手法别出心裁，语言流畅优美，感情真挚浓烈。（李云超）

断　弦

/蒋默

　　我抓住的仅仅是一根弦，一根不知何时挣断的弦，仿佛风中飘零的一丝白发，静静地流淌在遗忘中。

　　断弦自然是发不出声音的，即便在徐徐的风中，我听到的仅仅是一种瑟缩、一种颤抖，从弦的根部传到手指。我不会弹拨的手指，是冬季修剪过的柳枝。

　　我不认识那个弹拨的人。在遥远的山上，曾经住过许多琴手，来来去去，一年又一年，不分白天黑夜，像那些树，与鸟儿交谈，与花朵交谈，与没有落下的核桃交谈。

　　于是，琴上有了风声，有了雨淋，有了闪电和霹雳，有了雪花和冰雹，有了涓涓溪流，有了瀑布的怒吼，有了农田，有了一条道路，有了道路上的人群。我在道路上奔走和追逐，别人也在道路上奔走和追逐，为着琴声，环绕着低诉和呼唤，环绕着啼哭和怒吼。

　　我想在大地的抖动中抱住一棵树，如同抱住我最易飘逝的思想，烟雾一样挥发的观念……

　　我抓住的仅仅是一根弦，发丝的弦，稻草的弦。

　　我没有在弦上看见音符，却看见了水渍和汗渍，看见了光亮，阳光的光亮。只有坚定的目光不生锈，只有顾盼的声音不生锈。

《散文诗》2017年第5期

作者

蒋默，四川岳池人，小小说家杂志总编辑。主要从事散文诗的创作和研究。作品入选多种选本。著有散文诗集《海韵》《陌生的水域》《曾经的树》《诱惑之路》《矿灯闪烁》等。

评鉴与感悟

弦断有谁听是存疑设问，断弦无人抓是肯定判断。蒋墨却扯起一根断弦弹拨出了个体思想的音符、灵魂的旋律。艺高人胆大。既有着长期散文诗纯熟创作经验又有着一己散文诗构建理论的蒋墨，在四百余字的短小篇幅中，采用诸多手段实现了散文诗的最大功效——在设题、扣题与赋予主题衍射功能方面的转折、腾挪、递进，在叙述与抒情表达方式之间的偏重、取舍、糅合，在语体拿捏中的随心、自由、留置，在意旨传示中的一线隐约、发散延展、跳跃勾连，在思想发声时的真诚、明快、唯美。结尾一句，"只有坚定的目光不生锈，只有顾盼的声音不生锈"，金石之音，余味不绝。（范恪劼）

我的废墟

/蒋志武

时间会平息所有的愤怒和不安，岁月削去山峰，变成土地，又将土地隆起来，变成坟茔。

我的废墟将再次深入命运的主题，不清楚，陌生人在我身边藏匿了多久？

无论如何，我的身体在海拔三千米的高峰上会暴露无遗。

我的废墟将跟随我自己悬在半空中，吊足生活的胃口。

我的废墟，黑暗的，废弃的废墟是献给河流与山谷最优美的雅歌！

《星星》2017年第6期下旬刊

作者

蒋志武，湖南冷水江市人，80后青年诗人，中国作家协会会员。2009年开始诗歌创作，有诗歌发表于《诗刊》《民族文学》《钟山》《天涯》《山花》《芙蓉》《清明》《北京文学》《解放军文艺》《作品》等多种纯文学刊物。诗歌入选《2015年中国诗歌精选》等五十多个年度诗歌选本，获2015年《鹿鸣》年度诗歌奖，入围2015年中国华文青年诗歌奖等多种奖项，出版诗集《万物皆有秘密的背影》等三部。

蒋志武，一个现代的诗人，创作了很多超越现实的作品。北大著名诗人臧棣认为："蒋志武的诗歌既有命运的挣扎，又有很强的精神存在，他在黑暗，孤独的时间里去审视自己的精神状态，并积极地去面对生活。"他的作品《我的废墟》就是一篇疼痛的诗歌，"岁月平息所有的愤怒和不安，岁月削去山峰，变成土地，又将土地隆起来，变成坟茔"，岁月的洗礼过后则是一片废墟，但里面却包含了点滴的愤怒和不安，于是我开始思考命运的主题，但是总是弄不清楚。于是"我的废墟将跟随我自己悬在半空中，吊足生活的胃口"，我将自己和饱含愤怒和不安的废墟袒露在生活面前，尽管黑暗，却是我"献给河流和山谷最优美的雅歌"。

诗人真诚地对待生活，努力通过自然来抗争命运，这种超越现实的存在和艺术的美感拓展了诗歌固有的空间。其实，这是诗人生活的变相陈述，既有距离感，又有丝丝缕缕的联系，将动力和张力表现出来，没有无病呻吟之语，更多的是对当下一些问题的审思。基于这些，诗人的诗是节制而非夸张的，是内敛沉吟而非高声呐喊的，这也间接体现了其写作的姿态。（李云超）

伤口

/金小杰

雨水充沛的七月，草色汹涌。我一次次按捺住内心的波澜，假装风平浪静，假装若无其事。

我早已羞于开口，袒露身体深处的隐疾。人海苍茫，一株野花沉默地开，沉默地谢，反复练习着闭目塞听的绝技。偶尔，有熟识的蜜蜂栖落，这带刺的郎中，怎么也寻不到往日疼痛的要害。

其实，不要责备这株麻木不仁的野花，她的胸口，必定藏有半截断箭，隐隐作痛，难以启齿。

《扬子江诗刊》2017年第6期

作者

金小杰，1992年生于山东青岛，教书，写诗。曾参加2016《中国诗歌》新发现诗歌夏令营等。作品散见《中国诗歌》《时代文学》《诗选刊》等。

朱光潜先生在《诗论》中否定了思想感情为本质，为内，为先；语言为形式，为外，为后的说法，而是讲求思想感情与语言发生的同一性，金小杰的《伤口》正是文字所到之处伴着情感的流露。七月草长莺飞，这是繁茂的季节，欣喜的岁月，而情感的压抑，带着诗人内心的苦痛。诗人做出了自己的追问，羞于开口是想隐藏内心的苦痛，在这茫茫人海中，舔舐着自己的伤口，练就自己闭目塞听的绝技。谁懂他内心的隐痛呢？昔日疼痛的要害再也寻不到了。诗人做出解释，曾经受到的创伤，还没有痊愈，还在隐隐作痛。诗人的情感随着语言的展开，层层递进。由压抑的平静，到舒缓的陈述，最后到达情感的突破。散文诗意境的表现主要体现在两个方面，一是要"藏"，所谓"藏"就是不露真意。二是要"曲"，就是曲尽其妙，散文诗意境的展示，宜"曲"忌"直"。而金小杰的《伤口》正是在这种含蓄中构建意境，展现内在的情感。（杨仁达）

向内生长的石头

/敬笃

开罗的天空，在凛凛寒风中颤抖着，那些来自尼罗河的石头，被打磨成一块块光滑的石板，几乎可以看到摩西的倒影和几行陌生的希伯来文字。

大地被血染成了红色，而那条横亘在生与死之间的海峡，把来自两个大洲的世界隔开，一条看不清的线，绑缚着关于宗教的传说。

穿越某个时代和古埃及王国来一次亲密接触。

死亡，并不是很神秘，只是它被赋予的黑色格调，让它沉迷于一种暗室里的诡秘。隐藏，用水写在石头内部的文字，把语言彻底消弭在故事背后。

历史，在沧桑的轮回中，石头的内脏被剥离，晶莹如玉，一个宛如人形的世界，密密麻麻的展示着石头向内生长的可能。

一只孤独的鸟儿，从天空掠过，白云飘越，一切都平淡如水，谁还记得这片天空下，救赎与超越，仅仅是生命的一隅。

《扬子江诗刊》2017年第2期

作者

敬笃，河南永城人，哲学硕士，青年作家、诗人、诗评人。各类作品散见于《诗刊》《诗歌月刊》《中国诗人》《中国诗歌》《扬子江诗刊》《山东文学》等刊物。作品入选2016《散文诗选粹》《中国散文诗·精品阅读》《中国诗歌年选》等年选。曾获全国大学生樱花诗歌奖、全国大学生野草文学大赛小说优秀奖。出版诗集《凋谢的孤独》。

评鉴与感悟

石头，在大多数人的印象当中是冷硬的，它顽固、静止没有生命，而在敬笃的这篇散文诗中，从标题开始便给人一种奇异之感：石头会生长，而且还是向内生长，这可能吗？仔细读来，我们会发现，作者在这篇散文诗当中所描写的种种，似乎都与石头有一种奇妙的相似之处，读者阅读时可以仔细体会作者在其中所蕴含的哲学思想。文章中出现了一个人物——摩西，作为利未人的后裔，宗教史上极其重要的人物，虽然他出身卑微，但是成为上帝的拣选者，带领以色列人民逃脱埃及人的奴役，实现了立教、立法的理想，但个人而言，他生前却无法看到自己人生理想的实现，遥望迦南地。埃及作为四大文明古国之一，它的经历是厚重的，在开罗的天空下，作者似乎有一种穿越了历史的恍惚之感，由尼罗河的石头打磨成的光滑石板，联想到宗教、死亡、隐藏、历史，这些都是十分沉重的话题，在时间的漫漫长河中有关这些话题每一瞬间的发生都是非常沉重的，但到如今，似乎什么都没有留下，正如作者在结尾说的"救赎与超越，仅仅是生命的一隅"，让我们不禁思考，什么事瞬间，什么是永恒，二者的关系究竟是相悖还是形同？（鹿丁红）

牙　齿

/蓝格子

牙齿，是你看得见的自己的骨头。

你用它把食物咬碎，那些痛苦和绝望也被你用牙齿细化成一小块一小块，正如日常的琐碎也一同被牙齿嚼烂，吃掉。

出走异乡，你带着自己的牙齿，在一次次跌倒爬起后，也领悟了"打掉牙往肚子里咽"的滋味。终于有一天，那些紧紧挨在一起的，洁白而坚硬的牙齿病倒了。取而代之的是泛黄的牙齿，被虫蛀的牙齿，有漏洞的牙齿，松动的牙齿，老化的牙齿，冻僵的牙齿，碎裂的牙齿，流泪的牙齿——

主要病因在于，食寒冷、辛辣之物过多。

而你知道，这些生活给你的滋味，你无从拒绝。

你也知道，有时，生活的秘诀恰恰在于，咬紧牙关。

眼泪只在暗夜才会从眼眶逃出，但你从牙缝里挤不出一个合适的词语来匹配生活的酸甜苦辣咸。

这么多年，只有在梦里，你才获得短暂的自由，没人知道，你一直在寻找那颗儿时丢掉的乳牙——

《扬子江诗刊》2017 年第 4 期

作者——

蓝格子，1991 年出生，哈尔滨人，暂居大连。偶有作品见于《星星》《诗刊》《扬子江》《中国诗歌》等。

评鉴与感悟——

诗人以牙齿作为切入点，牙齿的遭遇以小见大地象征人生的苦难与迷失。在踽踽前行的人生途中，酸甜苦辣咸的历练或许并没有使人变得更加完美，换来的反而是"泛黄、被虫蛀、有漏洞、松动、老化、冻僵、破碎、流泪"的千疮百孔，甚至让我们失去了最本真的自由。在时间里跌撞浮沉，到头来只剩下空空的躯壳在岁月里颓唐沉沦，生命最初的梦想早已在漫漫长途中失散，找不回来。"这么多年，只有在梦里，你才获得短暂的自由，没人知道，你一直在寻找儿时丢掉的乳牙——"诗人在此揭示生命的真谛，引起读者对人生命故里的思考。用牙齿比喻人生，这是作者的独创性的感悟，亦是对生活经验提炼成诗性的哲理。（韦容钊）

岩石的黑至今没被北风吹灭

/冷雪

是哪朵雪花，滋润了梅的眼睛？
我的泪渗进妹妹内心的憔悴，消瘦的冬天，你要怎样吐出花蕊？

然而，寒冷啊，还有战栗。
岩石上唯一的乌鸦像一盏灯，燃着、燃着，至今没被北风吹灭。

让我怎样靠近今夜的炉火，并把满身的伤痛也轻轻脱下，我不是最早醒来的那个人，不是，梅树下扫雪的那个人是谁？她劳动的姿势，让我看到了温暖，看到了干净的大地上，暗香的光芒。

手提着爱情的灯笼，照亮了道路却迷失了自己，我不相信这是真的。
鞋上的尘埃，飘过乌鸦的头顶，我就是岩石上的那团黑呀，燃着、燃着，至今还没有被北风吹灭……

微信公众号"我们"2017年8月8日

作者

冷雪，原名张玉宏，中国诗歌学会会员，"我们"散文诗群主要成员，黑龙江省作家协会会员，牡丹江诗词协会副秘书长。作品散见于《星星》《诗选刊》《诗刊》等。有作品入选《中国年度散文诗》《大诗歌》《散文诗选粹》等。著有散文诗集《暖阳如雪》（周庆荣序）等三部。获"中国首届网络文学大赛"诗歌奖（组诗奖）、"第十届中国散文诗天马奖"等。

评鉴与感悟

艺术的最高境界就是物我合一，将自然与人生交汇融合，让心灵与自然对话，感悟生命，剖析人生。王国维在《人间词话》中说过："诗人对宇宙人生，须入乎其内，又须出乎其外。"入乎其内就是要使所写的事物要有生命的本真，出乎其外就是要用冷静的态度使自然之物接近心灵世界。冷雪就是这样一位诗人，他对自然、对生命的观察与思考既能入乎其内，又能出乎其外。"乌鸦"是黑色的，然而它就像"一盏灯"，永不熄灭，把"乌鸦"与"灯"联系在一起，形象地表达了即使在寒冷的冬季，生命也将继续，不会止息。"我"亦是岩石上的那团黑，即使处于艰苦的环境中，却仍然不会被困难打倒，"我不相信这是真的"是一种不屈服的态度，一种怀疑与思考的过程。冷雪将自然物象与人的精神联结在一起，真诚地剖析人生，冷静地诉说着生命的真谛，使诗歌偏向于冷抒情，但这冷并不是没有温度，诗中也有"温暖""干净的大地"和"光芒"，这些散发着光和热的词汇是诗人对热烈梦想的追求，但这种热烈并不是无节制的释放，而是用冷抒情的方式调和这种热烈，在不动声色中认识事物的本质，找寻内心的真实，感悟生命的真谛。（孙冰）

济水漫思

/李俊功

熔化，光阴的刀。

广阔的泥土脚印，交叠的星辉中，总有情感的一线牵系。

以数万株绿树记录的密言，被排比的大水浸润；

以数万株劲拔的嘉禾挥毫的悠长一句，沉默的金子般的碰撞，每一晨昏的配乐，无休无止的盛会。

请允许我端坐铁色的石头，活于我们的仁善。

多像血脉相连的姓氏。看到水，看到河流，看到一座城岸边沉思，提起水声抄写日月星辰，以及自然的无尘经卷。

恰似捻开的崭新书页，手上的活水之源。

和内心的创造一次次暗合。

和开辟荒凉的净念暗合。

我再次低下傲慢的头，抵御哗然来袭的某些嗔恨，三分倦怠。

攥紧一把钥匙，驱车的神灵，不老的水，足以开启的陌生之境。柔软的押韵，数千华里的相随：忽然明白远和近的亲密关系，拥有和舍得的悖论。

谁能够，
从不辞而别的源流间觉悟永存或者不逝？

一条河流梦见中原。以及大海。
一条河流梦见立于源头的城，像冠冕的帝王。

《济源文学》2017年河南省散文诗年会专号

作者

李俊功，1967年出生于河南省通许县。中国作家协会会员。现任河南省散文诗学会副会长、开封市作家协会副主席。参加第五届、第十届全国散文诗笔会。出版有诗集《弹响大地风声》《披褐者》《长昼》等。获得第七届中国天马散文诗奖等多种奖项。

评鉴与感悟

济水乃今济河之古称，发源于河南省济源市，经河南、山东两省，最终汇入渤海。诗人立于河岸，当是忆起了孔子曾经的喟叹："逝者如斯夫，不舍昼夜！"然而诗人在看到时间流逝的同时，还看到了空间的重叠、时间的重叠。这条古老的河从未停止过自己的流动，却又像是一块沉积多年的岩石，呈现着自身层层堆叠的纹理。

在诗歌的第一节，诗人首先用大量的比喻对济水进行了勾勒。河流与光阴被画上了等号，进而又被比喻为一把刀。但是刀是固态的，而河流又是液态的，于是诗人在最开始用了"熔化"这样的字眼。紧接着，视野从河流本身拉开，在空间上进行了延展。不管是沿河而生的树木还是农人们栽种的庄稼，都被这连绵不绝的河水所滋养。

如果说第一节还是空间上的描写，第二节则进入了时间的层面。姓氏所象征的宗族血脉，与河流构成了完美的对应关系。由河流出发，历史就是无限接续的生命，而城市就是血脉尽头一个暂时的节点。

从空间与时间的具象描写脱身出来，诗人进入了远和近、拥有和舍得相互纠缠的境地当中。在绵延数千华里的济水之上，诗人更多地体察到的是一种永存或者说是不逝。这与孔子的感喟完全相反，就在于河流这种重叠的特性。（寇硕恒）

思想者的狼

/李明月

思想者坐在春天的草地上，他已经思考了千年万年，渐渐地没有了人的概念。

一匹闪亮的狼，在他的筋骨中，穿越洪荒——过一个玄关。

他一丝不挂地思考，他喜欢头顶着月亮思考。每当想通一个问题，就会听到狼叫，狼一叫，月亮就明亮些。

他思考本质，本色，本我，超我……

一丝不挂本身就是一种思想——思想上的一丝不挂……

一丝不挂就是干净，是一种空：一个空杯，才能装水，水就是有——只有"空"才能装"有"，头脑清空了，没有烦事在里面折腾，才能真空妙有——

"妙有"是大境界，大境界就是见谁都爱，少了私心，才会有大爱，少了欲望，心里才会空——

空本身就是一种存在：空藏神，空穴来风，空是神灵的居所。

就像我们说的"心神"，当我们心空了，灵魂才能有地方栖居，灵魂就是神。于是，他开始兴奋地大叫——

"嗷……"

一匹刚出生的小狼，被他叫声引来了。

"嗷……"小狼和他一起叫。

思想者深入："存在"是走向"最高的主宰者"还是其他……

他突然领悟：最高的存在便是生命的灵魂，灵魂就是宇宙的真一之气，聚则成形——成人、成物，成为大千世界和各种光景……散则成气，随缘聚散，变化无常，原来……

他又开始大叫，比刚才的提高了好几分贝——

一匹半大狼跑来了，流着口水，贪婪又欣赏地望着。

最后的问题是关于死亡："从生命的本源来说，所有的死亡都是一种再生，一种过渡——死与生的中间过程。由一个人过渡向另一个人，或者动物以及超越时空的因缘轮回，生命是在生生不息的循环之中……"

这次，狼的叫声惊天震地，激动了一群狼——

《散文诗》2017年第2期上半月刊

作者 ——

李明月，写诗画画，素食参禅。出版有《每个人都是一盏灯》《每件事都是一扇窗》《幸福的妙方》《智慧的精囊》。《思想者的狼》《美丽心机》等。曾在《诗刊》《中国作家》《花城》《诗选刊》《散文诗》《诗潮》《星星》《诗歌月刊》《散文》《书屋》《人民日报》《中国漫画》《讽刺与幽默》《南方周末》《青年文摘》等报刊开设图文专栏。诗歌、散文、散文诗多次入选国内年选。

评鉴与感悟 ——

这是一篇短小精悍又寓意深刻的散文诗。描写了一位思想者对于自我，对于存在，对于灵魂，对于生命等哲学上的终极奥义所做出的思考。文中将思想者心中所存在的疑问比作一头狼，且是"一匹闪亮的狼"。每当他想通一个问题，解决一个疑惑，心中的那匹狼就会响亮地嚎叫，世界便也会明亮几分。作者借助笔下"思想者"这一艺术形象，一步步阐释了自己关于人类、关于世界、关于生命的思考。作者对于这些问题的思考是层层深入的：他先是思考人如何能达到"妙有"的大境界，只有心里没有杂念，没有欲望，只有空明澄澈的大爱才是"妙有"，而这种"空"本身即是一种存在，这是由思考人到思考存在的推进；心灵干净了，灵魂才有居所，其后，作者得出生命的灵魂是最高的存在，这是由存在到生命的推进；谈及生命，就无可避免谈及死亡，作者终于豁然开朗，死亡其实也只是生命的另一种形式而已，世间万物也只是生命生生不息的轮回而已。思及此，一切便都释然了。这篇散文诗淋漓尽致地体现了作者深邃的思想和对世事清晰的洞察。作品立意独特，寓意深远又耐人寻味。（李云超）

黄土高原

/李需

一个叫大禹的人，握着他神奇的剑柄，随手一转，一条最桀骜的河流就温顺下来。

她在四千年的这处高原，千疮百孔，百孔千疮。

但她，依然是一位最具包容的母亲。

四季轮回，日月旋转。

梦在梦的破灭里复苏、再破灭、再复苏。可诺言在，千年的星光就在。

故乡的人唤时间为日月。

故乡的人喊乾坤为天地。

叠涌的黄土，最后，都成为埋骨的坟场。

但，这里，依然是安身立命的最好归宿。

一条河流，她在被我们叫作黄河时，就永远以缄默保持着最深刻的缄默。

以生死唤醒一次次的生死。

对于土地，我们一直都保持着最虔诚的敬重。

对于爱，我们一直都想让她像这条河一样，无羁，漫漶。

至于，最后，我们会以什么方式，归于这浩渺的恢宏的高原？

就留给一场大风，或者，留给一场弥漫的大雪，来为我们清扫尘世，最后的脚印。

一片水，我们可以把它称之湖或海。但这片水最本性的质地还是盐。

水域白花花的，盐白花花的。

站在这片水畔，我常常会望见历史，还有传说、神话。

我常常会望见血将水染红，包括，爱和恨，苦难和福泽，一并与水荡漾。

白花花的盐啊，白花花的骨头啊！

那种苍茫，在思想的叹息里弥漫；那种与众不同的高深，在我们的血液里滚动。

后来，我们会将这片水叫作盐池。并造一个神出来，筑一座庙出来，美其名曰：池神庙。

神看护的地方，才不会出跳梁小丑。

阳光明亮亮的。阳光翻晒着一望无际的明朗朗的盐。

风起于青萍。

大风吹兮。大风吹过我们纯粹的灵魂。

《散文诗》2017年第1期

作者——

李需，现供职运城市公安局。散文诗刊于数十家报刊，入选多种选本。已出版散文集四部。

本诗所写是诗人的故乡——黄土高原，这里经过岁月的洗礼，历史的变迁，依旧是一个包容的母亲。李需写散文诗并不是为了治愈创伤，也不是为了玩文字游戏，而是为了回报这个养育了他的故土。他曾经明确表述过，他的散文诗创作就是为了"根"，他想要自己的创作是有根的写作。所以，他的作品中有浓厚的地域特色和主观色彩。对于河流冲刷后的千疮百孔，对于黄土的叠涌不断，对于黄河水的水域等等，诗人都觉得其是历史的见证，是爱与恨、苦难和福泽的交织。诗人钟情于这里的一切，所以它的散文诗不出意外地扎根于这里。

散文诗作为诗歌的一种，也要注重其营造的意境。但是营造意境的前提是要有悟性。李需作为一个生于农村，长于农村的实诚人来说，它的作品中虚与实完美地融合。将真情实意和空灵之境融汇在作品之中，有对土地的敬重，也有对生死的审视，有黄河水的不羁荡漾，也有大风洗涤过的纯粹灵魂，将自己的真情注入作品中，增添了作品意境的空旷感，也植入了浓浓的爱意。这种艺术上独特的表现方式，让《黄土高原》有了一种别样的新鲜感，也标明了诗人独特的行文轨迹，这篇创作其实就是对故土的回报，对黄土高原喜爱和赞美的直白阐述。（李云超）

我的灵魂出窍飘向万里之外
幻化成一个驿站
——散文诗组章《梦的世界》之二

/李岩

这夜却白昼般光明。

那白昼却夜般黑暗。

在这个颠倒的世界的某一天某一时某一分某一秒，我的灵魂出窍飘向万里之外欲幻化成一个驿站。

飘着一片片臭气的魔沼一闪而过；

堆着一堆堆骷髅的死亡谷一闪而过；

沙漠上呼啸不息的绿洲一闪而过；

石堆里摇摆不息的青草一闪而过……

这是万里之外的地狱与天堂间最僻静的一隅。

我的灵魂幻化成一个应有尽有的不失人间本色的驿站：屋门。窗子。木床。被褥。茶几。暖壶。茶缸。镜子。炉子。炊具。粗粮做的食物与细粮做的食物。还有酒——

一壶已渗入毒药的酒是给地狱中的一个魔鬼准备的。

一壶未渗入毒药的酒是给天堂上的一个善良人准备的。

那天的日头毒得令一切都喘不过气来。那天的罡风从那片半枯半荣的山林吹过来令驿站烦躁不安。那天的飞鸟的翅膀扇下一张张未有任何墨迹的宣纸。

终于，我烦躁不安的灵魂隐隐约约地听到有脚步声传来——是地狱中的那个魔鬼和天堂上的那个善良人一前一后走来。

终于，那个地狱中的魔鬼痛饮完那壶渗入毒药的酒蓦然倒地而久久地打着滚，一会儿便死去。他的灵魂出窍却高声赞美这是一壶醇香的上等的陈年佳酿。

忽然，有一股寒气浸入我的灵魂，整个驿站在一阵阵颤抖……

魔鬼死去的躯体，眨眼间消失得无踪无影。

终于，那个天堂上的善良人痛饮完那壶未渗入毒药的酒舌头一个劲地舔着双唇，脸上挂着微笑。他的灵魂出窍却高声痛骂这是一壶苦涩的劣等的肮脏毒酒。

忽然，有一股热流浸入我的灵魂，整个驿站在一阵阵狂啸……

善良人欢抖的躯体，眨眼间消失得无影无踪。

那个时刻的日头愈加歹毒，使我昏昏然的灵魂不知所措：我是谁？我是什么？是地狱中的魔鬼？还是天堂上的善良人？是地狱中魔鬼的灵魂？还是天堂上善良人的灵魂？是一个刚刚诞生的婴儿？还是早已埋入山地中的一具骷髅？是一个活蹦乱跳的活人实则灵魂已死？还是一个人日日卧如死尸实则灵魂依然剧烈律动如妙龄少女之鲜心？

忽然，有一种奇特的宏音愈加响亮的传来。

远远地，有一个身着红色羽衣的神灵从天宇中向驿站悠悠降落。

他的灵魂出窍幻化成一个更加完美更加辉煌的驿站。

我的驿站和神灵的驿站——我的灵魂和神灵的灵魂，开始探求这千年也未能解开的谜——

那白昼却夜般黑暗。

这夜却白昼般光明。

《林海日报》"映山红"文艺副刊 2017 年 4 月 20 日

作者

李岩，蒙古族。1962 年 1 月生人。现任内蒙古大兴安岭重点国有林管理局阿尔山林业局党委副书记。内蒙古作协理事、中国林业作家协会副秘书长、内蒙古大兴安岭重点国有林管理局文联主席。1977年开始尝试业余文学创作。1980年4月开始，先后在《草原》《澳洲文化报》《作品》《中国诗人》《中国校园文学》《十月》《诗刊》《人民文学》等几十家报刊发诗歌（散文诗）近千首（章）。有几十首诗歌入选中国诗歌年选及其他各种选本。获首届梁希文学奖，中国关注森林文化艺术奖，草原文学奖，首届金雕文学奖，内蒙古自治区职工文学创作第三、第四届一等奖，中国世纪大采风第三届、第四届文学创作大奖赛银奖，呼伦贝尔市政府文学创作奖，兴安盟政府文学创作奖等。著有诗歌集六部，童话集三部。二十集电视连续剧《五十个光头兵》（编剧之一）已在中国中央电视台向全国播放。

评鉴与感悟

《我的灵魂出窍飘向万里之外幻化成一个驿站》属于李岩散文诗组章的第二篇，在这篇文章中，作者用自己瑰丽的语言与深邃的思想构造了一个奇特的世界。作者在开始，便写到"这夜却白昼般光明。那白昼却夜般黑暗"，正常看来这是有悖于传统的日常思维的，但这却是作者的切身体会。因为这是个"颠倒的世界"，"我的"灵魂在这个颠倒的世界中化成一个客栈，开始对自我灵魂的质问：我们所处之地究竟是哪儿，"我"究竟是魔鬼还是善良人？抑或是二者兼而有之？这是"善我"与"恶我"的争斗。作者的语言奇妙瑰丽，"灵魂依然剧烈律动如妙龄少女之鲜心"，美好与黑暗融合得恰到好处，相信每一位读者在读完这篇作品之后都会从中获得相似之感。（鹿丁红）

如果可以不回去

/灵焚

怎么一觉醒来，我成了另一个自己？

不完整。散落一地……这是哪里？

时光隧道。另一个世界。物理学家……

是谁打开了这扇门？我不想原谅你，但我注定做不到。

但我可以，以全称否定的方式，以宿命的方式，以自我惩罚的方式……
直到把自己彻底打倒。

我审判自己，为自己宣读判决书：只有灵魂，可以站立起来，向天涯
行走。行走……

不，倒下了，就已经碎了。

我说的是：肉体。

如果今夜，你捡到流星的碎片，那一定是我的残骸。

我就是那些碎片，被时光吞下去又吐出来的骨头。

噢……哦……噢……

我想这样一直呐喊下去，直到时空产生扭曲。

那样，我会在路上遇到蒙克吗？

但，我已经决定不再回去了……即使散落满地，我也要与这里的星辰一起，在现实与超现实斜面上，在随时可以滑落的梦中……

但你可以不回去吗？

微信公众号"二马看天下"2016年10月26号

作者

灵焚，本名林美茂，福建人，现居北京，日本归国哲学博士（Ph. D.），中国人民大学哲学院教授，博士生导师。出版学术专著、合著、译著、编著等多部。"我们——北土城散文诗群"重要发起人、组织者之一。曾主持《诗刊》《青年文学》《诗歌月刊》等散文诗专栏。现为《星星·理论版》"散文诗现场"专栏主持。出版散文诗集《情人》《女神》《剧场》等。

评鉴与感悟

似梦非梦，门洞开着，通往"在现实与超现实斜面上，在随时可以滑落的梦中……"的出行之路。"不想原谅你"是真的，门一开，灵魂的独立行走就无头可回，艰辛和痛苦一望即知；"但我注定做不到"更是真的，灵魂早已在禁锢中形销骨立，除非放飞，不可挽救。于是，宿命般的"向天涯行走"成为"判决书"般裁定的行役。至于肉体，并不全是废弃之物，它也因灵魂的伴行而成为星空中"流星的碎片"。呐喊——激越、豪壮、无忌成为叱咤的灵魂之音。此刻若时空如愿而扭曲，遇到蒙克该是多么奇妙。

挪威表现主义画家蒙克是诗眼。其系列画作《生命的饰带——生命、爱情和死亡的诗》中的《呐喊》因诉说出人类灵魂深处尚未被唤醒的不安和恐惧而震撼世界也成为蒙克最著名的代表作。诗人再次明志——"我已经决定不再回去了"。可是，一句追问"但你可以不回去吗？"将一切打回现实的无可逃离。

122

身兼哲学研究专家和散文诗诗人的灵焚，耽于生命诗学和精神构建当然是正常的和必然的。诗题和结句构成的矛盾、纠结，中间注满灵魂出走的光怪陆离，在一定程度上减缓了肉体之觞的触目惊心而维持了灵魂之问的振聋发聩。而精神之旅的唯美与深邃如此浑然一体，当然是灵焚灵魂电光火石所使然了。（范恪劼）

米粒大小的花

/卢静

米粒大小的花，静静地开了
黑黑的夜拉下了灯绳。

玻璃珠正迅速聚集，击中空气的裂隙。
——即使不久，滚滚散尽。
推开看不见的窗，宇宙蹲伏在苞蕾里。

太阳驾驭马车从洪荒赶赴，端坐种子的核心。
种子头顶黑斧，凿刻沉重的历程。
海放牧波浪，放牧了云，溜进雨呼吸，嗅见一枚叶子的火焰。
结晶，诸要素交叉：
泥土以胸脯做证，像蜜蜂的爱情，千万朵灵魂久久酝酿。
才滴下枝头金黄的闪电。

一朵米粒大小的花，静静地开了。

《诗刊》2017 年第 4 期

作者

卢静，山西文学院第四届签约作家。作品曾发于《诗刊》《青年文学》《星星诗刊》《诗潮》等报刊，被收入《中国年度散文诗》《散文诗选粹》等多家选本。散文集《谁谓河广》入选"晋军新方阵文丛·第三辑"。曾获第七届中国散文诗天马奖、第四届全国"信"文学大赛二等奖等奖项。

评鉴与感悟

诗人想象力十分丰富，运用它自由地驰骋于"宇宙"之中，游走于自然万物之间，巧妙地将自己、梦想或未来等充满希望的事物比作一朵"米粒大小的花"，并通过一系列形象的比喻和象征，深刻地揭示了这些事物的两面性——渺小与伟大。

个体是"沧海之一粟"，自我的希冀好似"蜉蝣于天地"，无论是从纵向历史看来，还是从横向当今世界看来，都无令人折服、敬佩、感叹之处。实际上，许多英雄豪杰、帝王将相及其欲望、追求都会随着岁月的流逝逐渐暗淡，就像无数文人骚客吟唱的那样"大江东去，浪淘尽，千古风流人物"，更何况是无数普普通通的寻常人呢？

但是这渺小到几乎一折就断的脆弱的存在却跋涉过艰辛，经历了种种苦难，用希望的"太阳"做核心，被"沉重的历程"孕育，充满希望地诞生在黑暗无边的"夜"里，安静地证明了一个个被惯性忽视、看轻的自我与梦想等事物的坚韧与不平凡。历史的车轮碾过，带起无数尘埃，任何事物几乎都留不下什么痕迹，但那些用困苦浇灌破土的"花"，一直静静地散发着芬芳，不曾湮灭。

诗人技巧性地运用了比喻和象征，似乎隔着一层纱布似的诉说着自己的人生感悟，但同时也真挚地、充满激情地赞美着这些美好存在的顽强与伟大，激励着读者去关注、感受这些存在的美好与力量，渴望人们更多地去创造这类事物，不因妄自菲薄错失她们。（何雨柔）

小雪，这人间多么幸福

/鲁侠客

1

藏起世间万千沟壑，藏起辙印，母亲，你最终在一场小雪里，藏起了你自己。

一股西伯利亚寒流，横扫南北，一场小雪，开始复活枯瘦的记忆。

漫天是你，母亲，纷纷扬扬，我看见你鬓旁浸染的风霜，细密的白发，你栽下的那棵银杏树，正葳蕤挺拔。

冷空气让人骤醒，大风来得正是时候，它可以吹走尘世的雾霾。

母亲，你看，炉灶的火吹得很旺，你喜欢的茴香水饺，在沸腾的水里，开始饱满，冒出香气。

天气预报说，这场寒流会持续一周。我日常惧怕的寒流，此刻却灌醉了我。

水饺、蒜泥、陈醋，伴着烈性酒，就着今晚呼啸的北风，此刻，这人间多么幸福。

2

这人间的果实，正被一场白雪，置换出体内的淤毒，虫蛀。

山楂或者樱桃，都是反季节的。

126

你看吧，太阳被抽走骨髓，黄经二百四十度上，你在向我频频挥手。

我幸福地患上了妄想症，这场小雪，让我像一粒种子，重新回到母枝、果核、泥土里。

母亲，这场小雪，从您的双鬓出发，返回青丝乌发，返回您的白银般的少女时代。

3

梦里那些坠落的星星，落在那棵银杏树上。

片片叶子，被风刀雕刻，被巨大的白、静寂冶炼，披着银色铠甲的叶子，与我在雪地里腾空飞起。

遵奉神谕，让西风赐予我一双翅膀吧，飞跃黄经二百四十度。

4

菊花或者蒲公英，花蕊早已凋落，只有这场小雪，马蹄奔放，恣意地在枝头唱响。

持续的寒流，摩顶、超度，将时间推出欢声笑语之外。

我站在虚构的人间，将更声掩埋，将洪流衰草、欢颜啜泣，置于烛火里，淬洗、漂白。

是慈悲，一声啼哭替代菊香、飘絮，一个婴儿降落人间。

像这场重逢，母亲，是小雪重新诞下了您和我。

《诗潮》2017年2月号

作者

鲁侠客，本名田勇。在《星星》《诗潮》《关东诗人》《山东诗人》《中国关雎爱情诗》《新民晚报》《西安日报》发表诗歌、散文诗和评论作品。

鲁侠客《小雪，这人间多么幸福》用现实中的雪景映衬回忆里的母亲，在虚实相生中呈现生活细节，表达他对母亲极深的思念。

首先，诗将小雪与母亲紧密联系，虚实相生。在小雪的时间和空间背景中，"藏"起的母亲在记忆中复活：作者由小雪、冷空气、大风追忆到炉火、茴香水饺、蒜泥、陈醋、烈性酒；由反季节的山楂、樱桃联想到关于时光倒流的妄想症；由眼前的银杏树而企盼拥有一双翅膀；最后，人间只是"虚构的人间"，小雪里的"重逢"反为最真实的存在。由实到虚，反虚为实，不过因为——"像这场重逢，母亲，小雪重新诞下您和我"。

其次，诗中有单纯而生活化的美的意象。诗中的小雪、银杏树、茴香水饺、炉灶的火、沸腾的水、蒜泥、陈醋、烈性酒等意象都十分常见而贴近日常生活。从前母亲如何种下银杏树、如何在小雪时节煮茴香水饺，如今只能在回忆中细细回味了。温柔勤劳的母亲由"青丝乌发"到"细密的白发"，最后"藏"起了自己，于是母子如今只能靠一场小雪得以"重逢"。作者将生活中的普遍事物作为意象，使其对母亲的思念形象化，含蓄地表达了丰富的情感。该散文诗运用虚实相生和生活化的意象进行创作，抒写对母亲的怀念与赞美。（程攀）

野草吟

/陆晓旭

1

喧嚣的国度不属于它们。欲望的沃土也不属于它们。

寂寞是它们精神的道场。

春风吹过，它们就从根部开始，不断释放隐忍了一冬的寒气。在雨露的滋润下复活，在阳光的关照下生长。向上，也向善。

有时它们就是在苦难里舞蹈，有时它们就是在梦里飞翔，有时它们就是在眼泪里歌唱。

始终渴望能长出一双自由的翅膀，却被鸟儿嘲笑。

那鸟儿又哪里懂得，野草的疼痛，就是飞禽们被折断了翅膀的疼痛。

所以鸟儿们嘲笑野草的时候，野草也只是报以轻描淡写的微笑。

2

野草终归是野草，不忘初心的野草。

集体朝着一个方向行走，仿佛属于它们的黎明一直就在前方。

这让我更加坚信，除了爱，它们还有自己更高的理想。

简单，朴素，大气，坚不可摧。不是一时之间，也不是一夜之间，它们血脉里流淌着的勇气，是与生俱来的固有的勇气。

它们经得起任何挫折和打击，也可以亲手将任何狂妄和嚣张埋葬。

哪怕就是面对烈火，它们也可以挺身一试。

3

在这个世上，原本就没有不透风的墙。

有的墙还张牙咧嘴，想要狠狠地咬上野草一口。是啊，有的野草，已经被墙吞到肚子里去了。可是再厚的墙又能怎样？就算是铜墙铁壁，野草也能从那裂开的缝隙里，使劲探出身体，向天空和大地致意，并且告诉世界，只要爱还在，再微不足道的事物，都不会被美丽的眷恋遗忘。

透着风的墙，其实也在透气。只是人生没有时间让你理清账本去看透这一切。

一些秩序必将重构。

在野草看来，高调或低调的碰撞，都是一种恬静的悲怆。

4

默认野草可以掀翻石块吧，默认野草有它们自己的力量。

与其等着沉默的石头开花，不如和野草一样，前不低头，后不觅路，像放逐希望般放逐自己，成群集队走向山岗，走向原野，哪怕前面就是那广阔无垠的沙漠，也要集体蔓延过去。

你拉着我的手，我拉着你的手，根连着根，心连着心。

这是铁的意志，无比的钢的坚强。

天地之大，野草也可以四海为家。在哪里安身立命，哪里就是故乡。

《星星·散文诗》2017年第2期

作者 ——

陆晓旭，云南省作家协会会员，晋宁县作家协会副主席，县文联《月山》编辑。著有散文诗集《心灵牧歌》。曾获冰心儿童文学奖和全国"十佳散文诗人"提名奖等多种奖项。作品入选各种选本。曾参加过第三届全国散文诗笔会。

野草在多种文体里，都是坚韧，生命力顽强的象征，此篇主旨也不例外，从野草与鸟儿理想的对话，到野草与墙的对决，再到野草在特殊恶劣环境里的抱团作战的精神，它从多侧面塑造了野草的精神向度。

为了呈现野草饱满的精神内涵，作者在与鸟的对比中，将野草的铺展蔓延比喻成鸟类的翅膀，鸟的梦想，但是鸟儿有时却看不起野草，野草的疼痛其实就是鸟儿折断翅膀的疼痛，这种形象化的表述，让人真切体会到野草的高远志向。

而在与墙的对话中，诗文再次提供了更精彩的诠释，墙有时会吞噬野草，但野草有韧性有智慧，它在墙缝里都可以生长，探出头继续关注世界，向爱进发。

在野草与石头的摹写里，野草可以掀翻石头，它根连根，心连心，野草的前进精神，拓荒精神，团队精神拟人化的手法，让我们看到野草蔓延到哪里，哪里就是故乡，从而完成野草精神向度的聚焦抒写，完美塑造出野草的人文精神，凸显野草的一种奋进昂扬的内在气度。

（罗雨）

旅人、风景

/绿蒂

旅行、阅读、书写。

都是我隐居的方式。

与诗共行，已越过一甲子的岁月，有的在星光低垂的海岸，有的在乡愁羁留的河畔。

诗是生活的日记，也是生命的代言。可以涓涓细流，可以江海澎派。

旅人的风景是记忆，有转眼即逝的璀璨，有萦绕终生的淡泊，在过眼烟云里寻觅存在美丽瞬间的永恒。

旅人不停地选择一个移动的迷宫，把意象与风景置入。

在人潮喧哗灯火辉煌里，是路人甲

是无人歇足黯淡驿站上的，是过客。

一切都在旅途上。

每篇记游都是孤寂的入出口，

因内隐记忆的清晰，令一切情境无法重来。

每个岁末的铃声，都在催促着回忆和内疚。冬至的大寒夜，在雪地寻搜纯净的冷白或读取天上熠熠星光取暖。

而你总是扮演着梦中的失踪人口，让未来的旅程不至于太寂寞诗是旅人移动的城堡，爱与美是设计的意象，文字与音乐是构建的基石。

旅人没有边境，透过零落的画面，以记忆和思念，来拼凑成生命的风景，让所有遗憾都成熟为祝福。

《北港溪的黄昏》普音丛书（台湾）2017年6月版

作者

绿蒂，本名王吉隆。1942年生，台湾云林人，现任秋水诗刊发行人、世界艺术文化学院副秘书长。曾任《野风文艺》主编，创办了《野火诗刊》《中国新诗》《长歌出版社》，曾主编《中国新诗选》《中华新诗选》（1996年）。多次出席历届世界诗人大会，足迹遍及亚、美、欧、非、澳各洲。1994年绿蒂担任在台北举行的第十五届世界诗人大会会长，有四十多个国家四百多位诗人出席。有诗集《蓝星》《绿色的塑象》《风与城》《云上之梯》《泊岸》《坐看风起时》。

评鉴与感悟

作者思绪翩飞，人生旅途的风景五彩斑斓，有高潮和低谷，有成功喜悦，也有挫折时的忧郁，而诗作为作者精神层面的慰藉，无疑扮演了宗教作用。而在旅途上的记录，包含了隐匿幽深的情感脉动。

在季节交替变动中，都有孤独的跋涉者，他们内心深处都有情绪宣泄的出口。那就是诗，于作者而言，诗是流动风景，而风景给予诗提供了素材。作者的诗思深邃理性，甚至透出一种孤独，但有诗陪伴，于作者而言，则是遗憾中的运气。

作者善于捕捉瞬间情绪流动，绘出寥廓的心理轨迹。从生活经验看，旅途与风景是不可分割的，诗人往往在自己编织的梦里，抗拒时空，抗拒生命的短暂，由于有了诗歌，诗人的生命纬度得到拓宽。（鲁侠客）

我嫁给了江南的缫丝房

/陈瑞芬

1

你住西厢房，长居江南的书生，一袭单薄的外衫。

烛光透出纱帘，三更长明。

那本打开的诗经，就放在窗前，让西风吟诵。

我在钱山漾，用心抽取每一根丝，让每根丝条的粗、细都一致。

每根丝，悠长悠长。

水乡、老宅、缫丝房，紫藤缠绕的书房，青砖黛瓦的院落。

2

把蚕茧打开，就是一个网，坚韧有张力的网。我用最清的水缫丝。在滚烫的水里，一把茧出人头地，分娩成一把光润的丝，这又亮又白的丝呵。

可是我的丝不能像窗外的花娇媚。不能如春天的蝶翻飞。

一屋子的茧，心知肚明。

在一个飘雨的初冬，你从江南的书房往外望，望到烟雾袅绕的缫丝房。

一双明亮的眼。

我在慌乱下，缫了一把乱丝。

134

3

风在窗外日夜舞动。

我不敢开口。丝的纺车和诗的案几，泾渭分明。

一根丝，把魂也牵梦也绕。一根丝，把一太湖的水搅出丝绸般的皱褶。

我不能叫茧发不起丝。不能叫一个缫丝女子解下围裙，走进水墨画里。你也知道，丝无法同麻一样霸道。

4

我在暗地里嫁给了江南，嫁给了江南的缫丝房。我在钱山漾，把缫丝机吱呀吱呀地踩。我用二十四根丝拧成一根丝线。

丝带、丝线，都是我在江南缫下的嫁妆。

没有人清楚我心中的约定。清楚我在四季里学会如何抽茧成丝。

一根丝，从心际拉开去，拉到千年之外，拉出五千年的刻骨思念。

一千年的桑，一千年的蚕，一千年的丝，一千年的织，一千年的守候。

5

我在冬天的缫丝房解开纽扣，对着一盘丝卖弄风情。

我对未来不留余地。

可是你的水墨画里，可有缫丝女子的光与影？

运河水静静地流。

一把丝，不肯老去。

《散文诗月刊》2016年第12期

作者

陈瑞芬，笔名滤心，70后。福建省作家协会会员，福建省民间文艺家协会会员。《惠安文化》编辑，《崇武文学》编委，业余作家、记者。作品有长篇小说《柽桔》，个人散文集《第三条路》等。

一曲清丽委婉的江南吟唱，丝绸是江南特有的物产，也是江南秀美的象征之一，诗文以缫丝为经，以跨越时空的爱恋为维，铺展开一幅明媚的水墨画卷。

作者自喻江南缫丝女，而书生，是作者烂漫思念对象。在第二节，作者精彩地描摹蚕茧和丝与爱恋的缠绵悱恻的内在联系，它将思念结茧，化茧成蝶的爱情联想水乳交融。让人读出丝丝缕缕，连绵不绝的深情的爱恋。

随着情感逐的蓄势，在第四节，作者从历史的变迁，对钱山漾的缫丝史做了深情回眸，让刻骨铭心的情感从笔下汩汩流淌，在第五节，进一步回扣首节与书生的爱恋，在一幅水墨画里写尽风情。

对钱山漾丝绸的吟咏，也就是对于湖州丝绸发祥地的讴歌。作者此篇散文诗的妙处，在于虚构一段书生与缫丝女的爱恋史，在缱绻绵密的情感里，顺势完成了对于江南丝绸史诗的吟唱，全篇视角独特，笔触生动形象，语言婉转盈动。（鲁侠客）

姐姐，我在南疆

/马东旭

只有经卷可以抚慰我的心。

如果一棵枣树会走动，它必穿过黎明之光，献出果子的甘甜。但我需要的是灵粮。

但我需要的是妙香。

但我需要的是圣洁的里塘，一只白鹤轻轻飞过最高峰。在亘古如谜的南疆，塔克拉玛干连着美丽的雪山，雪山连着甘南，甘南连着青海和西藏。它们包裹着我，犹如温暖的臂弯。我在臂弯一样的枣园。

多么岑寂。

嗅不到人类的气息。

《诗潮》2017年第4期

作者 马东旭，80后，河南省宁陵县人，农民。作品散见《诗刊》《诗潮》《星星》《绿风》《诗林》《诗歌月刊》《扬子江》《山东文学》等刊物，入选《2016年散文诗选粹》等多种选本。参加第十四届全国散文诗笔会。获得中国散文诗天马奖、扬子江年度青年散文诗人奖等奖项。

马东旭，一个对故土有复杂情感的诗人。通过《姐姐，我在南疆》告知姐姐，他居住在离神最近的地方——南疆腹地托格拉艾日克。他身处异域之中，却垦殖了一片枣地，视其为自己的上帝和国度，也是他的十字架，包裹着他犹如臂弯般温暖。我们可以看出诗人对这个地方的喜欢，与其说这里是他的生命驿站，倒不如说是他栖息的精神圣地，在这里经历的一切都会是他珍贵且特殊的生命体验。

在诗中，诗人运用反复、隐喻等手法来点缀全诗，"我需要的"反复出现，表明了诗人内心的真切希望，需要的是"灵粮""妙香"和"圣洁的里塘"。"连着"动词的反复运用，构建了诗人的生存境况，犹如臂弯一般温暖美好，也让人感受到诗作的节奏韵律美。

马东旭的散文并不是单纯地将南疆进行描绘，而是注重表露诗人在这里的纯净。居住在这里诗人并没有漂泊孤寂之感，反而着迷于妙香和灵粮这样的事物。诗人感觉自己在这里受着"神的恩泽"，做着躬耕之工作。不同程度上折射出的是诗人对于生命的思考和对灵魂的捍卫，运用纯净隽永的语言将诗人的意志和审视表现出来，给了读者一股强大的张力，一种穿透时空的能量、值得读者反复咀嚼和品味，短小精悍的语言所传递出的是让人为之动容的情感。（李云超）

旷野启示录（节选）

/马亭华

到时光的深处去！

天地辽阔，群山静默，朝阳喷薄而出，锋芒毕现……

一滴水里有奔腾，一滴水里也有哭泣。千百年来，生生不息的水啊，是母亲，也是父亲。

每一条河流，都曾参与过暴动、起义和轮回。

每一粒细小的沙砾，都有过激情澎湃、起伏跌宕的一生。以时光、睿智、桀骜的头颅，大浪淘沙，完成大彻大悟的重生，抵达生命的彼岸。

异乡的天空下，一匹黑马在低低的嘶鸣。

光阴似箭，日月如梭。蝙蝠群飞，鹤立鸡群。江湖不曾生锈，河流中的鱼群如飞蝗流矢。

当黑夜里涌动的野马群，终于宕开了盛大的火焰，一万里江山纵横，烽火连天，旗阵凛冽，金戈铁马正抵御着一场不期而遇的暴风雪。

我的身体里，也有一匹黑骏马，它的鞍下藏有一部失传的兵书。

在寂静的夜晚，从心灵的牧场呼啸而过，携带着内心的战栗，寒风、兵刃，以及鞭痕……

旷野古老而寂静，有原始的生命力。

交替生死的村庄，年复一年的绿意，漫上石阶。

北斗七星，悬挂于静美的夜空，月朗星稀的冬日家乡，隐藏了炉火的夜话。遥远的天际下，有锋利的斧子在山林中，昼夜呼啸。

在那些低低的云彩之下，白杨树哗哗作响，秋蝉发出了最后的一声嘶鸣。

一束光，来自高高的树冠，滑落在我的掌心。

在苏北偏僻的小镇上，我靠在窗前聆听冬天的寂静，伴着屋内暗红的炉火。透过豁口的窗棂，我看到禅房花木深，青竹闪亮，一粒孤单的雪来到了我的纸上。

一座村庄蓄积了风声，雨声，读书声……

一座村庄需要声音来点亮，比如木门转动时发出"吱嘎"的寂寞声响。

老屋里的灯盏，亮了。窗外的松枝上映出火焰，让人有了归隐之心，还乡之心。诸神啊，请接受我倾倒的美酒吧！

此刻，星辰挤满了帐篷；此刻，葵花在古老的书籍中死去。

闻鸡起舞，你将在枯萎的隐身术中醒来。一把青铜剑穿越古今，照着你锈蚀的眼睛。

侠客安于耕读，早已忘却了名声。

《上海诗人》2017年第4期

作者——

马亭华，笔名黑马，1977年10月生于江苏沛县，中国作协会员，江苏省作协签约作家，著有诗集《大风》《苏北记》《寻隐者》《乡土辞典》等。荣获第六届全国煤矿文学乌金奖、第五届宝石文学奖、第二届中国·曹植诗歌奖、第四届"桃园杯"世界华语诗歌大奖赛一等奖。

阅读马亭华的《旷野启示录》（节选），我感受到这正是一首极为丰富的交响乐，从静默的自然到动荡的历史；从无边的古老而寂静的旷野到耕读于心的村庄；一幅幅画面随着跳动的文字在我的脑海里依次展现。开始诗人用天地、群山、朝阳为作品奠定了一个基调，静默的群山和带着锋芒的朝阳之间的矛盾产生内在的张力。到第二部分是诗人对自然的感观，对历史的回顾，对人生的看法。这其中的文字随着情感的轻重缓急展现出的画面，时而是静谧舒缓；时而威风凛凛；时而大彻大悟。第三部分是村庄生活场景的描写，静美的夜空，围着炉火的夜话，还有那流传下的风声，雨声，读书声，这是一个丢失了灵魂的游子对心目中村庄的赞美。最后一部分赋予了较大的思想内涵，当侠客的心回到了村庄，回到了旷野，他的心顿时明亮了，给诸神倾倒美酒，帐篷里也挤满了星辰，枯萎的身躯也醒过来，诗人感受到了旷野的召唤，又重新焕发了活力。这首如乐的散文诗，由四个乐章组成，在每个乐章中有动美，有静美，有秀美也有奇美，它们随着文字的流动迎面扑来，放下杂念一起感受吧！（杨仁达）

大地葵花

/麦子

九月，我要以怎样一份虔诚才能再次捧起你沉甸甸的花蕾？

无数个寂寞丛生的夜晚，我画你心形的叶，粗壮的枝干、花边一样的笑靥，然后再揉碎。
——大地是一张空白的等待，我画不出我渴念中的河流，画不出那叶驶向我的白帆，画不出我渴念中的那无数个你……

一束葵花在凡·高的画纸上日夜不停地挣扎、扭曲……

谁在时光的另一头撬开被岁月掩藏的秘密？
一缕曦光轻易地打开人间的阴霾？
一缕曦光轻易地打开——人间的阴霾！

大地之上，无数个阳光的翅子乱飞。
无数个你在眼前奔跑——
低首含蓄的你，直着身子迎着阳光的你，镶着花边一样金色笑靥的你……

无数个你，像无数道金色的闪电，无数道奔涌的金色的支流，无数叶驶向我的金色的帆……

触摸你流苏一样柔软的花瓣，嗅你体内溢出的清香，搂紧你心形的阔大的叶片，你的坚挺于大地之上的枝干……战栗着的幸福从指尖一波接着一波传递……

梦想中的葵花，再次势不可挡地开满生命的高地！
此刻，大地丰盈，而葵花——明亮！

《诗潮》2017年第1期

作者

麦子，江苏盐城人，本名刘艳。1977年1月生。江苏省作家协会会员。《盐》诗刊主编。参加全国第十七届散文诗笔会。诗作散见于《诗刊》《绿风》《散文诗》《青年文学》《散文诗世界》《诗潮》《星星》《草原》《鸭绿江》《山东文学》等刊物，作品入选《大诗歌》《中国年度散文诗》《诗探索年度诗选》等选本。现居江苏省盐城市阜宁县，机关工作人员。

评鉴与感悟

宋泽莱写台湾山地妇女，"宽阔的腰臀象未曾垦殖的大地，那里孕育着多少的生命"。诗人的《大地葵花》以大地和葵花作为象喻，以母性大地的包容、孕育、厚重、沉静以及坚忍，来展现葵花所象征的生命万物的生长。这人格化了的大地，与象征着万物生命的葵花，构成了宏大的母体，也形成了最富底蕴的诗境。九月是收获的季节，诗人捧起花蕾感觉是那么的沉重，他想对葵花给予感谢，但却将画好的它一遍遍地揉碎。诗人化身大地，想留下一切的渴望，等待的仍是一片空白。这是借葵花，流露出收获的沉重的意象。接下来，诗人选取凡·高的葵花，那是现代派画家所展示的内心的挣扎和扭曲，这是葵花的第二意象。诗人是多么的渴望对葵花的表达，由沉重到挣扎，但总会有一缕阳光。诗人明白了，她放弃了这野蛮的表达，只是需要用心的感受便发现了带着笑靥的你，诗人用触摸、嗅、搂便感受到幸福从指尖一遍又一遍的传来。而此刻作为大地的诗人也丰盈起来，葵花更是一片荣盛。从沉重到挣扎再到荣盛，诗人借葵花把隐藏于内心的情感象征性的表露出来。这种意象的跳跃，直接地表明强制的表达只会造成内在的变形和扭曲，何不放开心扉去用心的体会和感受的深刻意蕴。（杨仁达）

独　坐

/梦天岚

　　起风了，是不是应该早点回去？那些坐在石凳上闲谈和争执的人都走了，可我还坐在这里。湖水拍打着湖岸，也拍打着我，一波接着一波。身边的草丛里传来夜虫断断续续的吟唱。

　　好几次都想起身，但还是坐着。相对于时间而言，湖水是浅的。

　　时间越来越深，我和我坐着的地方仿佛正在下沉，是远离尘嚣的寂静，和一颗正在觉悟的被遗弃的心所共同感知的。

　　夜虫还在吟唱，这略显单调的吟唱在风中变得飘忽。我却愈加清醒。

　　当我清醒的时候，我是年嘉湖的一部分。我跟着它一起晃荡，摆动，冥想，漾起波纹。

　　我享受着这样的时刻，它们如同星光，细碎而机敏。

　　但我终会起身离去，终会从年嘉湖里挣脱出来。当这一刻来临，我会听到撕扯过后的帛裂之声，会有淋漓之血淌落。年嘉湖所收回的，将在黎明到来时奉还。而我将再一次醒来，带着大病初愈时的欢愉。

《中国诗人》2017年第1卷

作者

梦天岚，本名谭伟雄，1970年8月出生于邵东。现为《诗品》执行副主编。居长沙。1988年开始文学创作并发表作品，作品入选数十种选本，诗歌数次入选中国年度最佳和年度榜行排。曾参加《散文诗》杂志举办的首届、第十届全国散文诗笔会。2012年入选湖南省文艺人才扶植三百工程人才库。著有长诗《神秘园》，短诗集《羞于说出》《那镇》，小说集《单边楼》，散文集《屋檐三境》，散文诗集《冷开水》《比月色更美》等七部。

评鉴与感悟

在把自己放置于孤独沉思中，持续地展开生命内宇宙的观察考量并为精神造像赋形，是梦天岚诗歌与散文诗创作的一个极为重要的路径依赖和核心主题。《独坐》亦是这种生命深处的孤独感与痛楚感的再呈示。借一座湖水，凭一辰静坐，留一己孤寂，诗人因与天籁相通而与时光共沉浮，因心湖与年嘉湖同频荡漾而享受清醒，因不得不抽身契合如一而有裂帛滴血之痛，因与自己娓娓而谈而欢愉如期。孤独有无数形态，唯有喜欢孤独并从中发现自己者可谈孤独，毕竟"越伟大、越有独创精神的人越喜欢孤独"（英·赫胥黎）；孤独有无数陈说，唯有将孤独寥廓成精神漫游天宇与抒情驰骋旷野的表达可称精到，毕竟"艺术作品的本质……在于发现从艺术家的思想和心灵到人类的思想和心灵中的那种高出于个性和表述出来的东西"（瑞士·荣格）。在散文诗深度写作的探索中，梦天岚这种综合调动多觉形象、纪实结构与心理结构虚实交叉、内心独白与心灵图景彼此补充、环境造型与意念提炼打通互生、最终达成开放式语境又留足受众感知空间的有效文本，无疑值得看重和欣赏。（范恪劫）

大地上的异乡者

/梦桐疏影

　　灵魂是大地上的异乡者。如烟如雾，千山万岭，四处飘荡。

　　万物皆有灵性。行走山中，与之相遇。凝眸俯仰，大自然总有一种神秘的气息吸引你，草木发散出一种无形的力量轻轻攫住你的灵魂。你看，脉络清晰的树叶，花瓣上的露珠，草茎间的蜘蛛网，丛林里升腾的雾气，枝头上摇晃的阳光，浓荫里鸣唱的蝉……那一刻，神清气爽，心旷神怡。内心会生出一种敬畏和崇拜。身处其中，你会忘了俗世所有的恩怨、苦痛、艰难、不快……你是一缕风找到了发丝，是一朵云寻到了山峰。

　　"大地是母亲，森林是父亲，自由从父母那里可以获得食物。" 站在一棵大树下，看时光重叠树上，新叶如梦，黄叶如昔。而那些绿得正当的，恰是我们的此刻。一棵树、一根草，无声无息地吐出绿色的气息，用巨大的沉默包裹你，给你宁静、思考、幸福和永恒。

　　在峨眉山的禅道上漫步，我感受万物的伟大和自然力的巨大意志。西双版傣族人对大地森林和水的崇拜甚于一切。此刻，我深有体会。流浪的灵魂是最大的膜拜者，在这里似乎找到了皈依。

　　感谢父母给予我这个异乡者生命的一切，感谢自然赋予人类生存之根本。

　　我从大地走来，在天空漂泊一番，重回大地，重回泥土，最终成为草木之一。

《星星·散文诗》2017年第8期

作者 ——

梦桐疏影，重庆市作家协会会员。作品散见《诗刊》《诗选刊》《绿风》《星星》《诗潮》等刊物。出版诗集《如果有一个地方》，诗歌合集《北纬29度的芳华》，散文集《背着花园去散步》等。

评鉴与感悟 ——

正如特拉克尔的《灵魂之春》中说讲："灵魂，大地的异乡者。"而以这句话作为诗的标题，给人以一种静寂，喧嚣过后的静寂，余温升腾后的雾化朦胧。或许每个人对于除自己家乡和居住地之外的世界每一角都是异乡者，在拥有与逝去间寻找平衡，于自由与忙碌间挣扎徘徊，谁也阻挡不了生命永无止境的精神流浪，他们不需要避风港，而是一往无前地追逐先锋与享受孤独。

身处大自然，窥探万物之灵，山林鸟兽的自由仿佛撕开你的灵魂，光影水气漫游入其中，灵魂开始变得飘然，那一刻，忘却烦恼，是那一刻本能的选择。一览下来，自我与自然的对话，精神与外物的交感，值得珍惜的正当年华，值得感恩的万物情怀，它们给予你昂扬向上的积极态度，沉默至上的长久陪伴，那一刻，静思其福，是那一刻美好的感觉。

父母给予我们生命，而自然给予我们生存，生命在生存的过程中学会了敬畏，这也是精神流浪中灵魂洗涤的过程。从社会回归自然，从世界回归自我，走出了一番经历，留下了一串串灵魂的印记，但是，别忘记来时的路，因为那是回家的归途，是灵魂的归宿。（范快）

笑忘书

当夏天终于露出锁骨，当饥饿感成为安全感，她又重新爱上了镜子。镜子虚怀若谷。那总是罩住她的一道光，是墙壁还是钟表发出的？镜子里有鱼玄机的假象。

"昼夜都是一样的疏淡。"她这样想着的时候，镜子忽然暗了下来。镜中的眼影和唇彩暗下来，白衬衫领口那钻坠暗下来，耳后的"香奈儿5号"暗下来。她哼出的一句《西风的话》也暗下来。她的眼中，玻璃的隐喻和远方的屋脊全都暗了下来。三十七度的早晨，她需要垂下头来，把愿望降到最低才能打开门走进他们的尘世。

从来都只有这束着马尾的影子陪伴着她。在虚妄的晨光里，在背离夏日的树荫下，在拥挤而空无的经过桥和隧道的班车上，她反复自我磨损着：被人事数据覆盖的她对峙着被钢琴旋律淹没的她；与肖邦起舞的她躲避着与文字纠缠的她。那人群中的寂静之声不是她的。在路过的这段人间，七月的讶异声总是先于她预知落日。

她其实不知道还有没有远方。这个七月，蓝山的消息都被庸常之风吹散了。那途经芦苇荡的风，染上蝴蝶颜色的拉扯江水规避经文搅动理想的风，韬光养晦的风，把远方变成了一个词。她的哲学被风弄乱了秩序。

她依然低着头，想要垂直于一张稿纸。在镜子的深处，中年的风暴被七月拦截。万物都凝滞成那一个潮湿的词。

《诗潮》2017年9月号

作者 —— 弥唱，祖籍上海市，现居新疆乌鲁木齐。供职于政府机关教育部门。第六届台湾"叶红女性诗奖"佳作奖获得者；第六届中国散文诗"天马奖"获得者。著诗集《无词歌》，散文诗集《复调》。

评鉴与感悟 —— 诗人用心怀远方与梦想，却不得不学着向世俗妥协，与庸常和解的女子的口吻，向读者娓娓叙述着：现实与内心、理想之间的对立与冲突。

这名女子，或者说作者，更或者说是许多人类，为了不受到他人异样的眼光，为了合众，开始调整自己的身材，画上流行的妆容，穿戴时尚的衣服，逐渐与最初的自己拉开距离，可以说是一种"假象"——既迷惑他人，将自己当作同类，又迷惑自己，努力忽略内心深处的挣扎与不忿。可外表的改变仍旧无法让"她"或者我们安然地生活在这个世界，"她"还要"把愿望降到最低"，不再去追寻真正的向往，在不知道醉倒了多少人的生活中苟延残喘，逐渐被红尘俗世"磨损""覆盖"。妥协、和解没能救得了"她"，可能是因为内心的一点点不甘随波逐流，也可能是因为"她"的伪装骗不过世人，所以寂寞如鬼魅般跟随着"她"。虽不甘平庸，却不敢反抗，人生、远方、梦想、原则、底线于"她"都渐渐没了价值和意义。

世人借"她"的遭遇，向读者揭示了现代都市许多表面光鲜靓丽，实际上却汲汲不安的人，在自欺欺人和随波逐流中其内心一步步变得空洞无物的普遍现象，意在直视和指责这种"温水煮青蛙""全体一致"的冷暴力带来的恶果——失去多样化，也希望能惊醒这些正在被"同化"的人类。（何雨柔）

完美地活着

/那曲目

集灼灼的地心突围。光，指向盘古斧凿未尽的角。

何谓叛逆？何谓妖祸？唇页轻合，历史便盖棺定论吗？

宏大的层面涂涂抹抹，细节就瘦成了游蛇。即使放下弩弓，也要淬金成剑，否则，石头也会变软。

一场风悲日曛，有的王为王，有的王为寇吗？利闪如短歌，攻破久囿的肺腑。

高的高成月光，低的低成沟渠么？可以交出铜头铁额，可以交出呼云布雾的法器，可以交出怀里的山与泽。

但，魄在，灵在，核在，刀刀是伤，刀刀是生长。

世说，原荒有你的草木；世不语，这热土亦混融着你的血浆。

请允我暂搁鸿篇。

其实，你更接近不蛰伏的女子的旗。

要嫁就嫁于冬风，嫁于马鸣，嫁于落日。无王冠，草裙即可；无屋庐，岩穴即可；随你挥戈，随你呼啸，随你掬长江黄河；随你在倒下的地方，澎湃成一树一树的枫叶红了。

151

筋脉连着，骨头铸着，呼吸里共存着。

啊，英雄！这不仅是一个词的生动，你在我完美的世界里完美地活着。

《诗潮》2017年3月号

作者

孙玉荣，1975年出生，河北沧州海兴人，赵毛陶中学高级教师。2013起笔。热爱文字所带来的魔力，崇尚作品的内外兼修，美不乖戾，言而有汁。作品见于《绿风》《星星》《诗潮》《诗选刊》《中国诗歌》《散文选刊》等。参加河北省2014《诗选刊》第七届青诗会，2017北京凤凰中心《读者》首届读者大会，第十七届全国散文诗笔会。诗文入选2016《散文诗选粹》《21世纪世界华人诗歌精选》《中国新诗》等多个选本。

评鉴与感悟

这首诗歌通篇都保持着激昂的情绪，但作者并没有放任情绪泛滥，而是在把情绪充分调和后向思想的更深处挖掘，营造出凝重的气氛以及冥想、肃穆而深陷的意境。史书上的三言两语就能概括英雄的一生吗？成王败寇就是一个英雄的结局吗？作者要抒发的是对历史的思考，"宏大的层面涂涂改改，细节就瘦成了游蛇"，史书没有记载，这热土混融着你的血浆，在你倒下的地方，一片片的枫叶红了。我愿感受你的每一道伤痕，继承你的叛逆与坚韧，"随你挥戈，随你呼啸，随你掬长江黄河"，千古风流人物淘尽，"你在我完美的世界里完美地活着"。

在这首诗中，诗人在女性的柔婉之中蕴含着雄浑之风，流动着文化江河，包含着历史感悟，同时又不含高蹈和说教的意味。是很澄澈的对人生哲学的诗意解读，这样的诗是有底蕴和向度的诗，来自诗人丰富而深厚的体验，并不受外在世界的摆布，体现出诗人独特的人生智慧。它们具有一种向上、超越的力量，对读者的激励作用是巨大的。

（冯一哲）

扎鲁特草原，今晨我是别离的人

/娜仁琪琪格

推开门就撞上了太阳，它白炽的光穿过浓雾，敲着每个毡房的门。是否有人会产生幻觉，认为昨晚的月亮还没离去。从梦境走出的人，觉得自己又进入了另一个梦境。

青草的芳香在露珠上打滚，每个露珠上都居住着一个太阳。我是捡拾浅笑呓语的人，在草尖上捡拾着珠宝。一个骑士和它的枣红马，突然出现在面前时，我有些诧异。他飞身从马上跳下来，示意我上马，我向他微笑，拿出手机拍下了他与他高大英俊的枣红马。

清晨走向草原深处的人，发现了昨夜神来过的足迹。神鹿在太阳出来之前，已重新退隐到那棵树上，于是用相机拍摄下它的时候，一棵树依然呈现鹿的形态，甚至还看到了一棵绿树是如何抖动身上金黄的绒毛，又匆忙收起了小尾巴。

我的祖先就是这样与大自然亲密无间的，夜枕天籁入眠，晨食花香饮甘露，身披五彩的霞光或浓雾送来的白衣大氅。我的祖先是通天地精神的人。

今晨，我是匆匆别离的人，再次背离草原向远方行走，我的身上装满了青草的芳香，储备了日月的风华，我将在一次又一次回首中，一一说出它们。

《伊犁河》2017年第6期

作者

娜仁琪琪格，蒙古族，1971年4月生于内蒙古，现居北京。中国作家协会会员。大型女性诗歌丛刊《诗歌风赏》主编，大型青年诗歌丛刊《诗歌风尚》主编。参加诗刊社第二十二届"青春诗会"，著有诗集《在时光的鳞片上》（入选中国作家协会21世纪文学之星丛书）、《嵌入时光的褶皱》。获得冰心儿童文学奖、辽宁文学奖、延安文学奖及《现代青年》《时代文学》《西北军事文学》年度最佳诗人奖等奖项。

评鉴与感悟

娜仁琪琪格《扎鲁特草原，今晨我是别离的人》通过二元对立的艺术构思、丰富而具有特征的意象，表达对家园真切的留恋。

首先，散文诗层层推进，构建"草原人"与"别离者"双重身份的二元对立结构。作者由景及人、由人及神，最后落笔别离。草原的太阳与青草于"我"只如虚幻的梦境；健硕的骑士跨马相邀，"我"却只能用手机这一科技产品将他留存；骨血里崇敬通天地精神的祖先，但"我"将又一次置身浸染现代文明的都市。"我"既是草原人，又是别离者。草原故里的情思已被叠放囊中只待再回首——在追寻与离别的撞击中，"我"仍从容旷达。

其次，散文诗以丰富且特征明显的意象抒写对家园的眷恋。太阳、白炽的光、毡房、青草、露珠组成壮美的草原风景画；骑士与枣红马显露出草原人的潇洒热情；夜神与神鹿则突显草原祖先的神秘庄严；天籁、花香、甘露、霞光、浓雾等意象说明草原民族与自然的紧密关系；手机、相机对比草原的古老生活是如此新鲜而现代化，已然透露出"我"作为草原人的另一面。诗文未直言惦念与不舍，却处处可见莼鲈之思，看似平淡的场景勾画背后实是涌动的情感波流。

散文诗构建二元对立的双重身份，运用丰富的意象，抒发草原人终成别离者的淡淡离愁。（程攀）

登上鸡足山

/南小燕

一次遇见，需要累世的缘分。

就像鸡足山，对于我，是净土，是遥远，是周折了这么多年，走近佛法后的了悟，是写诗这么多年，参加宾川散文诗笔会的机缘。

原来朝礼一座山需要努力很多年，你得让自己的心智与虔诚和这个巨大的能量场合二为一，你要有心把那些深藏的善念和祝福向这里的一草一木深情描述，你还要把红尘中所有的跋涉视为历练，用宽广和仁厚包容生命中的各种磨难……

欲望和烦恼，是人性的贪婪，而智者，一直在这里，以一种慈悲的庄严教导我们抛弃贪执，修炼身心。

山，因为智者充满灵气。

人，因为简单自在安然。

修行的光明，温婉绚丽，它不只是智者之言，而是一种苦修后的觉悟，是一种普度众生，把万物引向光明的情怀。它对于心灵的滋养，可以穿越千山，跨越苍穹。

美是记忆，更是遗忘！

而鸡足山的美，在于深藏，在于唤醒，在于一个孤独的修行者用生命的本真呼唤乐善好施的纯良。虚惘，无趣，奢侈，娇贵都是生命的误区，无情残害更是人类的耻辱。历史上那些奢靡贪婪的人物，如今留下的只是一堆堆冰凉的白骨，而精神的指引像一盏明灯，能让人内在的佛性重现，能让人在恨中涅槃，在爱中重生，能让人明白真善美才是人类的本来面目。

在鸡足山，一切仿佛都充满了佛性，山川洁净，云淡风轻，每一个登上鸡足山的人都铅华尽洗，恭敬虔诚。人们带着对迦叶尊者的崇敬，带着对美好生活的向往，带着对真实与自由的渴求，在这里虔心叩拜，听风轻吟，听雨弹唱，与袅袅烟火中，一段沉积于心的往事已在佛陀的眼神中化解，远离口舌上的喧嚣，你渐渐体谅到每个人的不易与苦衷。

在佛陀的故事中洗礼，你变得开阔，欢喜，有爱……你明白了心念才是自己最大的风水，情绪才是自己最大的敌人，你明白了放下才是智慧，无情亦是慈悲，登上鸡足山，神佛已经与你同在！

微信公众号"我们"2017 年 7 月 20 日

作者

南小燕，陕西兴平市人，中外散文诗学会会员，现从事企业管理工作。诗作发表于《诗歌月刊》《星星》《诗歌风赏》《散文诗》《散文诗世界》《山东文学》等刊。入选《中国年度散文诗》《中国散文诗年选》等。获第六届中国散文诗天马奖，九寨沟国际散文诗征文大赛三等奖，《大河诗歌》第二届"陈贞杯"全国新诗大赛三等奖。出版散文诗集《一滴水的修行》。居西安。

评鉴与感悟

鸡足山是一座隐于苍山洱海之间的名山，是著名的佛教圣地，博大精深的佛教精髓吸引着世人，充满着神秘与灵气。禅宗讲求心领神会，讲求顿悟。这种"悟"并非一蹴而就，而是需要长久的修行与"累世的缘分"。南小燕的这首散文诗已然参透了禅意，顿悟了人生，所以她才会对生命、对人生有种种的叩问与思考。对人性和佛性的领悟让诗人一直"默默坚守一种最纯粹的独白"的诗歌观念，以最纯洁的文字诠释人生，用一颗淡然和慈悲的心发现生活的诗意和美好。在充满佛性的鸡足山，诗人看到了"人性的贪婪"在于"欲望和烦恼"，人只有抛弃了这些贪执时，才能活得自在安然。诗人写鸡足山也是在写人性，鸡足山的美在于它的乐善好施，人性有善恶之分，恶者留下"一堆堆冰凉的白骨"，善者则如鸡足山般永生。诗人用富有灵性的文字展现着鸡足山的圣洁和美丽，启发世人追求人生的真善美。人只有不断地修炼自我，才能懂得放下，才能活出自我，心胸才会变得更加宽广和仁厚。（孙冰）

曲牟寺

/诺布朗杰

题记：你能听到吗？有一种呐喊是失声的。

1

流水迷路必是洪灾。

我须试着饮一口苦难，解渴。

2

水上，是人间。一枚法螺里藏着海啸。

香火弥漫，狂风搅动尘世。 我梦见金色鸟挥动巨大的翅膀落在曲牟寺顶。此时，众星正在翻译天空。

洪水渐退，油灯剥开夜晚，神的慈悲从袈裟里溢出来，寺如莲盛开。

3

尘世系着无始无终的雨水。

风催雨，彩虹在密布的乌云中摇晃。又一截闪电被天空收回。

而曲牟寺，是落在世间的，天空。

柏枝燃烧。

有人破寺门而入避雨，窥见了命里的春天，像盲人洞悉光明。

4

印佛板上，佛在午睡。

众人的手如此冰凉，需要靠翻阅一本佛经取暖。

5

寺的方向是太阳的方向。当我跪下来，灵魂才得以缓缓升起，高过天空。

摁住泪水。

用额头问路，把双手归还洗涤苦难的念珠。

该开花的，会开花。

该结果的，会结果。

6

聋哑的历史似陶易碎，曲牟寺是那只已被打碎的陶器——

命悬于金？

命悬于木？

命悬于水？

命悬于火？

命悬于曲牟膝下的刹土？

注：曲牟寺：藏语音译名，意为建在水源上的寺。

《星星·散文诗》2017年第3期

作者——

诺布朗杰，藏族，甘肃甘南人。作品发表于《湖南文学》《作品》《中国诗歌》《西藏文学》《扬子江》《飞天》等刊物，并入选多部选集。其诗歌作品《就这样老去》入选潍坊市2015年期中考试试题。出版诗集《藏地勒阿》。

评鉴与感悟

读惯了那些"大众口味"的散文诗作品，读诺布朗杰诗作的时候，我忽然感觉自己对于诗歌的审美需求"胃口大开"。尤其重要的是：面对这样的作品，即使是你已经三天三夜水米未进，你也舍不得大口大口吞咽，而是一丁点一丁点地感觉着这奇特的美餐，为你的舌尖带来的惊喜。

"我须试着饮一口苦难，解渴。""一枚法螺里藏着海啸。""洪水渐退，油灯剥开夜晚。"类似隐喻手法的句子，在整组诗里占了较大比例，在使诗作的阅读效果充满艺术张力的同时，诗人对诗歌精雕细刻的严谨态度，亦令人肃然起敬。

大家都知道，诗歌是一种虚与实、远与近、表与里相互补充的文学艺术形式，但是这套理论许多人说起来口若悬河，滔滔若大江东去，真正糅合进具体的创作实践中，却是一件很不容易的事情。这一点诺布朗杰做到了。比如"有人破寺门而入避雨，窥见了命里的春天"中"人""寺""雨"是写实，命里的"春天"是写虚。这里边有两个表示动作的字很传神，一个是"破"，另一个是"窥"，这个人进寺庙的时候因为躲雨似乎很莽撞，进去之后又很虔诚的心态，呼之欲出，跃然纸上。

读诺布朗杰的作品，仿佛正在推开一道又一道神秘的大门。这是诺布朗杰的诗作给我的整体印象。（荆卓然）

奉仙观

/潘新日

荆梁北街把整个秋天的阳光都牵到奉仙观的石兽面前受戒，绿树在道法自然的微风里修道，青苔静下心，在尘埃的低处打开渺小的禅心。

山门敞开，道家的气势，如同此时的敞亮，让一个个南来北往的香客，崇尚内心的柔软，放飞心底慈悲的云。窗下，青石板整齐排列，圆滑的釉面，脚步，让花草探出今秋最后的妙悟。

碑亭是展现石头转世的真身，那些汉字，那些用皇家气息凝结的功力，定格在石匠们用钢钎雕刻的声音中间，用墨香撑起天下。

三清殿肃穆，道祖道仪天下之心畅然，金黄的披风里闪烁无限生机，鸟声凋落时，青烟一片片成活。

道生一，一生二，二生三，三生万物，万物负阴而抱阳，冲气以为和。们开过花的手栽下多少护荫，纷繁的世事一如跌下的叶片，荆木作梁，还有多少俗心不可摆渡。

一切迷茫都来自民间的俚语，混杂的江湖被连根拔起。此时，希冀栖居在草尖虚拟的翅膀上面，撑开向善的道场，拂尘的胡子花白如雪时，我把花蕊作为一盏浓烈的老酒，用来麻痹悲凉和痛苦，以及市井里的险恶……

《诗潮》2017年1月号

作者

潘新日，河南省潢川县人，毕业于山东师范大学首届作家研究生班。作品散见于《诗歌报》《星星》《山东文学》《散文诗》等全国四百多家报刊，发表诗歌一千余首，中短篇四个，散文一千余篇。先后获宝石文学奖等三十余个奖次，作品收入多种版本，出版散文集《秋红》、诗歌集《一树槐花》、小说集《黑枪》。

评鉴与感悟

18世纪意大利古典主义美学家缪越陀里曾说，美是"一经看到，听到或懂了就使人愉快、高兴或狂喜，就在人心中引起快感和喜爱的东西"。在散文诗《奉仙观》的开头就描绘了一幅动静相宜的自然之景，在这样的景色中，读者仿佛也顿生安宁之心和愉悦之感。不同于繁弦急管，灯红酒绿的城市步伐，我们在沉静的石兽前，于氤氲的青烟中，听微风追逐着绿树，嗅碑刻沾染的墨香，"在尘埃的低处打开渺小的禅心"。

文本在句子字数的安排上匠心独具，采用长短句交替出现的方式，轻缓有度，生发出回环往复的音乐美，"窗下，青石板整齐排列，圆滑的釉面，脚步，让花草探出今秋最后的妙悟。"简洁生动的叙述使之产生自然流畅的阅读感受，营造出一股既古朴庄重又生趣盎然的诗意。

大道无形，生育天地，文本借奉仙观之境转到对纷繁俗世，浮躁俗心的思考，万物轮转，难以观其微妙，于是迷茫顿生。在聚焦于自我内心情绪流动轨迹的叙述中，读者发现了更为深入的审美理想，即诗人的希冀，"人能常清静，天地悉皆归"，即便身在俗世中，也渴望得到心灵的安虞。

这首散文诗篇幅不长，语言平实，在这样的文风中，纯净的语言，真诚的倾诉，使文本成为一个独立的审美整体，内在充溢着清静自然的道家智慧，其艺术世界就是在这样的叙述中最后臻于完成。（晏明敏）

饕餮于史

/潘玉渠

文字的沟壑，在灯下纵横，纠缠。

无法复原的昼与夜，十万甲士的刀与马，还有祖传的头骨与姓氏，则成为捷报最难取舍的细节。

我们在史书间饕餮——

以商彝周鼎为器，大口大口地吸食沉香与烽火，必然也会误伤前世的自己。

兴衰，在一页纸间更迭。

别人的时代，已无法回溯，我们需要重新酿造思想的蜜。

在山河体内残喘的陵寝，作为历史的注脚，让我们懂得荣光并不那么容易传承。

后世的诘问，无法医治朽化的尸骨。枯败的陈迹，则像一把把铁锁，掣肘着史笔。被荒蒿吞没的道路，我们仍在苦苦摸索。那些罗列于碑志上的症候，仍在人间一再泛滥。

——而我们，应努力将自己熬成一剂庇佑后世的对症之药。

《散文诗》2017年第5期下半月刊·青年版

作者 ——

潘玉渠，1988年生于山东滕州，现居四川金堂。作品散见于《星星》《散文诗》《中国诗人》《扬子江诗刊》《诗选刊》《中国诗歌》等刊物，部分作品入选多种年度选本，获得2016年度扬子江青年散文诗人奖。

评鉴与感悟 ——

作为一个80后诗人，潘玉渠业已跃入当代青年诗人领跑者之列。《饕餮于史》值得欣赏的首先在于"于史"饕餮的无餍，历史中的人只有在历史的回望中才可能更有效地厘清当下的坐标；其次是大于"青史"的阅读视野，只有在一切存在都是历史的产物的体认中，才可能获得最大的读史幅面；第三是解构历史的以我观之。只有建立起自己解读语码的阅读才能拆解、解构、重建历史；第四是古今对接的代入读史与镜鉴当下。"历史家的任务在于区别真实的和虚假的，确定的和不确定的，以及可疑的和不能够接受的"（德·歌德）。实际上，严肃对待生活的人也一定严正地看待历史，并非仅限于历史学家的学术分工。还是雨果，他说得没错，"历史是什么：是过去传到将来的回声，是将来对过去的反映"；第五是寓涵指数的精要宏阔。历史的宏大叙事与褶皱细微、沉香烽火与荒蒿陈迹、荣光秘籍与顽症暗井，皆在最为典型的具象借代中即小见大且自出心裁。第六是整体结构的谐和圆润，让文本诗意氤氲。（范恪劼）

一场亿万年的大火

/潘志远

火海里跃荡着一万朵火焰。

一万朵火焰其实是一种火焰。从点燃的那一刻起，再也没有谁能将它扑灭。一场亿万年的大火，创世纪的大火！

以自己为柴薪，以自己为能源，以烧毁自己为最终目的。多么熊熊、残酷、血腥的温暖之火，希望之火，生机勃勃之火。

伸手如探汤，给人淋浴，给人蒸桑拿之火。

让你渴如夸父，欲躲进雪，藏身冰，匿于水做一尾鱼的天外之火。

一天接一天泼火，加炭蒸、煮、煎、烤、煸……你咬牙切齿，又无可奈何的远古之火。

霍霍于体外，又霍霍于体内。

对比，翻卷……总有类似的大火和难忘的记载。

对于一个已没有来处，只剩下归途的人，早已宠辱不惊。

人是万物的尺度。我这一把尺第几回丈量丁酉之夏这场持续的大火，静静观测，偶尔露头，湿透五尺之躯。

存在以存在为尺度，不存在以不存在为尺度。翻开书页，我在存在和

不存在之间绕来绕去。哲学，初见端倪，在我的毫发和笔尖

何时能露出它的峥嵘?!

《上海诗人》2017年第5期

作者 —— 潘志远，安徽宣城人，1963年生。作品散见《散文诗世界》《诗潮》《星星散文诗》《中国诗人》《散文诗》等，收入多种选本，获中国校园作家提名奖、中国小诗十佳、中国网络散文诗赛亚军，参加第十四届全国散文诗笔会。出版诗文集《心灵的风景》《鸟鸣是一种修辞》《九诗人诗选》（与人合著）。

评鉴与感悟 —— 潘志远的散文诗《一场亿万年的大火》，题目引人入胜，诗的语言不仅异常丰富，而且富有表现力。整首诗想象丰富奇特，抒情豪放热烈，节奏明快，它的灼人的诗句就像喧嚣着的热浪，使诗情获得酣畅的表达，给人以强烈的震撼力。人类的文明之火燃烧起来，历史上的文明也就有了残酷和血腥，也有温文尔雅。文明的发展，就如同之前的文明在烈火中煅烧，从而焕发出新意。在文明运转的现代文化观念中，"人是万物的尺度"，以个人为中心，注重表现自我，人是具有个性和自由的，人可以在原有存在的基础上早就自我，活得精彩。

（吴月连）

灰　尘

/庞培

甚至灰尘都值得人留恋，因为在逝去的年月中，时间带走了一切。很多过去从未留意过的事物、事情的细节、始末，你又回忆起来。一阵风、一箱子旧书、一次旅行的不同地点，又在你脑海里一一浮现。旧的同学的面容，一个姓，一次会晤，都有了跟你当年的眼睛不同的视角、视点。走廊的长短、楼梯的角度变了。你身边的人（数量、具体的人名）也变了。一切都值得惋惜，值得细细品味：桌上的灰尘为什么没有经过你手指的摸抚？那本书——书的位置和原先读它的人，到哪里去了？诗句……一些读它的喉咙夹杂空气中的灰尘，大街上的明亮有着太多行人的影子。原来，他们的脚步是那样纷沓、沉重，因为落在尘世中的生命，都因最终的消亡而变得珍贵、可爱起来。话语是值得反复记取的，但已完全沉静下来——那些说它的人的面容，已经寂然无声。

《诗潮》2017年7月号

作者

庞培，1962年冬天生。1985年发表小说，1987年发表第一首诗。做过媒体、工人、店员、杂志社编辑。作品多样且带探索性。第一本散文集《低语》以强烈南方抒情的风格为自己赢得了全新文字面貌和广大读者；之后有《乡村肖像》《五种回忆》《四分之三雨水》《忧伤地下读物》等书籍二十余种出版。现居江阴。

评鉴与感悟

灰尘与时间有某种必然联系吗，当然有，《灰尘》给予了隽永的答案。在某个瞬间，我们在意不在意的瞬间，时间都在完成它的使命，它让生命诞生，也让生命消亡。灰尘可以成为挥霍的载体，也可以成为我们消失很远的记忆，它有一种伤感的质地，也有一种无奈的属性。它还有漂浮的属性，在我们度过的每一天，每一小时，每一分钟里，灰尘都在聚集诞生，它是时间流逝的间接证明。

《灰尘》文脉里，具有弹性思考的空间，具有哲理散文诗的特质，语言具有发散性，作者在瞬间的一个片段引发的诗意思考，让一个人不可能在不同时间踏进同一条河流的哲学论断，有了延宕。时间是王者，让每一个人历经成长，品尝过成功的甜蜜，历经生活蹉跎后，在《灰尘》里找掉了似曾相识的人生感悟。（鲁侠客）

一张旧椅子

/蒲素平

一张旧椅子，没人坐过，凉了。上面什么也没有，一片落叶也没有。

我一直站在远处，等。也许你来过，我突然有些固执地感动。

一张旧椅子，一个熟悉的脚步声，风来了，雨来了，春天来了，秋天来了，夕阳和夜莺来了。

一张旧椅子，斑驳的衣服，固执的表情，热了，又凉了，鸟叫了，在我压低身子谛听时，鸟又飞走了。

我在日暮处，翻动厚厚的书籍，不时向椅子的方向张望。一片叶子终于得到要领，从树上飘下，又飘起，仿佛旧日子里的一支歌。

时光里，速度应该省略，人来人往应该省略。

一张旧椅子，四周鲜花烂漫。

一切都不必说了，该来的早已消失，没来的，只是等待。

《散文诗世界》2017年第8期

作者

蒲素平，笔名阿平，中国作家协会会员，河北省评论家协会理事，河北省诗歌研究中心研究员，鲁迅文学院高研班三十一期学员。作品见《诗刊》《文艺报》等。著《大风吹动的钢铁》等多部。作品入选多种年度诗歌、散文诗选本、中国作协2016年重点作品扶持。曾获首届河北省文艺贡献奖，河北省文艺评论奖等。

评鉴与感悟

一张旧椅子，在反复吟咏中成为一个坐标，成为一种怀旧情怀的象征。它是恋人约会的老地方，它是日月轮转，四季更迭的见证人，它也是一段往事跌宕起伏的节点，是物是人非，是心湖被一颗石子打水漂后，泛起来的圈圈涟漪。

旧椅子还是一条船，在风雨中飘摇，它在岸边的渡口，望尽晨曦落日的交替，目送穿梭往来的船只。旧椅子，和教堂有某种内在神秘联系，它日益斑驳但却记录着繁华落寞的故事，它喑哑，但内心明亮仁慈。

一张旧椅子，也是生活芬芳的近邻，它老去的时候，不妨碍身旁鲜花盛开。散文诗结句里，"该来的早已消失，没来的，只是等待。"隽永深刻，新旧事物之间隐匿的辩证关系让人顿悟。

《旧椅子》营造出一种语言的陌生化表达，读着有新鲜感，作者善于挖掘意象里的无尽的寓意，又巧妙地予以留白，让弹性和张力诗意空间留给读者，让读者利用生活经验、想象力，共同完成散文诗审美的二次创作。（鲁侠客）

说:爱……

/青槐

松开缠住手的掌纹，我对你说：爱。并且，递出掌心。

含羞草摇曳。一缕风，不惊动滴露的黎明。

你回眸，我看见湖水荡漾，朝霞升起，火一般燃烧。

一朵花绽放，所有颜色在蕊心聚首，递给我喜怒哀乐，也递给我根与尘。

你用根做骨头，敲我的骨；你用尘作肌肤，贴我肌肤；你笑着我的笑，用泪水洗我的苦，直到洗出甜……

春潮漫过你的眼，给视线以水的荡漾。水里，你捞出花香，也捞出世界的重量。

亲，你是世界，从一朵桃花里来，在我的禅心打磨一把刀。我，是刀的影子，刀的亡灵。

一花一世界。

三千世界，只在一转身。

我们携手，地老天荒与花开花落，都涨落着生活的本分。路边，纺织娘在弹唱，它以小草的影子为弦，叩响春天：

"用天堂的心，走人间的路，每一个脚印都有着花朵的前程……"

我们在歌声里远行，用脚印覆盖一片又一片霓虹。

时光如蜜，我们吞下月亮这枚蜜丸，说夜凉如水，说月瀑四十度的体温，适合游泳……

我们说梦且抱梦取暖，相信每一个梦，都会在笑容里醒来……

梦里，我在你的影子里，种下眼睛。

梦外，鸳鸯的啼鸣水一样流淌。

流水深处，我们燃影为火，雕琢见性的莲花。莲叶上，世界在一滴水里明亮。

尘歌，影舞。

莲瓣上的世界，是天堂。

《黑森林》2016年第 1 期

作者
————

青槐，本名袁青怀，70年代生于湖南新化。天津市作协会员，中国化工作协会员。作品见于《人民日报》《诗刊》《诗潮》《青年文学》《星星诗刊》《诗歌月刊》《中国诗人》《上海文学》《山东文学》等报刊，入选多种诗歌年选，著有散文诗集《动物志》。定居天津。

评鉴与感悟
————

佛语有言：一花一世界，一叶一菩提。这首散文诗处处将微观世界转换为宏观世界，作者从花蕊到莲瓣，于细微之处寻得一丝禅意与雅致，甚至窥见了整个世界。当作者心中有了佛性，便不再拘泥于佛的具体形态，不以声色见佛，而是顺手拈花，尽得悠悠禅意。

其实世间万物都有自身的佛性，是否能读懂一朵花的感情，一缕风的呢喃，一座山的沉思，都在观物者自身。"水里，你捞出花香，也捞出世界的重量"，在作者心中，一朵花便是一个世界，花蕊聚集着所有颜色，花香托着世界的重量，花绽放时给予你我喜怒哀乐的情绪……世间本是如此一派洗尽铅华的娉婷。

"故道在天地，如汞泻地，颗颗皆圆，如月映水，处处皆见。"当我们有了微观视界和宏观视界自由转换的眼界时，我们就能了解到苍茫天地间，你我与众星辰都是宇宙之尘土，生死只在一转身、一回头之间，人与花互为梦中客，你我不过是露水一世。因此何不放下心中的执念，与万物齐生，天涯不远，明月共赏。（顾雯丽）

恩雅·麦田

/青玄

早熟的麦田挣脱六月摇篮。百里瀚海，涌出波光，律动如潮。

鹰，压低翅膀，盘旋，就要和自己的影子相撞。二千米之上的丰谷，视觉恍惚。

羊毛剪子剪出草原的涟漪，太阳的手揭去寒冷季节荒凉的外套。数不清的秘密，数不清的羊，数不清的叩拜，问卜唐布拉百里长廊，谁执掌天庭一枚玺印，许诺这方水土圣洁长袍？

冬不拉的弹唱里，一顶毡房就是牧人的一座精神庙宇。

奶茶里的盐，扎下麦子的根须。

荒野同样是锋利的。

请别停止，麦子垂首的敬意。金属之光，赋予泥土、溪流力量之源。在每一道河湾、险滩，每一处游牧的等待与生存之间，每一株昂起头颅的麦子就是大地拔向戈壁的剑——

它的吞咽，流水一样持续。

当炊烟升起时，清凉抚摸着大地，村庄像战利品并排站着，在自身的光中挤出黑暗，它们从砾石间堆砌出真理。

麦田献唱，脉搏里的血流，金子在闪耀。

《诗歌风尚》2017年第1卷

作者 —— 青玄，本名李雪梅。新疆作协会员。作品获第十届天马散文诗奖。现居新疆博乐市。

评鉴与感悟 —— 作者由外向内地描写麦田，看到麦田的第一眼似乎令作者的视觉受到压迫，"百里瀚海，涌出波光，律动如潮"，"视觉恍惚"。紧接着仔细一看，"羊毛剪子剪出草原的涟漪"，眼前景色的和谐令诗人心生悸动，"谁执掌天庭一枚玺印，许诺这方水土圣洁长袍"，说着地面上的事情，却把天神当成听众，生命的美好跃然纸上。寒冷不能抹杀生命，锋利的荒野同样不能，每一株散发着"金属之光"的麦子就是"大地拔向戈壁的剑"，它不住地吞咽养分，生命的力量令人赞叹，这样的麦子，如金子一般散发着光芒。诗人没有浪费看到美景后的悸动，轻描淡写便将悸动保留在诗歌里，读者在阅读的过程中很轻易地就可以重建诗人的体验，仿佛自己也身临其境。诗人对生命发出赞叹，正是这由衷的赞叹使她能一直赋予生命斑斓的色彩，从而构建起字里行间乐观的调性，使她的文章更加生动。（冯一哲）

静默的事物一无所获

/清水

风吹落了更多的树叶。

风吹空荡荡的橘树。

光的手婆娑枝头片刻流霞。果实弃置一旁。

使路人遗忘了的，橘的果缺少投机的本领和严肃的热情。它们一个个光着脚，打着瞌睡，汁水压裂了黄昏的落日光景。

静默的事物一无所获。地黄花开的早晨，一条河流带走了它们。它们承载那些流水，流水也承载这些事物。下一个季节来临，河水开始变得清凉，它们又会无声无息地回到原来的地方。

河流巡行，一路清洗窗子。瓦片。清洗一些匆匆赶路的内心。

那些细密的、水一样的光温柔流淌。很多时候，这些水也会突然穿过白天的视野，进入一个秘密的山峰或者一条陌生的江流。

我看见一个古老的故事在瞬间发生，又在瞬间消失不见。

《诗潮》2017年6月号

作者

清水，本名朱红丽。上海人。作品散见《诗刊》《诗选刊》《星星》《诗歌月刊》《诗潮》《诗林》《中国散文》《中国诗人》《上海诗人》等多种刊物。入选《中国年度散文诗》《散文诗选粹》等多种选本。出版英文版三人诗合辑《poems》。参加第十六届全国散文诗笔会。

评鉴与感悟

清水的这首散文诗非常独特，凝练的笔调里有一种抒情的音调，将自然和日常经验上升到一个扑朔迷离的境界中去，具有幽秘之美。所谓"静默的事物"亦即是自然万物，万物无声无息带着沉重的果实掠过秋天昏黄的风，在冬天肃静的早晨悄无声息地被一条河流带走、沉睡、一无所获，在春天冰雪消融的河流静静生长。自然总是在无人注意的角落默默成长、奉献、轮回，这是自然的规律，也是生命寂静无声的状态。生命本是一场修行，始于无亦归于无，在宇宙中不断消亡与重生。除此之外，不得不说诗人对水有着特殊的感情，自名为清水，同时写下许多有关水的诗篇，如《水要把整个世界的荒凉带走》《馈赠》等等。在本诗中，水亦是默默流淌的事物，它使万物得以复活和延续，感知成熟和生命的轮回，洗涤行人染满尘埃的心，在光阴里汇入山峰或另一条河流，不求回报。

诗的过渡是非常自然的，用"静默的事物"以"河流"为承载过渡到写河流的部分，最后再点出诗人对自然的感悟——"我看见一个古老的故事在瞬间发生，又在瞬间消失不见"。（韦容钊）

寒　兰

/邱春兰

　　寒兰沐浴着初雪圣洁的洗礼，深情而气定神闲，与兰人即我非我的本我刻骨，与冷香、遗香、常香若有若无，时而近在咫尺时而天涯迂回，唤醒万物的世事极端。

　　寒兰与天空飞舞的白蝴蝶与景象抵达的坡上兰朵，开到微醉处，彻骨入思，空气明亮的一种气度、一种碧润、一种精神、听凭时光喊出万种寂静，谁说寒兰是天地看客？是雪潮的卷入者？坡上种兰人愧于自己与寒兰神采、形质的"太虚片云、寒塘雁迹"的对白。

　　寒兰允许用一个最通俗的比喻来说她冰肌玉骨，冷艳凌江；允许光线不分彼此的婉转词语无边的浮现，寒与兰的嵌合或夸张渲染雪借兰势于现世的境镜相入。

　　明朝春天，轮回的四季里，镜上映照的兰朵不动声色；境下夜幕四合，种兰人煎一壶岩茶与被雪覆盖的兰坡雪上与时空对饮，注定有一些欢喜时分一直在莹白如玉的雪上种满与兰的白月光。

　　为此，种兰人终将清风染眉，在雪月不相负的兰坡像寒兰一样黎明即起，与世照常。

《橄榄叶》（香港）诗报2017年第12-13期

作者

邱春兰，又名杨怀荣，河南固始人。崇尚古典空灵之美者。作品散见国内外报刊。策划编导《城市·风雨飘摇》《山风呼啸》《兰》等。著有《雨后蝶衣》《似与不似》《兰花引》获军旅青春及其他文学奖多项。现居郑州。

评鉴与感悟

寒兰被作者古朴峭拔的笔触，塑造成了倾国倾城，伊人独立的姿态。在气味上，诗人捕捉到香味与距离的辩证关系，兰香之于作者，成为一种精神的原乡。兰植于作者肺腑，植于她的想象和现实中，在她眼里，寒兰是居于云端仙子，俯瞰人间万象，寒兰冰肌玉骨，拒俗尘万里。

它的一尘不染，让种兰人自愧不如。种兰人，因为与兰为伴，她自可得到外人羡慕的一刻，她可揽雪与月光入怀里，可抱兰如玉，她还因清风明月香兰为伴，而在精气神里得兰之惠眷，久而久之，血脉里得之传承，最终成为一株兰。

此篇散文诗，境界高格，语言文白相间，典雅之外有浩气，内敛静谧里有兰香的锋芒，光盖四野。（鲁侠客）

把你写进长卷（节选）

/染香

——你是夜的深蓝，白昼的贤良，你暗生一切契机

燃一炷心香，证实我长跪于佛前的安宁。

那鼓音，仍是你精致、错落的心跳。

我诞生，梦醒，一步一韵，体认自己。我仔细分辨你上一世遗留在我骨血里的颜色与体味，只为依止你滚烫灼热、不着一字、无声无息的爱意，你土木构成的辽阔，深厚。

只为膜拜你的经纬，密度，飘飞的经幡；

只为看一眼，你沉厚威严、令芳心颤动的影子。

我修习你莲的品质。无染，安详，一团和气。七月，炎炎烈日是我舍生奔赴你的勇敢。

以山海变迁之壮阔，以色的抽象，以光阴的层叠，你成为广大虚空衍生的云卷云舒，有真实微痛的触感，温暖明媚，无论以何种姿势，始终在。

我懂你的一切悲喜。我心疼你，被年华染黑的情态，被西风吹皱的眼波。

我深爱

——你于历史中毁灭，在灰烬中复活的霸气！

请度我，亲。从青涩枝叶，从庄周之梦，从最初一声微妙的胎音。请给我裂痕，枯黄，空格，一切伤痛的回答！

把你写进长卷。

让你身形迤逦如大山的超拔高远，让你浑厚的声音绕遍红尘回响成萧萧森林！

让你银白的须发更富有先哲般神意邈远的启示，和英雄魅力！

让我与我的手足、我的兄弟姐妹们一起合掌，为你圣僧的威仪倾倒一万次，再卑微至尘埃！

让乌云作为一种华而不实的衬托，见证你在世间声色铿锵，广大壮观！

让落满时光的钟鼓楼在你温和深情的逼视下袒露烟火微醺的前生今世。

让你鬓边的苍苔苦恋我，净化我，把我染成夏日深深、葳蕤碧绿的钟情。让我青丝乱挽，笔底生花，无论如何不能舍你而去！

这一日，只听你悲音四起，唤醒天堂，地狱，万劫生死。

这一日，只读你檀香袅袅，从远古到末世，照亮三界贫瘠。

这一日，一切在者与往世对话，全无答案。

我要用善念去清洗一切因果。

夜，是我的纵火者。夜奇诡，旖旎，拒绝露出逼真的表情。

我其实只爱黑夜覆藏于万朵灯烛中的那一点幽明——那暗蓝暗蓝的箴言。它的无尽之意，或全无意义，是在说出一切世界的真相。

《诗潮》2017年9月号

作者 ——

染香，本名李亚利。河北省作家协会会员，河北省传统文化教育学会会员，现任杂志主编。主要擅长散文诗、散文，现代诗和古诗词。诗歌作品见《诗歌月刊》《诗选刊》《诗潮》《青年文学》《诗林》《诗刊》《人民代表报》《黄河诗报》《天马散文诗》《散文选刊》等国内外刊物，并入选各种年选，著有《染香散文诗》一部，散文集《染香集》出版中。现居石家庄。

《把你写进长卷》是诗人染香对佛欢喜日的礼赞，这首诗用较长的篇幅着重表达了诗人对佛欢喜日的虔诚之心与敬畏之情。众所周知，佛家讲求"慈悲为怀，普度众生"，即想带给众生安乐，拔除众生痛苦。佛欢喜便是因为看见了众生舍恶向善，转迷成悟，返妄归真，离苦得乐。

佛之于诗人，是神圣不可侵犯的。"长跪于佛前的安宁"是诗人的内心渴求——无染，安详，一团和气。她想要虔诚地在佛祖面前净化自己的心灵，使其远离尘世的喧嚣与世俗的污浊。而这种追求，正如诗中所说，虽然"滚烫灼热"却又"不着一字、无声无息"。诗人眼中的佛，是无时不在，无处不在的，如"山海变迁""色的抽象""光阴的层叠"，然而又是庄重而威严的。通过"我长跪""我修习""我懂""我心疼""我深爱""我不能舍你而去"等可以看出，诗人的情感由浅入深。她不仅道出了自己的赤诚与虔敬之心，而且也表达了自己心灵的震撼，佛欢喜日圣僧的威仪，使她觉得众生卑微而渺小。"悲音四起""檀香袅袅"既打破了空间的界限，将天堂地狱，万劫生死联系在一起，又突破了时间的限制，贯彻了远古到末世的一切。

这首散文诗读来非常有震撼力，语言极富韵味，使人能够感受到诗人的炽热与真诚。诗人将佛与自己融为一体，怀着悲悯之心，渴望得到一场神圣的净化与洗礼，渴望在神圣的佛前，静静地皈依。（刘鹏宇）

故乡的思想者

/任俊国

白鹭喜欢在清澈的天空下，以低飞的姿势眷恋故乡。

一群白羽，化成人间吉祥。

我用清晨的全部去爱它们。看它们在河滩上啄食螺虾，散步，或是采撷浪花。浪花或许是世界上开放最短暂的花，但也是最欢快的花。

作为个体的白鹭爱它们的群体，喜欢群飞，也爱独处，常常独自伫立水边。于此我想起在水边的那个金黄时代，当中国哲学家在黄河岸边思考人和人的关系时，古希腊哲学家在爱琴海边思考人和物的关系，古印度哲学家在恒河岸边思考人和神的关系。此时，我在思考白鹭和我的关系时，白鹭在思考河流与未来的关系。

当太阳跳出故乡的山水时，清晨和白鹭一起从浅滩上起飞，飞过河边的芒草和树林。

那一瞬，淡隐的山近了，而黛青的村庄远了。

看着这美，我呼吸着人间烟火。

《北海日报》2017年7月13日

作者

任俊国，中国诗歌学会会员，中外散文诗学会会员。先后获《星星》全国散文诗大赛一等奖、上海樱花节诗赛一等奖、"人祖山杯"国际散文诗大赛一等奖、重庆"巴南美文"征文一等奖等五十多个全国性奖项。出版诗集《窗口》。作品多次入选《中国年度作品·散文诗》《中国散文诗选粹》《中国诗歌年选》等十多个诗歌年度选本。

评鉴与感悟

这首散文诗篇幅不长，语言平实，作者在语言运用上的克制给读者带来朴素清新之感，也使得他的诗在平常的生活中更加具有诗意的高度。在平凡的状态中领悟人生，来寻找一种本真的美。所以，白鹭这样普通的事物，诗人通过运用通感的手法使它们立即生动起来。白鹭"以低飞的姿势眷恋故乡"，"喜欢群飞，也爱独处"。然而，诗人的情感体验里夹杂着失落，"白鹭在思考河流与未来的关系"，而"我"，却不能免俗，像所有古人一样，思考着"我"与世界的关系。意识到自己的俗气，似乎又飘飘然了起来，"淡隐的山近了，而黛青的村庄远了"，可惜，这飘飘然也只持续了一瞬，"我"还是呼吸着人间烟火啊。无疑，这样的发现令人震颤和绝望，而诗人依然是出奇的坦然。在这反复反思的过程中，诗人一路前行的瑰丽身姿令人赞叹，飞扬的诗性，理性的光泽，这诗歌也获得了相应的力度和开阔的空间，随之变得圆满。（冯一哲）

所有的相遇，都是久别重逢

/如风

山路曲折，人生起伏。拐了一个又一个弯之后，就是为了在最后一个转角处遇见你吗？

我的身体里种植着大片的棉花、玉米、麦子、向日葵，田埂上的沙枣树四季开花。我不为收获，只为年年看着它们一茬一茬的生长，长成另一片下野地。

我的下野地。

是的，我愿意挨着这些朴素的庄稼坐下，远离那些盛世的谎言。

你一定和我是一样的。

和我一样，身体里有田野有沙枣花和胡杨树，还有哗哗的渠水和水边高过我们的芦苇。

和我一样，身体有雨水，有冰雹，有大雪，还有落下又升起的太阳。

你也一定愿意，在远方，为了归来，向着另一个远方出发。

我相信所有的出发都是为了更好地归来。

就如，所有的相遇，都是久别重逢。

《伊犁河》2017年第3期

作者

如风，本名曾丽萍。1986年岁开始发表作品。作品散见于《诗刊》《绿风诗刊》《星星》诗刊等多种报刊。作品入选《散文诗选粹》《中国散文诗人》《2014中国年度散文诗》《中国年度优秀散文诗》《2015年中国散文诗精选》《2015世界华文散文诗年选》《中国年度优秀散文诗2015卷》《2015中国诗歌散文诗年选》《2015中国年度作品·散文诗》《中国年度优秀散文诗2016卷》等几十种选本。现居新疆。

评鉴与感悟

作家董桥曾经说过：我们在人生的荒村僻乡里偶然相见，仿佛野寺古庙中避雨邂逅，关怀前路崎岖，闲话油盐家常，倏忽雨停鸡鸣，一声珍重，分手分道，不知道什么时候又会在苍老的古槐树下相逢话旧。人生时而春光无限，时而风雨冥晦，你对于我而言是行路时偶遇的一汪清喜的水泽。我们来到彼此的国度，来听对方质朴的内心。作者居住在新疆，将戈壁、沙漠和胡杨林揉进了自己的身体里，滋润着那些朴素的西北庄稼。棉花、玉米、麦子、向日葵、沙枣花织成了作者洒脱、热切、朴实、真诚的性格图景。

你和我在本质上其实是一样的，我们有胡杨林的坚毅和不屈，我们有渠水般水过无痕的潇洒，我们人生中还有雨水、冰雹等不可预知的险境与黑暗，与此同时，我们又怀抱重生的太阳，像向日葵一样对前方的路途心怀笃定。

你就是我。你是我人生无限的可能性，你是我另一个时空的回响，我们时常分别，但终有一天会相遇，或许是在峰回路转的转折点，或许是在寻常巷陌，我们必须相遇。不必问对方从何而来，也不必关怀去往何处，更不必思索这一次相逢是否是最后一个别离，我们出发走在每条路上。（顾雯丽）

宁静的黄昏

/弱水

大剧院穹顶上的两片云是宁静的。街头亲吻的情侣是宁静的。车窗里贴着国标的红旗轿车是宁静的。

端着帽子列队行进的警察是宁静的。年轻夫妇推着的婴儿车是宁静的。

身边驶过共享单车的铃声是宁静的。骑在车上一手握车把一手翘兰花指哼唱京剧的男人是宁静的。

小区门口坐在轮椅上聊天的老妇人是宁静的。叉腿骑在电动车上打电话的房地产公司的业务员是宁静的。

小卖部的台阶是宁静的。坐在台阶上用力抓挠被蚊子叮了腿的女孩子是宁静的。女孩身旁一边喝饮料一边看手机的男孩子是宁静的。

拎着菜袋子走出菜市场的胖男人是宁静。他的身后被夕阳映红的天边是宁静的。

"让你走路没个走路的样子"！

"啪——"一个巴掌打在少年的肩上。

骤然的，高亢的，反抗的哭声，终于打破了这黄昏的宁静。

《华西都市报》2017年6月17日

188

作者

弱水，本名陈彬，山西泽州人。供职于国家电网公司。中国电力作家协会会员。有诗歌、散文、小说作品发表于《青年作家》《博览群书》《星星诗刊》《散文》《中华散文》《光明日报》《文艺报》《品读》《书摘》《山西文学》《黄河》《福建文学》《兰州文苑》《都市文学》《诗歌风赏》等刊物。曾获《黄河》《山西文学》等刊物年度奖。出版有诗集《在时间里》，散文随笔集《如果你叩我的门》。现居北京。

评鉴与感悟

弱水用她自然顺畅的笔调为我们描绘了一幅世俗黄昏图，看似平淡无奇，每日熟悉的情景反复出现，人们早就习以为常。她对大都市的繁杂和浮躁进行谴责，诗里充满反讽的荒诞性描述，以"宁静"来衬托无聊，以"宁静"来嘲讽空虚。排比的句式将无聊感和空虚感推向高潮，无论是街头亲吻的情侣，还是翘兰花指哼唱京剧的男人，无论是坐轮椅聊天的老妇，还是叉腿在电动车上打电话的业务员，乃至天边的晚霞，人与物，天与地，都在宁静地存在。海德格尔说"存在即合理"，诗人选取一天里最有代表性的时刻——黄昏来表达世俗社会里的生活图景和生活方式。正如张爱玲笔下的黄昏，人生的意义就在骑自行车的那一把撒手瞬间。自由的灵魂和束缚的生活，相伴相克，人生的意义显得渺小和虚无，合理的存在仅仅是"平静"地生存。

弱水的本意或许在别处，她用黄昏来隐喻时间的末端，用小说叙述性的排比来抒发烦闷的心绪，从而思考人生的意义与价值。时间无边无涯，短暂的生命在无涯的时间里仅仅是片段式的存在，人的终极意义是否能超越时间的限制而永久性地被记载下来？枯燥的生活图景，简单的安逸愿望，在诗人的笔下受到了怀疑。诗人用先锋主义的话语方式，为我们提供了思考的语境。（司念）

悸 动

/三色堇

一

风是有骨头的——

只因她带着彩色的诱惑，带着琴音的舒缓，使春天生出喜悦。

生命在巨大的画板上张扬着欲望，于是便有了风骨。

这个世界让人惊奇的已经不多，而你的心音漫过田野，漫过空旷，漫过比远方更远的风景，漫过命运的窄门——这无比寂然的尘世，请你别说春风有多么放荡，漫游者在途中，他不会卸下沉重的行囊。

什么在诞生？宇宙里的帷幕，苍穹里的星光，这些闪烁不定的色彩把曾经遥远的事物带　到眼前，带到我们无法倾诉的心灵世界，落地生根……

二

多少年了，这片真实的疆域，在苍茫和凛冽中感受生命的坚韧。

请你允许青山与绿水如约而来，请你允许疲倦被春光所消弭，请你允许心与大自然在这里做最动情的演绎。

我面对的风景，你同样面对。

我不敢偷窥她的素朴与华美，也不敢打扰那些戏水的鸟儿，它们正在鼓荡着迷人的歌喉，拍打着被红尘弄脏的宿命。

还有什么奢望？只想拥抱丰腴的宇宙，爱就会停留。

三

有种由来已久的节奏，给人带来心跳，带来蝴蝶羽翼的震颤，带来水的风声鹤唳。

我们无法停下来，以至于要像光一样摆脱阴影的纠葛。

可以触摸的声音穿越生死，穿越比美还美的生命，穿越无比浩大的空间。

那束光会倾泻而下，我就会奏响多声部的命运，而不是用想象来填充人生的风景。

四

我们迎着大风狂奔，将神的旨意再次抛向空中。

一千次的赞美，不如一次动情的聆听。

你让我感受到生命中的那种强烈，那种绽放的力量。更大的风还在远方，在我奔来的路 上。

生命因为邂逅，黑暗便在光明的出口戛然而止。

波澜壮阔的人生总需要一些色彩来支撑自己，就像你的屋檐晾晒着一堆金黄的谷粒，它 会驱逐你变暗的忧伤，让你内心怦然辽阔。你清除了体内的淤泥，使眼睛变得光亮，我只愿意为你祭献爱意，为你的美而狂饮。

我愿意用心跳包裹你的葳蕤之美，你的信仰，你无处不在的神韵。

《散文诗》2017年第1期

作者

三色堇，本名郑萍，生于20世纪60年代。山东人。写诗，画画。中国作家协会会员。陕西省文学院签约作家。获得"天马散文诗奖""中国当代诗歌诗集奖""杰出诗人奖"《现代青年》十佳诗人"等多项。有作品散见于《人民文学》《北京文学》《上海文学》《诗刊》《诗歌月刊》《星星》等多种期刊。作品入选多种选本。出版诗集《南方的痕迹》《三色堇诗选》《背光而坐》。现居西安。

生命是短暂的，在有限的时间里，我们所能接触和感悟的事物却是无穷无尽的。宇宙辽阔，苍穹浩瀚，生命的每一次偶然的相遇，都像在光明出口戛然的黑暗，穿越时间与空间，带来色彩斑斓的"悸动"。四季的更替为风骨的演绎提供了舞台，聆听大自然的声音就会"奏响多声部的命运"定格一幅幅唯美的画面，描绘出更为自然、真实的人生风景图。诗人的内心是灵动跳跃的，在生命与自然的和谐与碰撞的张力下，尽情地舒展着自我。诗人的文字是细腻且真诚的，每一次的"悸动"或许很不起眼，但都是作者的真切体验——"门外晾晒的金黄的谷粒"是劳动的成果，丰收的喜悦。金黄的色彩支撑着人生，驱散了荫翳。"吸水的鸟儿""蝴蝶羽翅的震颤"，自然界的一点一滴、一动一静都是强烈的绽放的力量，冲击着诗人敏感的内心。全诗的四节节奏清晰明快，笔触飘逸自如，"迎着大风狂奔"在"苍茫的疆域"上挥洒笔墨的诗人让我们感受到了生命未知的邂逅是那般充满着魔力与神韵的精彩。（邵晨宇）

神　话

/沙冒智化

我用我来的那个世界的语言告诉你，我总看到我来的那个世界。

我记得我遇见过你，我来的那个世界里我们曾经恋过爱，宣过誓，你说"下辈子你做我的夫人"。

来到你的世界，无论我怎么喊你，你一句都没有听到，原来你早已忘记了那个世界的语言。你变成这个世界的人，变成石头，现在你只会说"不，不，不……"

我想忘记过去的世界，因为那里有我这辈子的诺言，怕别人打开。你送给我的那一对黑白情侣的灵魂，满脸大嘴，像最近的媒体，一言穿心，会杀了我。

你忘记了，忘记了自己。

我们的丛林满山野花，带着你的味道。可你现在的身体里没有以前的味道，这个世界把你摧毁了。用棉花堵住我的鼻孔忘记你，好像你附了我的体，在捉弄我！

《散文诗》2017年第1期

作者

沙冒智化，藏族，原名智化加措。生于20世纪80年代。甘肃卓尼人。自由职业者、诗人、双语作家。现居拉萨。

评鉴与感悟

神话是人类意识中的一朵奇异的花朵，它源于现实，却又超于现实，神话有其自身独特的魅力。这章写于厨房的散文诗篇幅很短，但丝毫没有影响他的深刻。"我记得我遇见过你，我来的那个世界里我们曾经恋过爱，宣过誓"很显然，这是写爱情的，有对现实的背离。

"我想忘记过去的世界，因为那里有我这辈子的诺言"情感世界里有很多这样的普遍经验，而沙冒智化制造诗意漾开的涟漪是"怕别人打开""你忘记了，忘记了自己"我们谁都会忘记，也会忘记自己。

藏族诗人作品中，几乎一律都是紧紧抓住读者的情感，诗句时高时低，或急或缓，时亮时暗，或起或伏，变化、流淌、宣泄，尤其是"好像你附了我的体，捉弄我"是诗人独有的一种终极遗憾的象征。

（司舜）

野　火

/拾谷雨

一

秋天无法安抚我们，正如你身侧的大海无法安抚它头顶的危崖。

在尚未结冰的河面，爱一个人是危险的。

黄昏掩面，原野隐现，候鸟盘旋着，只在死者的鞋子里抽取火种。

二

我们的交谈中蝴蝶暗自破蛹，你要捕获我，以火的速度穿过我短暂的一生，而我是一个失去速度的人，我还在原地迂回。

船的来临，使引火者感到故乡的气息，还有什么比一条河的流逝更为短暂的呢？

三

是星辰下枯寂的芦苇在点灯，是素未谋面的两个人彼此交换晚安，是衰老的事物在借着风势完成自己的葬礼，荼蘼的夜晚，一定发生过什么。

另一个我们在消逝，沿着鸽子的方向飞驰而过，所谓永恒，即是物质的消损与延伸，另一个时间在形成它新鲜的刺。

四

分明听到闪电在你的骨节间舞蹈，秋日爆裂而偏执，不宜砍伐，不宜告别。

你的雕刻之手是我们所能延续的经验，生存的经验，告别的经验。

再造之手隐伏于原野，傍晚，你写下一个人的死讯。

老藤如新枝。

使你在洁净的雨后，以雪崩的速度去燃烧，在这近乎永恒的雕琢中，我们将获得短暂的美好。

五

长风加紧了掠夺，群山，空旷的雨，迷路的小鹿印在石头上。

星群在给河流画像，死去的人仿佛置身河底，打着恒久的鼾声。

引火之人，须忍住哭泣，以一颗修补之心去找回那些在树杈间走失的人。

六

鸟群，在黄昏的天空中做着线性的回归，一个没有故乡的人，要如何返回他的源头。

而他们，这些没有技艺的人，要在自己的故乡里走完一生。

野火正荼靡。

七

火中有你，你和我，我们的故乡像两棵树，在途中，在尽头，逝者如斯……

我们站在这里，如两枚失落的黄金，散发着滚烫的光。

你仍是一个贪睡的人，而火是你唯一的镜子。

很快我们便能领悟，雪崩时的鸟鸣是多么珍贵，冷缩的大地仍有他尚未剥离的火种，而火呀，我们正是这群迟到的人。

《星星·散文诗》2017年第3期

作者

拾谷雨，本名张金仿，生于 1991 年，甘肃清水人。有作品刊发于《星星》《诗刊》《扬子江》《作品》《西部》等刊物。曾参加"2014 年中国−星星大学生诗歌夏令营"、2015 年《中国诗歌》"新发现"诗歌夏令营。著有诗集《午间的蝴蝶》。

评鉴与感悟

在故土的烟火中持续盘桓乃至化身引火者"忍住哭泣，以一颗修补之心去找回那些在树杈间走失的人"，又将故乡置放于怀望的疏离地看见故乡像棵树"在途中，在尽头，逝者如斯……"。拾谷雨的散文诗对于乡情的抒写，有着浸透骨髓的原生挚爱、透视乡土万物轮回的深刻揭示、视故乡为生命起点与原乡的尊崇祖露、对故乡父老乡亲生灭流程的悲悯触摸。广角度展开、多侧面描摹、立体化造像，让全章在于情于叙缘情设景、动静交错氛围烘托、通感随心多喻连用、逼视生死俯瞰绝地、省悟生命诠释永恒等方面有着不俗的建构。（范恪劼）

边　城

/霜扣儿

请透过我，看到无声风雪。

请只看烟花，不说寂寞。

1

许我素衣看月。

许我熄灭烽火。

这是心境的城外，我只有我。沃野为榻，流风做帘。

许我用文字挂一枚淡淡月亮，许我相信红尘上方才能搁置真诚，许我看到另一个轮回里的遥迢山水，许我，轻轻拨开升沉流年里的聚首与离别——

多少梨花白了又白，多少梨花开了又开，多少被叫作归人的人，还未归来。

而我的忧伤已薄，不再化作眼中湖水。

多少死而不绝的咏叹，叫——身在咫尺，心已天涯。

2

许我摘下旌旗，关了来路一切风雨；许我收起号角，把炉光握回手心。

一路走了很多年，见过多少无用的山梁河川；一路听了很多遍，累了多少无用的呼唤。

许我弹出石子吧。一个一个打灭幻而又幻的磷火。许我在尾音落地之前，抹平沙田上的江山。

倘若视线还缀着渴望——那尖锐又渺小的，闪光又刺痛的情意，请它无限扩大，蔓延，请它落下来——漫天尘埃。

我为其负荷一生。我被爱，倒悬于心海。

3

许我放倒流年，裁出生存的慢板。许我饮一壶陈年酒，在茫茫雪道上。

叹息多长，顺沿此生未名的憧憬与向往。遗忘多远，远过了千万句见与不见。

排过雁阵的水草生长在看不见的地方，惹过熏风的花红茂盛在看不见的地方，搭过月色的柳绿缠在看不见的地方。

许我把捏过的扇骨叫作故国青石。许我把青石上的脚步叫作霜痕——扣在文字的窗棂上，受不得冷，也受不得温情。

许我脱离季节。许我舍去梦里的枕头。最完美的釜底抽薪是——回头之后，又转了头。

4

许我不望雾岚。许我画出草庐，炊烟，为残垣装一点温暖。许我走在意志之外，离开想要的事情。

许我的筋骨轻过落叶，许我爱上好大一片余晖，许我一寸寸，踩碎风声鹤唳。

边城坐落在我的指尖上。我每一次心跳都会碰亮一盏孤灯。

嘀嗒一声声。

寂寥一声声。

199

5

许我撤到不可细说的时光之外。许我做自己的边城。

没有一颗斜阳能把苍茫从大地带走。没有一首歌能唱尽我纸上的河流。

在灰色与云朵之间，我唯一的刻刀是这浅浅的文字，在心思重时，划几处飘渺。

我的袖口空空如也，在这段借宿过的人世。

我的倾诉空空如也，我有弱水三千终不能一饮而尽。

我的背影空空如也，除了一个被你爱碎了骨头的灵魂。

那让她从冷漠里学会热烈的。那让她从无心里找到依托的，你的城堡。

许我把自己叫做边城，许我为了不能忘记的忘记，而沉静，而燃烧。

《星河》2017年夏季卷

作者 —— 霜扣儿，黑龙江人。中国诗歌学会会员。《关东诗人》副主编，中国散文诗百年大系《云锦人生》卷主编。作品多次获奖。著有诗集《你看那落日》《我们都将重逢在遗忘的路上》，散文诗集《虐心时在天堂》。

评鉴与感悟 —— 霜扣儿用祈使句的诗歌形式完成了本组诗歌的呐喊与思考，诗歌用丰富的意象来衔接感情的归向，丰富的意象大多属于冷色系，如"风雪""素衣""梨花""淡月""余晖""孤灯"等，与全诗的"边城"意象交相辉映，令人想起张爱玲笔下"三十年前的月亮该是铜钱大的一个红黄的湿晕，像朵云轩信笺上落了一滴泪珠，陈旧而迷糊"的冷抒情意象。女诗人的情感普遍细腻独到，霜扣儿的情感不奔放热烈，而是用浅浅的素语描绘细瘦的躯体和灵魂。

诗人一改以前诗歌忧愁的情势，用从容平静来刻画时光、生死、爱恨等恒久主题。她静静地看"忧伤已薄，不再化作眼中湖水"，主动

"画出草庐，炊烟，为残垣装一点温暖"，她爱上余晖，踩碎风声鹤唳。生命里的暖色调和现实里的冷色调相遇，增强了诗歌的张力。她的思想虽深沉严肃，内心的情感却越显炽热，诗人爱的关怀弥漫了整个世界。她善于采用跳跃性的语言，将淡淡的思绪贯穿在一系列的比喻里，仿佛一幅幅油画，又仿佛一个个古老的传说、故事，抒情和议论和谐统一在她美丽的文字里。文字背后的意义深远，不会感觉做作和突兀，一切都是最自然从容的状态。诗心和诗魂显得本真和真诚。霜扣儿的笔法是传统又现代的，排比句式乍看起来是炫技，深入阅读后，发觉文字是有力量的，她的意象和衔接方式带有晚晴文人的明亮和沉着，她的断句和组合方式具有典范性的意义，将音乐美和建筑美、绘画美完美结合起来，令人拍手称快。诗歌传达的思考超越了时空的限制，虚无的美感跃然心间，而虚无乃人间至美。（司念）

北石窟寺

/水湄

来到这里，是我生命的另一段。

突然之间失语，时间也是偏心的，几个朝代的风烟过去了，菩萨们有的看上去像刚刚雕刻的一样，精致，饱满，鲜嫩；有的却断肢缺脖，斑斑驳驳……

黄金经卷，一尊尊佛，这不熄的灯盏救活一个荒原。

多少城池坐地风化，多少古堡被吹成黄沙，这里，菩萨们庄严肃穆，他们活在时间之外，安然地晒着高原干净的太阳。

风吹动尘世的悲伤和欢喜；风吹动树枝；风长长伸了一个懒腰，树下，堆积一地枯黄的时光。

有麻雀惊飞，当我们未曾踏访时，它们扎堆在寺内论佛听经。

"一花一世界，一树一菩提"。

呼吸、行走，灵魂赶着各自的肉身，回到本真。

一本本经文仿佛正在诵读，北石窟寺一片庄重肃穆。

天苍地茫，落日大隐，灌注了大风、雨水、月光碎片的北石窟寺内，菩提粒粒珠圆，佛走不出一朵石刻的莲花，心怀慈悲，诵经声如水滴滑落。

《山东文学》2017年第4期

作者

水湄，本名鲜红蕊。四川省作家协会会员，作品刊发《诗刊》《星星》《绿风》《诗潮》《诗选刊》《诗林》《诗歌月刊》《飞天》《草原》《散文诗》《散文诗世界》《中国诗歌》等多家刊物。

评鉴与感悟

《北石窟寺》记录了诗人水湄在石窟内接受心灵洗礼的旅程，从精神向度上还原了庄严的佛像带来的生命凝思。诗人的笔触安静而又饱满，烘托了千年古寺的肃穆氛围。在漫长的时间长河里，日转星移，朝代更迭。在这之间，多少生活毁灭，多少生命又从头开始。望着泥身风化的佛像仍保持了原初洞彻的神态，肉身之中的诗人倍感时间的苍凉和生命的厚重。沉潜在古诗庄重的氛围中，诗人仿佛也获得了第二次的生命：穿过时间灰烬的诵经声四起，灵魂回到肉体。沙中的世界缓缓摊开。

北石窟寺开凿于北魏年间，保留了由北魏到唐朝的不同风格的佛像，可以看到北魏佛像由秀骨清像到隋唐丰满风格的转变。李泽厚的《美的历程》记录了这段变迁，认为佛像风格的变迁和百姓基于历史对生活的想象紧密相连。北魏的佛像清秀而超然的神态，实则注入了人间的悲悯和来世的向往。作为一个女性诗人，水湄情感丰富而细腻，同样在时间雕塑的断壁残垣中感受到生命的沉重。同时，诗作《北石窟寺》又超越了阴性的绵软，把生命感受落实到外部世界的具体细节：风烟黄沙、走石鸟雀，都是无情的时间里面完成的生命雕刻。在这样的情境里面，诗人想到了菩提和莲花。它们是高于人世的存在，它们寄予了人世间的慈悲。（林楠）

苍山恋曲

/司念

她曾经做过秋梦，梦到田禽飞过麦地。也曾写过诗歌，写到牧笛伴着斜阳。若干年后，她独自走过风车，走过梯田，走过羊群，走进麦地。

走过多少沟壑，才算成长，走进成熟？

她问山问水，求索无果。

后来，她走进如父亲般的伟岸，找到了温暖，寻到了力量。

视野的狭窄，一度封住了前行的路。宽广的大地，高远的天空，连绵的远山，在出行的日子里，重新被她重视和学习。

远望青山，碧玺如空。白云款款而来，洗尽了多年的铅华。时光荏苒，她自动过滤乌云和风沙，认真记住当下的蓝天和娇艳的雏菊。

海拔越高，空气越薄。心与天更近了。神交从来不是梦，只要你努力。

新鲜的空气，伴着起伏的呼吸，脉搏跳动的频率，是她阅读苍山的进度。

一座连着一座，延绵的山峰，高低错落，这裙带的关心和帮助，证明着天生的良和善。

坚硬的岩石，等待了千年。他们从未移动身躯，不曾改变初心。即使被迫切割，甘愿奉献最后的价值。从此台阶方方正正，为后世提供做人的轮廓模型。

满山的松树从未改变立场，他们不在乎栖息的是喜鹊还是乌鸦，是松鼠还是蚂蚁。更不要求获得回报，一视同仁，平等对待，只希望生灵走好未来的每一步。

从此，她不求仙问道，不慕庄周蝴蝶。她含着无限的情愫，谦卑地向高山学习。

《扬子江诗刊》2017年第2期

作者 —— 司念，80后，生于安徽。文学硕士。一个典型的狮子座人，路见不平一声吼，深爱古典文学和戏曲，把写诗当成一生的志业。作品先后发表于《散文诗》《诗刊》《星星》《散文诗选粹》《诗选刊》《散文诗世界》《2015年当代诗歌年选》等刊物，文学评论散见于中国期刊网。她认为，诗歌是一颗太阳，照亮着世间的各个角落。现居北京。

评鉴与感悟 —— 拟人化的山，给予作者心灵成长的慰藉。在作者推拉的镜头里，一幅空阔辽远，雄浑苍劲的远山图映入眼帘。是山，重新拓展了作者的视野，是山的海拔，涤荡胸间白云的飘逸。

山的胸怀，让心灵有了真正的归宿。岩石的坚忍，不改初心；松树不变立场，无论乌鸦还是喜鹊，苍山在作者理想与现实层面中扮演着精神高地，是作者成长的见证者。

它从骨子里，透露出原生态特质。全篇笔触清雅，行文流畅。最终，山抽象成为作者精神原乡的起点。（鲁侠客）

天柱山

/司舜

在天柱峰身边，我停驻良久，我看不够这奇诡的美。

山岳就是山岳，它恰到好处地露出石头，恰到好处地给出微风，恰到好处地放出气息。它不动声色地耸立，直到只剩下身影。任凭阳光攻占一座山峰，又一座山峰。

白云，白得不能再白的时候，就会不断点缀蓝天；蓝天，蓝得不能再蓝的时候，就会不断点缀白云；它们的恋爱至少有几千年了，还是那么纯真。

我注意到：很多人都在拍照，很多人的想法是把山岳作为自己的陪衬，但很多人其实最终都成为山岳的陪衬。

还有山下的河流，那是山岳礼让出来的款款的姊妹，它白着，把天际的上端与下端连接起来，它不动声色地流淌，直到只剩下柔情万丈的水声。它弯曲的弧线，简直就是琴弦。望一眼河流，身上就多一层波浪，望一眼河流，心里就多几道涟漪。

山岳就是山岳，每天它都没有结束，只有开始。你看一眼，它会再高，你再看一眼，它会更美。

从来没有如此幸运过，望着这山岳，我用上了眼睛的呼喊，让看不见的也终于看见。

《安庆晚报》2017 年 4 月 28 日

作者

司舜，中国作家协会会员。在各级各类刊物发表大量散文诗作品，出版散文诗集七部。参加过全国第四届、第十届散文诗笔会。

评鉴与感悟

司舜擅长写自然万物，高山、流水、湖泊、大树、风雨、雷电，仿佛他就是其中之一。他的散文诗自由灵动，语言干净清爽，一个诗人的内心在这些干净纯粹的事物中存放，他一定是幸福又幸运的。

一个优秀的诗人，很善于化思想于万物中，诗人采用的句式长短不一，形式自由，内容丰满，感情充沛。诗歌具有音乐旋律，读来朗朗上口。感情于自然山水中自然落入笔端，丝毫没有扭捏突兀之感。诗作可以见到明末清初王世贞、张岱的影子，清新自然，明亮空净。

散文诗在很大程度上具有散文无可比拟的属性是跳跃性的短句，不同短句的结合产生了巨大的能量。诗人奔放的感情就这样自然地幻化在寻常的意象里，其写作技巧比较自由娴熟。

这首诗歌写的是他家乡的天柱山，有着几千年的历史，诗人登山望远，美丽的风景尽收眼底。蓝天白云点缀着人间山水，游人也成为点缀之一，人与天地合二为一，这是诗人的追求，也是诗人的理想。湖水清澈，诗人的心也清澈。雄奇的山，温柔的水，诗人的心被这些美好充满着。古城的山山水水在诗人的笔下有了灵性，这是日常的纷扰和庸俗所不能高攀的。也许生活的芜杂令人不堪其忧，诗人愿意把感情寄托给自然物象。（司念）

窗　口

/思小云

　　小小而明净的窗口，收留我们疲倦哀吟的双眼。困顿吗？不眠的夜的行者，多像布道者手中滑落一个阴暗的秘密；

　　呐喊吧，诗的那边独自发亮的星星，对着俘获我们气息最后的虚弱，向时辰中那些无能的影子呐喊吧！

　　而冒险的心脏，总会感到石牢簇拥的美感，在完好无缺卧榻梦幻的边缘；

　　黑风擒住过往的鸟兽，光线采撷夜空的纯泪。假如我们诅咒巨大现实的浮影：谈论该如何收获热情，理想，往昔岁月，以及某年某月从屋宇下起飞的乳燕，难道它真个忘记了道路的诗篇？

　　什么样的存在永无止境，什么事物消磨到恰到好处，就没了意义。漠然怀抱风的腰肢？

　　假如我们不再采摘太空躁急的虚果，与那叶片之唇浅声低吟，摇摇欲坠的语言的蓝波。至少在幽兰不成敬意的礼数中，凭借可靠转折，汇入我们头脑中那灵光一闪，百花浮动的思想的隧洞中……

　　而凡此种种神圣香草的气味，弥漫在玻璃窗主宰着我们——肌肤叹息的周围。

《扬子江诗刊》2017年第6期

作者

思小云，1994年生，陕西志丹人。写诗兼事批评。有诗、论散见于《星星》《绿风》《中国诗歌》《江南诗》《延河》《散文诗》《上海诗人》《香港文学报》《星星·诗歌理论》等多家文学刊物及《百家评论》《南京理工大学学报》（社会科学版）等部分学术刊物。参加第九届《星星》诗刊大学生诗歌夏令营。现居广西。

评鉴与感悟

眼睛是心灵的窗户，仅仅读了第一段，我就感受了思小云笔触下的厚重与真实。夜空下明亮的窗口，暗夜中压抑的灵魂，光明被一片幕布所遮盖，布满血丝的双眼，仍旧探视着世界的困惑。拟人化的星星在他笔下成了控诉与呐喊的维权者，它的呼喊，击碎黑暗中的喧嚣，为梦想者加油打气。他用对比的手法，将冒险与安逸碰撞，是的，既然选择了远方，就要风雨兼程，而我们要打破的美轮美奂，就是束缚自由的监牢。

或许我找到了一些端倪，思小云暗淡疲倦的文字，饱含着对现实的困惑，我仿佛听到了他的声音，读到了他的娓娓心语。现在还不是坐下来的时候，辉煌与收获是属于安逸者的托词。黑风擒住过往的鸟兽，光线采撷夜空的纯泪，希望如同裂缝般撒入尘世，我们走在传播希望与理想的道路上，一刻不得闲适，一刻不得尽头。

诗中想象的腾飞，构架了整个作者的内心情感和思想境界，在急功近利的现实之中，思维的沉淀与升华更需要静下心来，填充属于自我理想的思想隧洞。双手攥紧窗檐，微光入亮，黑暗的来袭丝毫不影响你等待光明，撕裂黑暗，冰冷过后，定会是阳光普照。（范快）

十二行者（组章）之
曹雪芹：在未完成的路上

/苏建平

太多易逝的事物：像一条河，流动着又吞没着一切。包括正在生长的花草，凋落的叶子，腐烂的果子，甚至那一双双追逐它们的眼睛。

金子也会腐朽。银子也会腐朽。

那用金子和银子算计的日子，更易腐朽。

他开始编织一个舞台。他编织舞台上的一张网。他编织网中的一只只蜘蛛。他编织善良的蜘蛛。他编织恶毒的蜘蛛。他编织走投无路的蜘蛛。在这个舞台上，几乎所有的蜘蛛都走投无路。

他编织蜘蛛走投无路时的合唱。

而这，仍不能抵御生活的腐朽。

在京城，一个黑脸胖子酒渴若狂。他曾凭借风筝的手艺赚取银两。他的黑夜过早来临：

人心不过是石头。

石头却可以幻化出柔软的生命。

他把最后一件雕刻的手艺命名为"石头"。一颗未及完成的珍珠。

一如世上太多的生命，他在未完成中完成了时间。

《散文诗世界》2017年第1期

作者 —— 苏建平，70后。浙江省作家协会会员。诗歌和小说主要发表在《江南诗》《扬子江诗刊》《滇池》《西湖》《星星·散文诗》《散文诗世界》《散文诗》《大河》《中国诗人》《浙江诗人》《延河》等杂志。著有诗集《黑与白》。现居浙江嘉善。

评鉴与感悟 —— 这是一章向曹雪芹致敬的散文诗，诗人用独特的个人视角刻画了一个关于"未完成"的雕塑，无论是在路上，还是在生命中，都无法完成。镌刻的伟大，只有时间才能衡量。诗人替曹雪芹编织一场梦，"舞台、网、蜘蛛"，组合的意象，已经注定了要走在一个无法完成的路上。蜘蛛的善良、恶毒、走投无路，都映射在"他"的身上，或是曹雪芹，或是红楼梦中人，只有泛化了的比拟，才是不朽的前提。诗人用了一句话，"人心不过是石头"盘活了全诗，不到升华了意境，也道破了内在的玄机，把本章散文诗的境界提高到了一个较高的档次。紧接着"石头却可以幻化出柔软的生命"，"心的硬度"与"柔软的生命"形象的展现出了"时代"与"个体"的状态，也折射出"他"的命运。特别是"一颗未完成的珍珠"，给"石头"定了一个性，这一刻诗人是肃然起敬的。"一如世上太多的生命，他在未完成中完成了时间"这是一个巧妙的收尾，不但契合了诗的题目，也完成了一个思想的收放，这也许是故意为之吧！（敬笃）

鸟心或一代人的画像
——观巴音博罗同名油画

/苏扬

把头伸进笼子，或者把笼子套在头上，就能幻化成一只鸟了。

我在无处栖身的时候，鸟让出了位置。

我体验着鸟笼生活，模仿鸟的语言，将一些音节反复吹奏。由于空间狭小，瘦长的竹笛与手臂都暴露在笼外，仿佛是与鸟交换的枝丫。

幻化的鸟蹲在笛管之端，审视我的鸟心，以及我的怯懦、孤独与渴望。

尔虞我诈、竞争掠夺、欺压残杀的嘈杂都远离了，这是一颗在广袤的寂静里跳动的鸟心。可是，它能坚持多久呢？

苍穹空旷，而我小小的鸟心比苍穹更加空旷。

周围已经没有花朵、森林和植被，只有光秃秃的山峦，荒凉漆黑的土地……

一代人明显堕落。

一代人在自掘的坟墓里给自己画像。

他们打着人类进步的旗帜，提出各种文明和主义，掀起一场场运动与战争。

和谐成为政治口号，名誉地位成为私有资本。在利益面前，道德荡然无存，良善荡然无存。在竞争面前，他们总是比野兽聪明，也比野兽残忍。

环境保护会上，那些道貌岸然的野心家已经把财富圈地为牢，那些一边羡慕、讨好、奉承，一边又嫉恨、攻击、摧毁的阴险分子还在到处游说，或者到处制造事端。

我是被主义驱逐出境的异徒，这散发着腐臭味的人间，已没有安全之处。也许鸟笼可以再结实一些，保护我的头颅，让思想不被荒芜吞没。

新的风暴就要来临。一只鸟的顽强不是世界的顽强，一只鸟的抵抗不是世界的抵抗。

无数掠夺与被掠夺的饥饿者在相互啃食中死亡。只有这虚幻的鸟音，还在呼唤大地生机勃勃，生活桃红柳绿，春光妖娆明媚，生灵团结友爱。

《源·散文诗》2017年第 1 期

作者

苏扬，本名韩芝萍，江苏省扬州市人。作家、诗人。鲁迅文学院第三十三届中青年作家高研班学员。诗作散见《诗刊》《诗选刊》《中国诗人》《中国新诗》《延河》《奔流》《时代文学》《山东文学》《星星·散文诗》等百余种报刊，有百余篇诗文在我国香港、澳门和菲律宾、加拿大等地发表。入选多种图书和年度选本获"首届中国金融文学理论研究最佳论文奖"。著有诗集《镜像》及散文诗集《青鸟》《苏醒的波澜》等。

评鉴与感悟

苏扬的散文诗有一种超凡的想象力，同时又显出几分忧郁的阴沉。以笼中鸟作为现代人的象征，无疑是再合适不过了。是啊，现代人无时无刻不生活在囚笼中。

这只是一种悖论：鸟笼之外，充满了危险。充满了"尔虞我诈、竞争掠夺、欺压残杀"。而"我"厌倦了这一切，于是"把头伸进笼子，或者把笼子套在头上，就能幻化成一只鸟了"。在笼中，我貌似安详，远离了俗世喧嚣，得以审视自己的心。无疑，这是诗人退入内心世界的精神写照。可是，这样一切问题就解决了吗？

显然不是。诗人知道，世界上仍然充斥着各种倾轧、虚伪与暴力，"鸟笼"只是一厢情愿的幻想。诗人想要守护的其实是一颗不被污染的纯洁心灵。在这个社会中，诗人无疑是充满了悲伤与失望，但并未完全放弃希望。正如本诗的最后，诗人仍期待着那"虚幻的鸟音"，"呼唤大地生机勃勃"。（李唐）

与风一起,走近月光

/棠棣

　　一场雨后,我们和月光经水的洗濯,涤尽尘垢和浊秽,以皓皓之白在天地间行走。

　　一路走去,一条河,一座山,万千山河都会被踩在脚下。终有一天,我们也会被踩在脚下,以一抔土或者一茎草的生命形态。

　　从骨头里长出来的,回归骨头;从土地里长出来的,回归土地。

　　草一低再低,风来风去,经霜的茎叶在暮色里摊开无边的沉默。就在落叶飘零的时节,烟霭对接烟霭,以黛色的谶语锁住河流的命运。

　　在路的尽头转身,依然月光如洒。月光正带着家眷,在桐叶上誊写亘古的家训:把孤独挂向枝头,让梦成全清冷。

　　河流一夜之间瘦成骆驼,在月光下的河床供出石头的色相。而风正逡巡着,推开西窗,推开河流的猜忌与三千里逝水的沧桑。

《星星·散文诗》2017年第2期

作者　棠棣,本名孟令波。1981年生,河南延津人。中学教师。河南省散文诗学会理事。文字散见于《星星》《诗刊》《散文诗》《青年文学》《飞天》《诗潮》《中国诗人》《岁月》等多种刊物和年选。现居长垣。

棠棣的散文诗有着自然之美与纯粹的想象力。其中"河流一夜之间瘦成骆驼"等形容令人耳目一新。诗人营造了一个犹如"桃花源"般的梦境时刻——"以浩浩之白在天地之间行走"。这段路预示着人生之路，因为紧接着，诗人便转向了人生的终点——"从骨头里长出来的，回归骨头；从土地里长出来的，回归土地。"

这是一种豁达的人生观。在这里，没有俗世烦扰，没有你争我夺，以一颗赤子之心面对人生的路途。诗人深知，人要活得干净是一件多么困难的事！

纵观整首诗，出色的修辞与语感是它的一大亮点，并且营造出一种轻盈的美学，犹如一幅山水画。容读者疲惫的心在诗意中短暂驻留。

（李唐）

看不见的庇护

/田字格

1

从来没有真正的衰老。

时间是假的，你在念想里，捕获更多皱纹。

从来没有真正的衰老。

时间被遗弃，你在寂静之前，囤积足够多的生死，却从不深究内容。

2

楼道里，石灰水阴干，老人与孩子侧身走过，月色还是被踩脏。

只当月色是真的，大好河山是真的，族人才会前赴后继，祖国才会白骨遍地。

想想老祖宗，某种永不相见的庇护，类似于逆风的事物，倒下去又挺过来。

他们从不发声，却知道——"阴德如耳鸣，只有自己才能听见。"

《诗潮》2017年2月号

作者

田字格，原名马莉。1983年生于江苏武进。教书，修佛，打坐，静居江南某小镇。著有诗集《灵魂的刻度》。作品入选《2015中国年度作品·散文诗》《2016中国年度作品·散文诗》《中国当代爱情散文诗金典》等选本。

评鉴与感悟

田字格《看不见的庇护》由于"时间"意象的含蓄隐晦解读起来有点难度，对于一般读者而言具有一定的阅读挑战性。在我看来，所谓"时间是假的"，"时间被遗弃"中的"时间"是一个巨大的能指，被作者赋予丰富的意义，在此我们不妨将此看作是"历史"和"传统"的曲折表达。时间表面上时刻不停地带领我们奔向未来，一切似乎转瞬即逝，然而，一切又似乎停滞不前，时间将许多东西汇聚成"经验"和"方法"凝固成"历史"与"传统"，正如诗中所言"从来没有真正的衰老"，历史总是惊人的相似，一切历久弥新。"历史"和"传统"也就意味着民族和国家观念的形成，意味着前仆后继、继往开来，意味着祖先留给后人丰富的精神遗产，意味着祖先对后人永不相见的庇护！那么，作为后人，也应该自觉继承前辈的传统，"为往圣继绝学，为万世开太平"！（王永兵）

游走在城市边缘的眼

/汪甘定

爬高，再爬高。

节节爬高的城市，把目光抬高，把脚步迟滞，把欲望洞穿。

一群蚂蚁，在夜幕下，四散奔逃。谁，侵占了它们的爱巢？抑或，谁，动了它们的奶酪？

一枚落叶，躺在冰冷的盲道，无人问津，在纷飞的唾液中无处栖身。像无家可归的流浪儿。

急速驰过的车，满载蹒跚的脚印，在蒙蒙雾霾中，左冲右突，不知驶向何方。

橱窗里的半裸模特一个转身，猥亵，抖落一地。又一个转身，猥亵，卷土重来，满身伤痕累累。

穿街走巷的小贩，叫卖声撩拨城市饥饿，干瘪，溃疡的胃，一阵绞痛袭来。没有什么，可以医治城市病入膏肓的躯体。

一棵歪脖老槐树，一生拧着脖子，拧成街边突兀的风景。它和谁赌了一辈子的气？

在第十八层楼的落地窗后，一只忧郁的眼，透过厚重的帘，寂寞地偷窥。如那只忧伤的金丝鸟，在华丽的笼子里，寂寥终生……

城市边缘，遍地是游走的眼。

哪只眼？俘获了城市的芳心？

这又是谁的城市？

如果，这座城是我的！我宁愿蒙起双眼，立于拐角处，淋绵绵细雨，听风声萧萧，闻花香鸟语……

《散文诗》2017年第9期上半月刊

作者

汪甘定，江西乐平人。1968年10月生。教师。业余爱读书，习诗。偶有诗文发于报刊及选本。

评鉴与感悟

现代化是一个过程，其间城镇化尤其是大城市化又是一个似乎可以科学布局却又正在快速匆忙经过的阶段。阶段的进行式即意味着不完善不如意不合理的随处可见：大量流动人口的低程度城市融入并由此导致新二元结构；相对于城市农村发展滞后并导致的"空心化"加剧；大城市盲目膨胀中小城市发展滞后并由此导致的交通拥堵、环境质量下降等大城市病；城市历史传承忽略与创新文化不足并由此导致城市的文化和生态破坏严重。当汪甘定让一双城外的眼睛游走在夜幕城市的光怪陆离中之时，素朴之心和洁净之目在惊异、惊诧、惊骇、惊哀的台阶上节节拔高。物质文明与城市文明乃至现代文明之间的共生相济或错位失序，在一个未曾"俘获了城市的芳心"也失望于"城市边缘"的眼睛里以乱象呈现，就格外触目惊心，惊世骇俗。（范恪劼）

河的内心住着自由的魂魄

/王剑

流动，流动。一条河流，总是用奔走的方式，延长生命。

向前走。这是一条河的本性。河无法更改自己的道路。但是河的内心，住着自由的魂魄。它风中的骨头，在嘎巴作响。

占领沟壑。敲打顽劣的鹅卵石。有时也撕碎自己，蠹成瀑布。河把柔韧的水铺开，让幸福的帆船，快乐地行走。

浪花是河的舌头。河滔滔的话语，只说与天地。一条河的奔走，改写了庄稼和村庄的命运。河流与村庄，至于哪个更早，我并不知道。

最终，一条河，强行挤进我们的身体。变成了一条有温度的红色的河流。它行走于我们的内心，用力勾画出我们一生的辽阔。

《散文诗》2017年第6期

作者

王剑，1971年生，河南省孟津县人，现任教于河南漯河实验高中。作品散见《人民文学》《诗刊》《星星》《散文诗》《莽原》《奔流》《四川文学》《山东文学》等报刊，计二百余万字。著有诗集《溅在思绪里的泥巴》，文学评论集《冷火焰》。曾获首届林非散文奖。

东方美学认定，万物有命亦有灵，万物命相皆相通。生生不已的河流更如是。王剑坦承，"河流与村庄，至于哪个更早，我并不知道"，但王剑从流动之河嘎巴作响的骨头、撕碎自己的壮烈、与天地滔滔诉说的话语、让帆船幸福快乐行走改写庄稼与村庄命运的嘉惠中看见了一种存在之大永恒之尊——河心中"住着自由的魂魄"；诗人更透析河流对人醍醐灌顶般的强势教化，"最终，一条河，强行挤进我们的身体，变成了一条有温度的红色的河流。它行走于我们的内心，用力勾画出我们一生的辽阔"。这种从对河流自然属性的正向过滤演绎到对河流正大神性的归置揭橥，再到河流对现实人性灌注滋养的暗码解密，皆有着于寻常之物赋新所指的脱胎换骨和对人生流向充满胆气雄心的可贵姿态。而如此有限的篇幅，却容含如此繁多的意蕴，更令人称赞。（范恪劼）

我的戏里唱着你的词

/王崇党

每一句俚语都是生动的唱词；

每一句台词都扼进生命的七寸。

长腔，拖拽眼泪；花腔，制造欢乐起伏。我们走着台步，或快或慢，或直或曲，丈量着命的深与浅。

繁华都市让灵魂无处生根，扇面上的河山没有一寸可以托付，而这无人认领的草莽，是我们暂时借来的国土，卸下繁复的戏服，赤诚以对。

在这弥漫花香的宫殿，草影晃动的帷幔，河流暗涌，山岳低飞，喘息的天空搬运云朵。我是多么慌张的书生，在起起伏伏的土地上密集地打下圈定江山的桩楔。

我的戏词唱响你的命运，你的车辙碾过我的想象。

命如草芥。我们只是在这里提前预演，贴近草窠，一点点煨热命里的根。

此刻，近处的芦苇睫毛上已是潮雾暗涌，凝结成一颗颗晶莹硕大的水珠……

我不敢再有任何轻举妄动，生怕触动这遍野饱满的悲怆！

作者 —— 王崇党，笔名南鲁，70后，毕业于解放军艺术学院，上海作家协会会员。作品散见于《诗刊》《星星》《诗探索》《诗潮》《中国文化报》《文学报》《解放军报》等多家报刊，入选多部年度选本。著有四本诗集。参加全国十四届散文诗笔会。现居上海。

评鉴与感悟 —— 张爱玲的《倾城之恋》中写道："到处都是传奇，可见不得有这么圆满的收场。胡琴咿咿呀呀地拉着，在万盏灯火的夜晚，拉过来又拉过去，说不尽的苍凉的故事。"王崇党的《我的戏里唱着你的词》也有着张爱玲式宿命般的苍凉。诗中，作者让"我"与"你"成为命运共同体，在戏中相互拆穿彼此，将满野悲怆看透却无力抵抗。从俚语般的唱词、扼进生命七寸的台词、丈量生命的唱腔，一句句唱出灵魂的无处生根以及命运的悲哀。作者将其对生命的凄怆感悟用华丽的唱词娓娓道来，颇有一番"生命是一袭华美的袍子，爬满了虱子"的深刻与无奈，戏如人生，人生如戏。台上咿咿呀呀地唱着宇宙洪荒，丈量着命的深与浅，寄托着无处安放的灵魂，诉不尽人生难逃命运的荒凉，等待戏终人散。台下暗涌奔流，逃不出命运的牢笼，生命的车辙碾过灵魂的厚度，重复着被演绎过的悲伤。（韦容钏）

河床消失了，源头仍在

/王幅明

大自然总是有奇迹呈现。

洪荒年代，王屋山巅氤氲弥漫，化成水，滴落到太乙天池，称为沇水。沇水穴地狱流，形成东西两股细流，到达平原涌出为泉。二源汇流，冲出一条河床。大禹治水之年，疏导沇水东流，易名为济水。济水三狱三现，流经河南、山东的大块土地，长达一千八百里，最终汇入黄河，注入渤海。

不知何年，济水成为一个传说。沿途留下的地名济源、济宁、济南……成为传说中的记忆。

黄河多次改道，最终，黄河与济水复合为一条河流。济水在黄河的泥土之下隐姓埋名。

奇特的是，河床消失了，源头仍在。

古代并称四渎的河流为济、淮、江、河，济水为首。何故？清澈无双，君子之河也。济源境内的济水，曾有千仓渠的美誉。四渎均建有水神庙，济渎庙被誉为天下第一。

唐玄宗封济水为"清源公"，济渎庙因之又名清源祠。

雁过留声，河过留名。英姿已逝，精魂长存。

济水至清。内心贪婪的人们来到济水源头，可会心生愧怍？

225

河犹如此，人何以堪！

《郑州日报·郑风》副刊 2017 年 5 月 8 日

作者

王幅明，河南文艺出版社社长。中国散文诗学会理事、副秘书长，中外散文诗学会副主席。河南省十佳出版工作者，享受国务院特殊津贴专家。1978 年开始发表作品。文学以散文诗创作与研究为主，有九种著作出版，编著多种，或多种奖项。理论代表作有《美丽的混血儿》，散文诗代表作有《男人的心跳》。

评鉴与感悟

这是一篇精魄颂，也是一则醒世铭。

济之水已是一个历史和自然双向合力后的遥远记忆，济之源更是一个造化与神性合谋的此在奇迹。笔者曾写过"黄河黄成不复回，长江江出绿如蓝，淮流流的联沧溟/四渎撒欢儿其三，唯剩济水躺在一座庙中独自荡漾"。作者先溯源数典厘清济水的依稀背影，再怅惘惋惜"君子之河"于今不见又喟然称颂"英姿己逝，精魂长存"，最后笔头一振，荡出济水至清堪可为镜"河犹如此，人何以堪"的轩然大波。王幅明作为散文诗诗人和散文诗理论研究者，既有站在散文诗创作高地巡检考察的高度和纵深，又拥有博采中西众长融会贯通之后文本书写的更上层楼与别开生面。此章以如铁史笔与鎏金诗笔交互镂刻济水的精魂与清颜，有实有虚，虚实相生，实处留足意蕴涵养地而无赘言，虚处扣紧精义之内核而无迂回，既不纷杂拥塞又不虚浮空洞，在济水驻留清源荡漾的辉光中构造出意味深长启人深思的意象。全章素朴中蕴厚重，畅达间见功力，呈现出法度谨严的大家气象和回味隽永的美感。（范恪劼）

草　木

/王垄

做一株草木，随了柳堡的姓，叫作柳堡的名，多好！

精神从根部上升，灵气在身上集中。

不求多么高大、伟岸，在绿色的底层，与大地保持最近的距离。风，是最干净的一缕。叶子因阳光和雨水的豢养，有着青春的肤色。

生长于野外，自由在荒地。植物中的隐士，与四季同步，让节气做了生态的奴隶。

花开，或者叶落，总顺着柳堡的脾气卖萌。星星，鸟语，在林荫间斑驳。一张张和蔼可亲的面孔，安静地忽略了生死、枯荣。

依稻麦为邻，傍瓜果成友。

柳堡的草木，以缠绕的藤蔓、执着的根须，热恋着乡土。是什么让他们表现得如此神圣，我看见他们，就看见了柳堡的亲人。

善良的羞耻，可以借一双绿眼审视。我旁观着柳堡的草木，柳堡的草木却思辨着整个人间。

简单，平淡。世界归于一，命运类似草木。

俯下身体，仔细聆听柳堡草木的心跳。繁华如烟，名利虚空，唯有草木教会我们健康、爱情和欢乐的真谛。

《散文诗》2017年第1期上半月刊

作者

王垄，笔名阿龟，昵称垄上独行者。系九三学社社员、宝应日报副刊部主编。中国作家协会会员。1968年1月生于柳堡。十八岁起发表文学作品。诗文散见海内外数百家报刊，获二百多项奖励。作品选入《中国新诗人成名作选》《中国当代诗人代表作》《中国当代诗歌导读1949-2009》等近百种选本，部分被译成外文。出版诗或散文集十六部。长篇散文诗《柳堡风》入围江苏省作家协会第十批重点扶持文学工程项目。现居扬州宝应。

评鉴与感悟

作者为读者描绘出了一幅绿意盎然、生机勃勃的故乡动态图。王垄的这篇散文诗虽然篇幅短小但表达出了一股强烈的童真之气、思乡之情以及淡淡的人生哲理。"做一株草木，随了柳堡的姓，叫作柳堡的名，多好！"，爱乡之情可谓浓烈，颇有一些艾青的"假如我是一只鸟，我也应该用嘶哑的喉咙歌唱。——然后我死了，连羽毛也腐烂在这土地上"的味道，连做一株草木也要是生长在故乡土地上的草木。"花开，或者花落，总是顺着柳堡的脾气卖萌""星星，鸟语，在林荫间斑驳。""依稻麦为邻，依瓜果为友"，整首诗中充沛着宇宙大自然和睦友好的气氛。在作者的眼中世间的一切纷乱繁杂都将会归于草木般的简单、安静，也是在间接的告诫人们在这个繁华却又浮躁的社会，我们不妨停下了体会一下故乡的温情，聆听大自然一草一木的悸动也来感受宇宙万物的灵气，正如作者所说"不求多么高大、伟岸，在绿色的最底层，与大地保持最近的距离"也就是说人生在世，不要总是在乎自己飞得高不高，而是时常问问自己过得快不快乐。要学会大自然中的植物精神，我虽然渺小但我很快乐，也就是诗中作者用最后一句来总结"繁华如烟，名利虚空，唯有草木教会我们健康、爱情和欢乐的真谛"。（吴月连）

假　如

/王猛仁

古铜色的阳光，在傍晚的水池边盛开，镀着父辈们弯曲的记忆，让一个终日漂泊的灵魂更接近现实，让一幅风景画，从沟壑纵横的掌纹间经过。

一场风雨自骨骼中掠过。

望着一条粉红色弧线，漫过乡村少女颈脖的洁白，在看似多情的目光里，太阳的颜色徐徐亲热，陶尽一片玉立的风采。

一弯明月，依然是朝霞一般的血红。

爱的音符，跃动着野性和青春的话语，我不忍心把那么多的狂热与痴迷，压缩为最终的几声鸟鸣。

难以想象，那只颤抖的手指，怎能画出一个标准的句号？

往事零星的片段在脑海中闪闪而逝。

颤音与回响像尘埃一样荡去，并渐渐蒙上大地寒夜的双眸。

我天天寻觅的足迹与怆然的身影，如同深埋已久的离愁，布满返乡的途中，再一次点亮心的幽空。

久别的蛙鸣，似家乡的一眼清泉，不断地打捞起梦的花环，在暮色中编织，溢满白日里的馨香。

一切关于泪流如溪的过往，均会有一柄无形的锋刃，在我行走的驿站，刻下铭骨的记忆。

《莽原》2017年第5期

作者

王猛仁，1959年生，河南扶沟县人。河南省文联委员，中国作家协会、书法家协会会员，河南省作家协会、书法家协会理事，河南省散文诗学会副会长兼秘书长，周口市书法家协会主席，周口师范学院兼职教授。有作品在《人民文学》《人民日报》《诗刊》《星星》《中国诗歌》《中国诗人》《莽原》《诗歌月刊》等专业期刊发表。新诗获《诗歌月刊》主办的全国第二届"新神采杯"爱情诗大奖赛特别金奖。2007年获"中国当代优秀散文诗作家"称号。2013、2015年度《莽原》文学奖，2013、2014《诗歌月刊》年度诗歌奖（散文诗），河南省第二届、第五届十佳诗人。著有《养拙堂文存》九卷。

评鉴与感悟

《假如》以抒情的笔调，记录了诗人返乡途中关于故乡的一些杂思。记忆中沉寂的画面重新复苏，换上了艳丽的色彩。深情款款的文字表达了作者对乡土人情的珍重，以及面对正在消逝的乡土的忐忑心情。在作品中，作者刻画了水池和少女两个深刻的回忆场景。驿站的池塘勾起了一个游子关于父辈的记忆。往事被镀上古铜的色彩，在水中盛开。年少的记忆同样离开异性的陪衬。诗人笔下，乡村少女多情的目光变成了一抹亮色。此刻她也成为家乡明媚的印记，寄予了回忆者的一网深情。那些不能释怀的往事搅动了诗人内心的宁静。正如题目《假如》所预示的，诗人的回忆只能停留在想象的纬度。所以作者在返乡途中对往日记忆的体会，更加深了作品的伤感氛围。在回忆的眼里色彩和现实的凄风苦雨阴沉的对比中，增加了作品的抒情性，也增加了也感染力。只有在故乡的记忆里，漂泊的诗人才能找到停泊的港口。

诗人描写回忆的笔触冷静而凝练，极力将满腔的热血压进平静的表面，更显历经世故带来的沧桑变化变化。这样克制下的温情脉脉，藏着一个赤子的初心。积蓄的情感到了文末终于爆发出来。一个世事洞明的成年人，心里的孩子哭成了泪人。（林楠）

梦驼铃

/王琪

　　长安以西，大道通天，梦里几度跨越的边关险隘之上，唧唧雁鸣，孤声飞过。万里黄沙复归平静，几多遗痕挥之不去。一再抬高的视线，平落之处，无尽的苍茫铺至天边。

　　风声不再凌厉，离情别意顷刻化作一缕尘烟，在虚无中飘散殆尽。

　　沿丝路行走，你能听见，那黄沙深处，驼铃摇响的串串歌音，图腾起遍野的锋芒，奔向穹空。

　　岁月折弯的那把弓箭，佩在旅人腰间。"古来征战几人回？"酒酣醒过之后，蓦然回首，断肠人他已远在天涯。一腔幽怨的柳笛，在千重山万道水之间，随阵阵驼铃消失在残霞之中。

　　沙道古老，沙海茫茫。刀光剑影，嘶鸣呐喊，都不过为历史的一粒尘埃。唯有沿丝路挺进大漠深处的驼队，一路晃动着驼铃，一声声低吼，一声声颤悠，令一颗孤苦之心不再孤苦。

　　喘息如此沉重，步履艰难。生死相依的丝路上，悲壮的故事，从一开始，就预示了骆驼和旅人无法逃脱的宿命：要么为大漠而生，要么为大漠而死。

　　而婉转空灵的驼铃，必将是穿越时空的一曲绝唱！

《诗潮》2017年4月号

作者

王琪，20世纪70年代出生于陕西华阴.出席第九次中国作家代表大会、第二十七届青春诗会、第十二届全国散文诗笔会。曾获第八届中国散文诗天马奖、陕西2014年度文学奖、首届陕西青年诗人奖、第四届海子诗歌奖提名奖等多项。出版诗集《远去的罗敷河》《落在低处》《秦地之东》等。入选省委宣传部"百优计划"。现居西安。

评鉴与感悟

散文诗《梦驼铃》从万里黄沙、风声厉烈的戈壁景象，联想到千百年间穿行在沙海漫漫的朔边战士和羁旅之客。在悲壮文字的抒情中，驼铃象征的沉重命运在大漠孤烟中运徐徐展开。

长安以西的古道边关一直是古诗重要的内容。诗人借由守边将士、出关旅人的身份往边界的关隘中注入了对故人、故国的想象。苍茫的大漠戈壁也几度造访了诗人的梦。在沧桑的大漠遗梦中，感受雁鸣唧唧，黄沙漫漫，以及离情别意。"春风不度玉门关"，到此，所有告别都被拦下。

沿着丝路，诗人的情思随意漫游。仿佛跟着响起的驼铃，置身于丝绸之路的骆驼队伍中。还原了古代的旅人要穿越戈壁的艰险，一个个开打这些沙漠旅客的内部生命，和千里之外的断肠人联系在一起。这片苍茫的大漠目睹了多少旅人，也在时间的长河了掩埋了多少故事和生命。战争发生，又被风沙掩埋；旅队经过了，足迹也被新的沙子掩盖。从大漠的历史中，诗人生发了生命的哲思。对于大漠，一个人是多么渺小。对于历史，一个人又是多不起眼。婉转空灵的驼铃在荒漠中唱响了生命悲壮的高歌。不惧未来的行者走向消逝，成为历史的符号，而穿越时空的驼铃将诗人和这些符号重新串联起来，共同谱写了气势雄浑，意绪苍凉的诗篇。（林楠）

一朵粉红

/王素峰

1

白，白，白白白，白白白白白白白白白白白白白白白白白白白白白白白白白白白白白。

推涌着，推涌着，推涌着……推涌着。

往下，往下，往下。

往下，往下。

往下。

沉。

往上，往上。

远方，远方的远方，远方的远方的远方的远方。

升……起。

一朵粉红。

2

白白白白白白，白白白白白白白白白白白白白白，白白白白白白白，白白白白白白，白。

灰灰，灰灰灰，灰灰灰灰灰，灰灰灰灰灰灰灰，灰灰灰灰灰灰灰灰，灰灰灰灰灰灰灰灰灰灰灰。

黑，黑，黑，黑黑黑黑黑黑黑黑黑黑黑黑黑黑黑黑黑黑黑黑黑黑黑黑黑黑黑黑黑，黑，黑，黑。

升起。

一朵粉红，两朵粉红，三朵粉红，千朵粉红，万朵粉红，千万朵粉红，千千万朵粉红，千千千万朵粉红。

3

千千千千千千万万万万万万朵粉红，千千千千千千千千千千千千千千千千万万朵的粉红。

推涌着……推着，推涌着……推推推推，涌着，推涌着……推涌，推涌……推涌着……推涌，推着，涌涌涌涌，涌，涌着，涌着，推涌着，推涌着……推涌着……

粉红。

粉红，粉红粉红，粉红……粉红粉红粉红粉红粉红粉红粉红
粉红粉红粉红粉红粉红粉红粉红粉红粉红粉红粉红粉红粉红粉红
粉红粉红粉红粉红粉红粉红粉红粉红粉红粉红粉红粉红粉红粉红
粉红粉红粉红粉红粉红粉红粉红粉红粉红粉红粉红粉红粉红粉红
粉红粉红粉红粉红粉红粉红粉红粉红粉红粉红粉红粉红粉红粉红
粉红粉红粉红粉红粉红粉红粉红粉红粉红粉红粉红粉红粉红粉红

粉红粉红粉红粉红粉红粉红粉红粉红粉红粉红粉红粉红粉红粉红粉红
粉红粉红粉红粉红粉红粉红粉红粉红粉红粉红的，粉红。

2017年首发

作者 —— 王素峰：中国台湾台北，曾获散文诗赛银奖及年度散文诗选。

评鉴与感悟 —— 散文诗题材，表达的创新，永远是一个不过时的话题。这首散文诗，在形式上做了难能可贵的探索。

一朵粉红的话，或者一朵朵组成的极具视觉冲击力的花束，或者在春天，大片大片粉红摇曳在春色里，像汪洋大海里一叶叶扁舟。作者深度构思了如何形象、分层面、立体展现一种花姿，一种花开的气势，跳跃流动的花语。

第一节运用反复，从单词到叠词罗汉桩形式，读者阅读里感受到耀眼的白，以及涌动像潮汐似的，花丛的厚度和热烈的花香。

第二节，通过颜色变化，揭示花的存在规律。

第三节主要描摹千万朵花，它们运动时汹涌开放的盛况。

在不同章节里，叠词运用，营造出花儿们朝气蓬勃，花开声音，它们在风雨里摇曳，由一朵到千万朵群体盛放的过程。这种叠词运用有复沓感，营造出连绵的气势，浩荡的视觉效果。（鲁侠客）

呼啸的思绪

影子在暗处一言不发，向着灯火的方向寻去。

天空之上，夜色宁静，你环绕空气发出轻叹，晚歌有些生动，我头顶的云朵抖动翅膀，逃过纷繁，翻越一座山，看到一棵大树。隐隐的真言脱口而出，不犹豫，我两手空空将你抱起。

细小的光拨弄着闪烁的星辰，镜片里破碎的残迹支离在哗哗的流水中，牵引的力量敲打内敛的词语。

我因为慈悲心而救起一只秋雁，呼啸的尘世。

我足够控制自己即将失重的内心。遇上一条独木舟，遇上一片月光，我碰到骨头的冷静。

作者 王弦月，原名王娟，1993年生。宁夏盐池人。作品散见《诗潮》《星星·散文诗》《诗选刊》《诗歌月刊》等刊物，入选《中国散文诗人》等年度选本。

纷飞的思绪，如风吹雾，最是留不住。王弦月却捉住这一缕，任其游弋飘飞。作者对事物敏感于心，笔触跟随思绪流动，用极具细腻与张力的语言描写一啸而过的思绪。思绪的影子向着光的地方寻去、环绕夜空发出轻叹、云朵翻山越岭、光拨弄着星辰、镜片的破碎流水、慈悲救起的秋雁、失重的内心、月光独木舟、骨头的冷静，意识流过意象的交替似乎朦胧地表达了作者的思想经过一番挣扎归于平静的状态。但诗人想象的飘若游丝，令全诗的主题难以捉摸。或许这正是思绪的特点，无主题或者主题的朦胧都流动在读者诗意的体悟里，这是介于可言与不可言之间的审美愉悦。作者的感悟力在此便可窥见一斑，以思绪为带，凝练出对生活的诗意感悟。（韦容钊）

与蝴蝶聊天

/王长敏

我是原野上奔跑的一阵风，从青涩到成熟的季节，我一路带着阳光行走，一路捡拾着花开的声音，我的身影很浅很浅。

我想穿过森林，河流，到达美丽的山冈，寻找一段前世的梦想。我的好奇，奢望着我能获得幸福的风景。

阳光照在石头上闪闪发光，上面没有一丝灰尘，我知道，石头的伤疤，像一朵花儿开放。

由于阳光强烈，我看不清许多人的脸。我只看清蝴蝶美丽的身影。

我在荒凉的地方与蝴蝶聊天，它的想象力穿越我的思想，它拿走了我的眼睛里的黑暗。

沿途只剩下阳光，我在光明的路上行走。

我像是尘埃里站起来花朵，我听懂了蝴蝶的语言。

《散文诗》2017年第4期

作者

王长敏，1970年10月12日出生于河南南阳。中国散文学会会员，广东省作家协会会员，深圳市作家协会会员。参加第十一届全国散文诗笔会。自由撰稿人。作品散见于《散文百家》《散文选刊》《散文诗》《诗潮》《诗探索》等。作品多次获奖并入选年选、精选、中考阅读试题和语文同步阅读多种版本；著有《开学第一课：幸福是成功（典藏版）》（中外经典名作）；出版有散文集《独自幽雅》，散文诗集《虚无的流浪》。

评鉴与感悟

王长敏的散文诗《与蝴蝶聊天》有一种少女所特有的美丽纯洁，灵气逼人的少女用她未受世俗污浊沾染的心看待世间万物，读来甚是轻盈愉悦。诗歌语言生动活泼，笔触轻灵如同水面上泛起的层层涟漪，荡漾在诗人的诗歌血液里。诗人以一阵风为视角，将风拟人化并带有一双会发现美的眼睛，跟着风将沿途的风景点亮。风是灵动自由的奔跑，携着阳光倾听花开的声音，穿过森林河流山岗寻找前世的梦想，有疤痕的石头像花儿一样开放，自然万物不论所具形态都充满诗情画意。清风徐来，蝴蝶带走它眼里的黑暗，让它真正与自然融为一体，到达庄周梦蝴蝶的物我两忘的境界。这是囚禁在高楼大厦的牢笼里，过着朝九晚五都市快节奏生活的人所体会不到的。或许是时候该停下忙碌的脚步，抬头望望许久没有看过的星空，感受晚风拂脸的温凉，听听大自然的窸碎细语。（韦容钊）

森林情人

/文榕

我走在森林深处，交错的树盖迎迓我，我似得道高僧神态自若，迎着森林的风声，一切自喜自足，有微云送上的飘带，也有远方哈达的飞舞。

我走在森林深处，次序与节奏不重要，甚或爱情和等待也可弱而化之，我只是走着，像婴儿，如少女，走进我明澄的中年；我只是走着，披着风，穿过爱和痛，失意或得意。一切在减弱，唯森林在茁长，彷似所有的绿都在护持，使森林成为我唯一的情人。

风猛烈起来，树枝开始混乱，交错冲击中说不透的和谐优美，我的情爱也随之动荡，振动出最悦耳的强音。

我走在森林深处，一切结束又开始，在开始和结束时都学会感恩，如同我的翅膀一度遗失又接上，现在它透明的，在森林中随着飞鸟翔舞，守着信心的号令。

我走在森林深处，万物已是崭新，因我走在莽山的溪水边，于将军寨的丛林里呼吸。我的信心朝向远方，即便远方换上新的内容，我的歌声飘向远方，它不再是从前的模样，我为种种改变惊喜，正似我因静止神伤。迎着风我在行走，我再次迷恋上魔方的生活，痴心于深绿浅翠的甜蜜云朵。

《大公报》（香港）2017年1月15日

作者

文榕，原名顾文榕，香港文联常务副秘书长、香港诗人协会理事、香港散文诗学会副会长，《香港散文诗》常务副主编，香港《橄榄叶》诗报主编。新世纪前后，于海内外报刊发表诗歌、散文诗、散文随笔、剧本等。著有诗集《轻飞的月光》、散文诗集《比春天更远的地方》等六部 。作品被编入中学语文教材，并被选入《大诗坛——中国诗歌选名家经典》《感动中国的名诗选粹》《中国年度优秀散文诗》《新中国六十年文学大系》等数十种诗文集。获第三届中国散文诗·天马奖等多种奖项。

评鉴与感悟

《森林情人》记录了一次深刻的精神旅程。诗人走进森林，与和谐自然、宁静优美的景象遭遇，由此爆发了诗人对生活和命运的自在遐想。诗歌传达了一种寓于自然的生命哲思，一种要和至高精神合二为一的追求。

诗人以一种安静自若的笔触，引领读者随作者一同进入森林的深处，感受万物的成长和震颤。处身于一派宁静自足的森林景象，次序和节奏被弱化了，时间和自然被打通了，仿佛走进一种道家无为之为的化境。此刻诗人回到生命的原初，穿过中年的肉身、生活的宠辱惊变。森林成为自足自如的和谐之境的象征。

森林的意象出现在许多西方诗人的诗作中。佛罗斯特用林中路象征人生的抉择，海德格尔用林中路揭示被隐藏、忽视的存在。诗人与自然的交涉无不包含着向上的凝视，他们都存在洞察生活的内在动机。在此，《森林情人》把诗中短暂行程视作一种净化，视作穿越都市森林，进入精神森林的捷径。诗歌展示的澄明和自在是一种辨别真在的诗学。

走到森林的深处，一切结束，又重新开始。生命的循环驱走了失意与得意，留下了感恩。在森林中，一切回到自足完美的时候；在森林中，诗人被赋予了第二次的生命。万物都是崭新的，诗人获得了内心的宁静和和谐。（林楠）

列车向前

一

飞驰的列车，一路向前。即使刀山火海，同样义无反顾。

那途中的戈壁荒漠，良田美畴，上坡，下坡，如同人生。

戈壁荒漠演绎着悲壮，良田美畴展示着葱茏。

悲壮到葱茏，就是日出到日落的距离，千年历史也不过是过往云烟。

人生有顺境就有逆流，上坡憋足劲。下坡不可轻狂，彼岸就在前方。

于万山间行走，或盘山而上，或穿越隧道。

盘山慢行，景致扑面而来。

隧道穿越黑暗，却可领略风声的豪迈。

人生没有两全其美，顺境逆境，都是风景。

二

车窗外，风景一闪而过。

那一块斑驳的站牌，字迹模糊，风雨剥去了她的青春，风采不再，容颜已老。

恍若瞅见她当年的辉煌，鞭炮声中，掀起盖头，那是多么灿烂的新娘！

往事经年，使命不老。

列车来来往往，她淡定如水，守候这孤独的小站。

对面山坡上，一棵树巍然屹立，挺拔的身姿，犹如坚毅的哨兵。

天若有情，也知人间沧桑。

就这样，保持着初见的惊艳，相逢于山野，相望于江湖。

远处飞来的小鸟，衔一叶相思，落在站牌的肩头，叽叽喳喳地祝福地久天长。

漫步在山水间的牛羊，绿了青山，黄了秋天。

四季轮回，谁能阻挡？

列车远去，那一个个美丽的身影，却在我的心底泛起阵阵涟漪。

这刹那的相逢，是多少年的修行？

三

此刻，与群山无关，与白云无关，与路边的风景也无关。

列车满载万象众生，这小小的天地，也有人情冷暖。

一声问候，一眼关切，无论是美好的萌动还是邂逅，都是温暖的记忆。

而冷漠是人类的宿敌，是矜持的N个理由。

人与人，近在咫尺，听得到呼吸。

心与心，依然陌生，远隔着天涯。

列车停停走走，旅客来来往往。有人一路同行，有人半途离去。

到站了，曲终人散，各奔东西。

《诗潮》2017年2月号

作者 ——

鲜章平，笔名榆杨，1971年10月生。新疆作家协会、兵团作家协会会员，新疆兵团第四师电视台总编辑，四师作家协会主席。业余从事文学创作30多年，数十次获各级文学及新闻奖。在《诗选刊》《散文选刊》《绿洲》《伊犁河》报刊发表散文、诗歌、小说等作品五十多万字。出版作品集《站在阿力玛里的土地上》，诗集《西部回声》（合著）、《热爱》，散文集《阿力玛里记忆》《三棵树》，长篇小说《无处安放的爱情》等。

散文诗的特点在于将刹那的灵感、情思附于眼前的情景里，用凝练、准确和生动的语言化抽象为形象。句式灵活，长短不一，承载的内容和思想比较灵活自由。鲜章平的这组诗很好地代表了散文诗当下的写作范本。以列车的前进这一常见的事件，书写着他对人生独到的感慨。

语言干净清爽，没有生涩坚硬之感。诗中的意象平平常常，如"戈壁荒漠""良田美畴""日出日落""青山绿水""牛羊""小鸟"，他在这类平常的事物外，自造了诗的教育性意象，如"人生""上坡""下坡""风雨""人心"，简单的象征性笔法将眼前之景与想象之景很好地衔接起来，虚实相生，读来明白晓畅。唯一的缺点是直白说教，失去了诗歌应有的美感。倘若采取隐含式的叙说方式，该诗的意义将会更好地凸显。

诗人通过乘列车观看沿途的风景，联想到人生的起起落落，窗外的新旧痕迹，令他对历史发出欣赏和赞叹，物是人非在时光的侵蚀下是不可避免的常态。那残酷的现实图景，却剥夺不了人情的暖热。诗人乐观向上，把人性最本真的一面展示给读者，给人以温暖的力量。诗歌并非一味地诉说苦难悲惨，诗歌的教育意义可以鼓舞人热爱生命。也许，鲜章平特意用教育性的导语，不惜以损失诗美为代价，为我们点燃一盏灯火。（司念）

割草的姿势

/弦河

铺满露的春天，新绿已潜伏成功。

翁子沟，干旱的第二年，粮草过早枯竭。

父亲的伤痕还没有痊愈，不安静的镰刀，在墙壁上跳动。

镰刀懂得父亲的心。父亲必须狠下心，把露下的草割进背篓，把过早成熟的嫩绿收割，把伛偻的身影再次留给田野，或者山坡。

父亲一辈子生活在镰刀的世界。不断打磨，割掉一些，等另一些重获新生。

这么多年了，我没有在田野上、草丛中，找到父亲留下的翁子沟的文字，只能用记忆一遍又一遍地，翻录，父亲割草的姿势。

在翁子沟的泥土里，镰刀是大地和父亲的中介。

《扬子江诗刊》2017年第4期

作者 —— 弦河，本名刘明礼。1988年10月生，贵州省石阡县坪地场乡人。著有抒情诗集《未曾遇见的你》。作品见《诗刊》《民族文学》《星星》《诗潮》《山东文学》《中国诗人》《特区文学》《延河》《文学港》《中国诗歌》《散文诗》等刊物。有幸入选2011、2013、2014年《中国最佳诗歌》《中国少数民族文学2011年度选·诗歌卷》《2015年散文诗选粹》《2009年中国打工诗歌精选》等多部选集。业余主编诗歌民刊《佛顶山》，编选作品多次入选《2014中国年度诗歌》《2014年中年国最佳诗歌》，《中国诗歌》民刊年度选。

评鉴与感悟

弦河的诗歌中有一些关于家乡村庄的诗篇，在这些诗篇中用具有地域性特征的意象来表达对于家乡土地的回忆和对亲人的深情诉说。弦河的诗歌《割草的姿势》书写了春天翁子沟长出了新草，一位朴实而多病的老父亲拿着镰刀割掉新草的场景。"翁子沟"带有明显地域特征，这是诗人土生土长的地方。"镰刀"是农业文明的象征物，一把镰刀连接了土地和父亲，使他们亲密无间。"不安静的""跳动的"镰刀与父亲为伴，促使父亲去田地耕作。诗人沉浸在对传统农耕文化的依恋中，有一种对于乡村和土地的信仰。这一切有一个最重要的根源是诗人对于父亲无尽的深情。

在这首诗中诗人运用白描手法对一位在农间耕作的老父亲进行了一番描绘。一位带有伤痕，沧桑的佝偻的老父亲用镰刀在田间书写了自己的一生。诗人回忆父亲的辛苦劳作，对父亲勤劳的赞扬，以及对父亲辛苦劳作的心疼。诗歌中透露出阵阵感伤。对于乡土的回忆，对于父亲的深沉的爱，使这首淡淡的诗歌中充满了浓浓的深情。弦河用"镰刀—劳作—父亲"意象构筑了一个具有原始色彩的精神栖息地。表达对家乡的留恋对父亲的爱和自己精神世界的找寻。诗歌语言平淡自然却字字有深情，这也是诗人诗歌创作的重要风格特色之一。（吴彦杰）

捡垃圾的表嫂

/向天笑

表嫂有点心高气傲，在农村还算是长得有点姿色的女人，她走起路来，旁若无人，目不斜视，抬头看天的时候，远比低头看沟沟坎坎的时候多。

表哥，从矿山下岗了，等于一群活蹦乱跳的鸡鸭发瘟了，等于一头快出栏的肥猪失踪了，等于表嫂盼望中的新房倒塌了，等于女儿的嫁妆、儿子的读书费用泡汤了。

好强的表嫂，流了三夜的泪水，就一把拖着懦弱的表哥进城了。

两个人，总是一早一晚在街头或者巷尾，出没；总是一前一后，表嫂背一只编织袋，表哥拖一辆木板车。见到大盖帽比撞到鬼还怕，罚一次款，一个星期就白忙了，那板车是唯一的家当，碰到不好说话的，连家当也没了。

心高气傲的表嫂，低声下气了，还没来得干枯的一点姿色，被那些垃圾涂抹得一塌糊涂。她走起路来，不再旁若无人，也不会目不斜视了。更多的时候，像一只警犬，到处搜寻她的目标。

只是，现在低头看沟沟坎坎的时候，远比抬头看天的时候多。

《散文诗世界》2017年第8期

作者

向天笑，湖北大冶还地桥镇人，现居黄石，系黄石市作家协会副主席，已在《诗刊》《星星》《诗选刊》《诗探索》《诗歌月刊》《绿风》《诗潮》《诗林》《扬子江》《长江文艺》等报刊发表诗歌、散文等作品，在《诗刊》《星星》《飞天》等刊多次获奖，部分作品被收入多种年鉴、年选及其他选集。已出版诗集和散文诗集十一部。

评鉴与感悟

把话说得更漂亮，更动听，象预言或神谕。这是诗歌做的事情，是作家做的事情。向天笑的语言很独特，手法很新颖，想象很悠长，情感很丰富。

《捡垃圾的表嫂》中"抬头看天的时候/远比低头看沟沟坎坎的时候多"的女人，到最后"只是，现在低头看沟沟坎坎的时候/远比抬头看天的时候多"，从两个不同的细节反映了人物的心态和处境，然后又通过一系列的细节具体表现这两种心态。细节的观察和处理上运用得恰到好处，让人对表嫂的遭遇产生怜悯从而心生感慨。在生活中，我们谁没有为现实所迫，丢失了梦想与曾经的自己呢？这种转变，无疑也是巨大的，只不过有时候也许被我们忽略了。

趣味的丰富性可以是诗歌描写对象的丰富，也可以是描写对象本身意蕴的丰富。

在诗歌中看见诗人，比在生活中看见诗人更美妙。通过他跳跃的诗行可以了解这位心地善良和诗意盎然的诗人。

诗的当下性，现场感，决定了诗必然要触及信息消费社会新的精神话题，诗人也唯有尽可能地运用当代鲜活的语言写作，才能赋予那些伴随现代文明而诞生的事物以新的意蕴。

向天笑的散文诗，有一种从内到外的从未有过的被击中的感觉。（司舜）

在韩家荡,做一朵快乐的荷花

/萧风

一

第一次来到苏北响水,是因为响水有个韩家荡,因为韩家荡有千万朵莲花在等我。

因为,与莲花一起等我的,还有我的好兄弟——诗人老风。

此刻,他正端坐在韩家荡的"老风书屋",与诗友们品茗论诗,给粉丝们签字赠书。

书香盈室,荷香盈怀,诗香盈心。

响水是老风的故乡,韩家荡是老风的牵挂。

老风也是韩家荡养育的一枝莲,一支特立独行卓然不凡的莲,有"出淤泥而不染"的高洁之质,有"濯清涟而不妖"的君子之风。

老风是个有温度的人,为了心中的理想,风一样走向远方。但他的根还在这里,他如藕的乡愁还在这里。

荷风徐来,"老风书屋"弥漫着芬芳的韵律……

二

七月的韩家荡,是莲花的世界。

白的莲,粉的莲,红的莲,紫的莲,蓝的莲……

含苞的莲，怒放的莲，亭亭玉立的莲，枕水而眠的莲……

一朵，百朵，千朵，万朵……

朵朵莲花，都举起了斟满芬芳的杯盏！

莲花，俨然是这万亩荷塘的主人，正热情地迎逛纷至沓来的赏莲人。

一群慕名而至的女诗人，像一群从"乐府诗"中国游出的鱼儿。

那座名为"天荷台"的小亭，成为她们与莲花媲美的舞台。

你看，三色堇的红裙令红莲含羞，爱斐儿的黑衫让墨荷逊色，娜仁琪琪格的白袍比白莲白得纯粹，语伞的紫衣比"紫珍妮"的梦更为灿然……

一群写诗的女人，像一群五彩缤纷的锦鲤，欢快地嬉戏于莲叶之间，忽东忽西，忽南忽北。

风姿绰约，风情万种。

三

在韩家荡，我与一朵莲花对视。

在圣洁的莲花面前，凡俗的我自惭形秽。

我低下身来，屏气噤声，沉默不语。

面对莲花，我不敢说自己善良，更不敢说自己纯洁。我怕浊言一出，会弄脏莲花冰清玉洁的梦。

我知道，禅坐于莲花之上的佛，早已洞悉我前世今生的善恶。只是我性愚顽，不能明心见性。

一直在人生的旅途上跋涉，难得停下匆匆的步履，难得卸下漂泊的疲惫。只知路在脚下，却不知心在何方。

此刻，在韩家荡，我与一朵莲花默默相对。远离了红尘和纷扰。远离了欲求和诱人。

我只想，只想做一朵快乐的莲。

不计成败与荣辱，不问前世与来生，在轻如时光的碧波之上，欢快地舞蹈，尽情地歌唱。

作者

萧风,原名温永东,湖州师范学院客座教授,浙江省作家协会签约作家、中国散文诗学会理事,中国散文诗研究中心主任。著有散文诗集《沉思的花瓣》《思念的花朵》等。

评鉴与感悟

在散文诗园地深广耕耘又在散文诗研究领域刮摩淬励的萧风对散文诗写作有着深刻而独到的体认,"散文诗是诗之一体,是兼有诗美与散文美的一种自由诗"。此章有着不少散文实指的借用,地域、人物、景观以及核心意象荷花;更有着莲之诗性的喻指,荷花、荷叶、荷藕的各有所喻,诗人、书屋、鱼儿、小亭的各有所寄,"我"的禅悟、"我"的向往与莲花的天理宛如。在三个小节的由远及近次第展开中,韩家荡因诗人云集莲花竞放而万象欣欣,"我"因莲光烛照心影顿显而理想笃定。群像的落墨如画、布景的主次分明、氛围的熏染如在、沉思的水到渠成,最终在景中成像、在像中寓意、在实中超拔的浮离层面诗意迭出。萧风的散文诗一直有着一种可贵的境界,那就是在及物的观照中始终与光明对接,在在场的发声里始终注满正能量的热忱。此章中也将反省的锚尖切入了灵魂的海底,但与"一朵快乐的莲"的拥抱乃至交融合一,还是让生命的救赎与人生的甘美盛开成人间无敌的胜景,在淋漓传示诗人对生活、对时代、对人生激情爱意的同时,也让整个文本有着文意的一致性和风格的浑圆美。在谋局部篇和语体风格上,诗人借助复沓回环而节奏和谐、语感清新灵秀而诗情浓郁、顺延跌宕而婉转自如、景随意出而意境优美。(范恪劼)

沿途的风光

/小睫

出发。

寒冷已去，带走大地之上的艰涩和荒芜，虽然依然会有隐形的冷穿身而过，怎奈光明已普照大地。

河水欢唱，树木重新长出绿意，一些沉寂于心底的心思如同枝丫上的花蕾，含苞欲放。

高大的事物渐行渐远，连同附着在身后的忙碌和嘈杂。

微雨中行走，让身躯融入水的清凉。被洗涤后的视野如此干净，灰暗被抹去了暗哑的部分，污浊死亡。

有山伫立。没有道路，索性徒步翻越，即使脚踩荆棘，手扒岩石。汗水濡湿被日子风干的期待。

怀揣大爱，前行。

时光之路无限延伸，没有谁可以停留。

天空湛蓝，偶有飞鸟经过。

回望。

每一段艰辛都成为沿途的风景，虽然景色不是世俗眼中的旖旎，而风景终是风景。

独树一帜也没有什么不好，一个人的旅途，自由而快乐。

风过，有梵音飘来。

点亮心头爱的灯盏，照亮自己和前方的幽暗。

时光被花香浸染，生活被春风再一次引领，诗意盎然。

双脚踏入的是四月的人间。

《北海日报》2017 年 4 月 20 日

作者

小睫，祖籍辽宁，现居天津。作品散见《散文诗》《星星·散文诗》《中国诗人》《诗潮》《诗歌月刊》《散文诗作家》等。部分作品入选多种年度选本。参加第十六届全国散文诗笔会。

评鉴与感悟

《沿途的风光》描绘一幅料峭春寒未尽、大地复苏的欣欣向荣场景。诗人行走在绿意复萌，微雨绵绵的野外小道上，沉浸在一个人闲适、自在的旅程中。其中诗歌对自然万物细微处的观照传达了自然之爱与生命之爱。

出发，向着"春意"深处出发，把城市高大的水泥建筑抛在脑后。暂且离开忙碌和喧嚣，进入春风微雨中接受自然的洗礼。诗人的心灵也跟着万物开始复苏。生活的喑哑部分褪去了，心底的诗意含苞待放。此刻，未来也是值得期待的。走在春风中，诗行从一个不太轻松的心理状态转向昂扬与自由。这是一个洗涤心灵的过程。

小睫笔下还留有春寒的四月天比林徽因浪漫的四月天多了一份坚毅。走进四月的人间，一点点走进四月的景象里，一点点揭开自然的面纱。这样的旅程并不全完是轻松的。诗人在岩石和荆棘中穿越，学习如何与自己相处，完成了生命的蜕变。沿途的风光为诗人，点起一盏明灯，照亮前方的幽暗，指引未来的道路。

在一个人的旅途中，诗人收获了珍贵的生命感悟。自然的复苏也象征着诗人的新生。时间之路无限延伸，生活曾出现的波澜终归平静，成为生命不可或缺的组成部分。诗歌以平静、内敛的语调表达了对一切生命存在的包容。（林楠）

也说蟾蜍

/晓弦

惊蛰之夜，她们甩掉难忍的奇痒，与那条原始的尾巴博弈，褪去不知是谁加冕于身的黑袍，寻找自己的朴素的真身。

像一场突临的阵雨，消失在田角地头，她们似乎早已忘掉了时间。她们一不叫春，二不叫床，更不会随意叫屈，指甲大的身子，深陷于的纷繁的农事。

她们惧怕进城，成为宠物鸟的最爱，成为实验室刀俎下的标本。她们喜欢群居，像我家的几个穷亲戚，常常结伴于村前柴草垛前，像一群懒洋洋的马铃薯，晒着春天的暖阳。一旦遇上风寒咳出的声响，竟然会被指认为向季节示威，企图密谋与暴动。

有时，一只腥味十足的手，会是自己的命运。一坨还在挣扎的红色诱饵，会是自己的宿命。

即便这样，她们依然拒绝滴血认亲的游戏，甚至，拒绝承认自个儿是牛蛙的后裔，更不认为春天是江南的好时光……

并且，死也不忘——自己穿麻戴孝的身份！

《星星·散文诗》2017年8月下旬刊

作者 —— 晓弦，浙江绍兴人，现为中外散文诗学会副主席、世界华文爱情诗学会副理事长、嘉兴市南湖区作协主席。曾在《诗刊》《星星诗刊》《绿风》《散文诗》《诗潮》《中国诗歌》《秋水诗刊》《常春藤诗刊》（美国）等发表诗歌一千二百多首（章），作品获全国性诗歌大奖二十项，三十多次入选各种诗歌年度选本。出版散文诗集《初夏的感觉》《仁庄纪事》《考古一个村庄》《一窗阳光》（与人合著），出版诗集《晓弦抒情诗选》《麻雀喊春》等。

评鉴与感悟 —— 生态文学与生态批评成为时下的热点，这一方面是因为环境问题越来越严重，一方面也反映了作家乃至学术批评界对于环境问题的日益重视，确实，人类对大自然的破坏以及由于人类活动所造成了自然资源的匮乏和自然环境的破坏，已经造成了严重的生态危机，地球正在进入第六次物种大灭绝时期。在这种背景下读晓弦的《也说蟾蜍》才会更有意义。蟾蜍是青蛙和牛蛙的近亲，由于长相丑陋，才得以避免成为城里人的盘中餐，但这并不能让她们平安无忧，她们仍然可能被人捕捉，"成为宠物鸟的最爱，成为实验室刀俎下的标本"。人类对于动物的虐杀已经到了触目惊心、令人发指的地步，尤其是在我们国家，由于历史原因和某种炫富心里，吃山珍海味，一直被当作富裕和身份的标志，这更加剧了对野生动物的捕杀，保护野生动物意识特别淡薄。这种现象显然激起作者的厌恶并让其焦虑不安，但又无能为力，只好将此形成文字来呼吁和控诉。"有时，一只腥味十足的受，会是自己的命运"，面对蛙类动物的大量被捕杀，作者内心泣血，结尾世人写下了"死也不忘自己穿麻戴孝的身份"这句话，将残存蟾蜍稀疏的鸣叫声比作对蛙类被人类大肆捕杀这一不幸命运的凭吊和祭奠，其中所蕴含的反抗与悲愤不言自明。（王永兵）

守护自己

什么都可以丢失，唯独不能丢失的，便是你自己。

这需要守护，就如同守护自己的生命。

守护自己，很难很难。

守护自己的天空，你才可以自由自在地放飞你的思绪，让它飞向思想的深处；守护自己的土地，你才可以播种你精心选择的种子，让它结出丰硕的果实；守护自己的脚印，你才可以在磨难与坎坷的征途，寻找自己的路；守护自己的眼睛，你才可以穿过红尘滚滚迷惘的云雾，明辨人生的走向……

然而，天空会有风暴雷霆，阻挡你的思绪飞远；土地会有雨雪冰霜，霉烂你的种子萌生；路途会有曲折坎坷，磨损你的脚印走远；红尘会有灯红酒绿，诱惑你的眼睛迷离……

所以，守护自己很难很难。

是的，守护自己很难很难。

但我坚信：只要把握生命的每一缕阳光，你的天空就会绽放思绪的绚丽，你的土地就会萌生智慧的新芽，你的脚印就会踏碎黑暗迎接曙光初露的黎明，你的眼睛就会闪烁金属的光芒读懂悲悲怆怆的人生……

从而你就紧紧地守护一个清醒的自己！

《诗潮》2017年10月号

作者

谢克强，1947年生，湖北黄冈人。中国作家协会会员、中国诗歌学会常务理事、文学创作一级。曾任《长江文艺》副主编、湖北省作家协会副主席。现任《中国诗歌》执行主编。1972年开始在《解放军报》《解放军文艺》发表作品，已在国内外数百家报刊发表诗歌、散文诗近三千余首（章）。有诗入选《新中国50年诗选》《中国百家哲理诗选》《新时期诗歌精粹》等二百余部诗选。著有诗集《青春雕像》《孤旅》《三峡交响曲》《艺术之光》《巴山情歌》，散文诗集《断章》，散文集《母亲河》等十四部及《谢克强文集》（8卷）。散文诗集《断章》获中国当代优秀散文诗集奖，抒情长诗《三峡交响曲》获《文艺报》2005年度重点关注作家艺术家奖。

评鉴与感悟

在《守护自己》这篇散文诗中，最大且最直观的特点便是句子形式的整齐，全文通过大量的排比句，真正实现了如诗如散文的韵味特征，读来朗朗上口又意犹未尽。而篇中的语言巧在恰当地适应了句子的形式结构，没有矫揉造作的言辞，采用的是"风暴雷霆""雨雪冰霜"等常见物象，并进行罗列排比，通俗易懂。在形式的衬托下，这篇散文诗的中心意旨十分明确—守护自己，而这份"守护"如同守护生命般重要，它所囊括的内容更是作者想要强调的，既有保证自我思绪自由的天空，也有能结出果实而所需要坚守的土地，还有在磨难与坎坷前需要笃定的脚步，和能明辨人生方向的眼睛，作者化用"天空""土地""脚步""眼睛"四个方面来传达守护的内容，实则是在讲诉守护自己的不仅仅是生命，还有更多关乎人作为人，在生的过程中应守护和坚持的自由，努力，以及对自我的认定和对未来的清醒把握，然而作者几次强调"守护自己，很难很难"，在各种的阻碍与诱惑中，人始终容易陷入在迷惘的境地里，此处作者依旧用客观物象进行类比说明，但陡然一转，"守护自己"又是有法可行的。由此，从内容、原因、方法三个维度全面揭示了守护的重要性和艰难，抑扬顿挫又充满哲理。（梁萍）

仁慈的水早已善解人间正道的沧桑

/徐敏

我热爱查干湖里每一滴奔跑的水。

水是从辽朝迁徙过来的，成吉思汗对它也毕恭毕敬。千千万万的子民求存若渴，逐水而居，祈盼水尽可能地恩赐他们秋天的果实。

然而，水是公正的历史介入者，平等对待每个朝代的臣民。即使受冷成冰，它也照样引鱼上岸，慰藉世道人心。

查干湖哦，八百里瀚海，仁慈的水早已善解人间正道的沧桑。

我站在湖边，望见两岸的草叶和牛羊在湖水的拥护下，彼此安详地交流。

那一户户农家，煮饭生菜的烟火也骄傲地袅出湖水的温柔。

亲水者智。

一行白鸥掠过湖央，急转直下，这分明是没有辜负查干湖的颜值。它们暂时卸下青天的辽阔，在一滴水里休养生息，荣幸地成为查干湖千年风云的见证者和参与者。

而我愿意站成其中的一只白鸥。

多少年，查干湖所及之处，事物都聪慧起来。

水的奔跑，只不过想告诫世人放缓向前的脚步。

如果你没有拒绝这世俗随波逐流的勇气，那就请相信这接天莲叶的一汪湖水。

所失和所得，查干湖已把一切经验席地而谈，授道解惑。

仅一滴水，就映照着两千余年的故事。

《散文诗》2017年第8期上半月刊

作者 —— 徐敏，鲁迅文学院吉林中青年作家培训班和吉林省作家协会青年作家培训班学员，吉林省作家协会会员。已出版散文诗集《灵魂如歌》《三十而立》，作品散见《作家》《扬子江诗刊》《绿风》《诗潮》《星星》《散文诗》等多种刊物，多次入选《年度散文诗》《散文诗精选》等年度选本。入围吉林省作家协会重点作品扶持项目，获"全国十佳校园作家""中国散文诗人大奖""松原第三届查干湖文学奖"等。

评鉴与感悟 —— 子曰："仁者乐山智者乐水"，于是"亲水者智"；但诗人更指认"仁慈的水早已善解人间正道的沧桑"。诗人面对查干湖，回溯检点其前生，体悟省察其今世，在八百里浩瀚中捕捉到了那种仁德神祇和圣洁灵魂，"我热爱查干湖里每一滴奔跑的水"，"我愿意站成其中的一只白鸥"，热爱和皈依由此而水到渠成。从客观物象寻获启迪，从主观精神抽丝义理，外物与内在实虚混融，查干湖就有了仁慈的品格烛照和善解人间正道的沧桑发现。诚如徐敏自己所推崇的散文诗境界，"它方寸虽小，竖却能穷三际，横却能亘十方。它是新的思维的诗，新的语言的诗"。（范恪劼）

汗血宝马

/徐源

在风中饮血，身体里沙粒蠕动、摩擦，从毛孔里溢出火花，把远方蹈成一条地平线。

沙漠，终于敞开了女人般宽阔的胸脯，落日骑在我的背上，英雄热爱渐暗的霞光。

从马骨上取下铜的回声，铸一把宝剑，杀敌无数，谁的心中没有理想？日行千里，追逐日月更迭。我就是速度，王朝被甩在蹄印之后。

那就在河边饮水，整条大河聚拢在喉头上。

许多年后，舔马汗的人死了，说马语的人死了，仰天长嘶，闪电、雷雨、黑暗，降临诗篇中。从潦倒中掏出才华与昔日的辉煌，为马写诗的人也死了，为马守身如玉的人也死了。

悬崖勒马吗？悬崖是我陡峭的背脊；天马行空吗？天空是我呼啸的校场。风沙在响鼻中，唱楚歌的人，眼眶里流出黏稠的月光。

一匹马的骨骼，可以建一个王国；一匹马的血，可以养活一个时代。卸掉马掌，重新钉在火焰上；割下马尾，拉响一把沙哑的二胡，我在琴筒里，江山忍受声音的分割。

就这样，一匹汗血马，活在英雄的宝剑上，死在艺术的礼赞中。

啊！以画马为名的人成了大师。画马的皮毛，画马的骨骼，画马的精神，但是他从没有画过马的灵魂。我在你们的内心里，没有谁能摒弃肉身，见到过真正的自己。

天空在远逝的马影中，被镜头推向模糊。只有摄像师，能捕捉每一次诅咒。

作者 —— 徐源，1984年生于贵州省纳雍县，中国作家协会会员。著有诗集《一梦经年》《颂词》，散文诗集《阳光里的第七个人》。诗作散见《诗刊》《星星》《诗选刊》《扬子江》《诗潮》《绿风》《阳光》《山花》《山东文学》《青春》《延河》《散文诗》等，并入选多种年度选本。曾参加《诗刊》社第二十七届"青春诗会"。获《中国报告文学》首届中国文学创作新人奖，贵州省委宣传部第二届专业文艺奖，贵州省作协第一届、第二届"尹珍诗歌奖"等。

评鉴与感悟 —— 飞鸟尽良弓藏，狡兔死走狗烹。英雄的背后总有一个混乱的时代，辉煌的背后总有一个落寞的身影。篝火燃尽，谁人还记得乱世佳人，剩余的，不过是一句苟活而已。诗中的马何尝不是英雄，是徐源笔下刻画的马中娇子，诗歌分为前后两部分，马作为核心，担负了一个时代的符号，两个世界的分水岭。以马的视角入手，观览了沙场征战厮杀的戎马生涯，抒发了生命辉煌胜利的豪壮岁月；但最终风沙吹散了过往，与马为伴的人都相继逝亡，再没人能懂马儿；人们了解马儿开始从诗文著作中探寻，再没有人见识真正的"马"。

夸张的笔触之下，马的一生如此刻画得如此传神，生前征战四方，嘶鸣沙场，如人性般知国破家亡，如知己般识故月思乡。终于，它卸下重负，成为另一个时代的标识；它不在完整，因为懂它的人早已不在。画卷里的马如此得生动，但却没了灵魂，它承载了太多人们的期盼与偏见；夕阳余晖下的镜头中，那是象征着死亡的血色，奔腾的马蹄声，嘶哑的鸣叫声，才是属于马的解脱，才是其对自由的追求。

（范快）

天　葬

/许文舟

除了遥望，人不会飞。这是困局，所以得借一对翅膀，扶摇直上。

管你人面桃花，气数已尽；管你偏居一隅还是雄霸四方。最后的双手，只抓住恐惧，满满的野心，只剩些不安。

野草与肉身，痛苦与欢愉，都在生死前屈膝。而通过秃鹫，再不用跋涉人世的七山八凹。乌云耕种没有樊藜的心田，天上有煮好的沱茶与刚出炉的糌粑。

不用碑刻，生于某年某月，或阴或晴；卒于某年某某天，或疼或痛。更不用哭着相送，毫无意义的悼词与花圈。

提刀的人，驱赶着主人背负的罪孽，再提请上天，奉还酥油与春阳。这时有秋风，带着衣衫褴褛的草屑，穿梭在山坡的秃鹫喋喋不休。

晚上有月光该多好，轻装上路的灵魂，好穿过黑雪与狂风。

都是离去，或归来。就像紫燕钟情旧巢，蝙蝠喜欢月黑风高。

《诗潮》2017年2月号

作者

许文舟，中国作家协会会员、临沧市作协理事，出版散文集《在城里遥望故乡》《高原之上》、散文诗集《云南大地》。20世纪80年代开始写作，现已在《诗刊》《诗选刊》《散文》《中华散文》《散文百家》《民族文学》《星星诗刊》《文艺报》《活水》《自由时报》《香港文学》《大公报》《香港文汇报》以及美国《世界日报》等报刊发表作品一百多万字。有作品入选《读者》（乡土版）、《读者》（原创版）、《青年文摘》，并正式选编入《大学语文》、中学生课外阅读教材，中学生八年级《字词句篇》。散文诗先后七年入选"年度散文诗选"并由漓江出版社出版。先后荣获过第十八届、第二十一届"孙犁散文奖"、《云南日报》文学奖等奖项。曾出席第十三届全国散文诗笔会。

评鉴与感悟

如果说死亡是每一个人必然要面对的，那么在死亡之前，死亡之后我们所处的又是怎样的境地，许文舟的散文诗《天葬》为我们描述了一个有关"死亡"的图景。要知道人终究是凡胎肉体，生前是身份，地位，乃至痛苦与欢愉的交杂，人便有了正式存在的样子，但等到死亡之时，灌注在人身上所有的这些东西都变得不再重要，作者正是清醒地认识到了这一点，才以冷静的语气道出了人此时真实该有的恐惧与不安。及至死亡的门前，人却仿佛从生的混沌与困局中解脱了出来，他们不需要别人的哀悼与眼泪，也不需要铭记自己死亡之际的年月或疼痛感受，反而是站在死亡的背后，他们获得了永久，灵魂也找到了没有生前罪孽后的归宿之地，所以，在许文舟的笔下，死亡是走向天的通道，以天为葬，是人从生走向死的结局，而在这个过程中，人回归成自己，也就有了"轻装上路"。作者通过秋风、秃鹫、酥油、春阳等一系列事物装点了天上之路，在归去与离开中又仿佛揭示着人生死的寓意，是重返最初的旧地，还是陷落在生的纠葛里，这是作者有关人生与死亡的思考。（梁萍）

植物意志

/亚男

很难想象，走进人迹罕至。

弯曲的植物，直离的植物相安无事。对流的风，不急躁的雨，在末梢，闪烁着这个世界的静。

无所谓天寒地冻。

每一步试探着，前方的陡峭。小心翼翼地生长，看不到挺拔的身躯，但有高昂的力量一直在向上。有风穿过，撕开了时间的密封。掘地三尺，我只能埋在泥土之下，守候着安静。不让风乱了我的方寸。但时时刻刻都有想攻破土地的想法，一直向上向上，灰暗的天空，飘浮的云，在雨中多了几分担忧。

如果植物不在这里，又将如何？

植物有植物的环境。

在雪的白里，在夜的黑里。保住品质。

外界的喧嚣都不能左右谁的对与错。

有好事者，密谋。在荒芜中，赋予植物以神奇。画地为牢，将欲望种植。茂盛的植物，无法安静，卷起的风云，散发着忧伤。

更深的夜，翻读孤寂。

疯长的植物在孤寂。

直到遇见一片盛大的荷，我知道夏天真的来了。

要获得宽阔，必须穿过荆棘。

《草堂》2017年第2期

作者 —— 亚男，本名王彦奎。四川省作家协会会员。出版过作品集，作品先后被《读者》《中国年度最佳散文诗》《中国年度散文诗精选》等转载。获中国散文诗天马奖及《人民文学》《诗刊》《青年文学》征文等奖。

评鉴与感悟 —— 亚男是有"冲淡"风格的诗人，这种风格与其说是个性浸入了文字不如说是文字映照了他的内心——"素处以默，妙机其微。饮之太和，独鹤与飞。犹之惠风，荏苒在衣。"（司空图·诗品）《植物意志》，植物意志还是人的意旨？从踽踽独行于植物园林到默然相对一株植物，从"掘地三尺，我只能埋在泥土之下，守候着安静"到"更深的夜，翻读孤寂"，从发现"疯长的植物在孤寂"到执信"要获得宽阔，必须穿过荆棘"，植物潜移其意默化其志于诗人其身了。素简中的意象密度、澄明中的核心聚拢、跳脱中的境界淡远，让诗章固守住了散文诗的本质诗性并彰显亚男文本素有的精神厚度与意旨深度。还是回到司空图关于冲淡的深层意蕴：其表层，和柔明朗，轻逸灵动，洋溢着诗人脱俗而不超尘的对现实和艺术执着的审美精神；其深层，蕴涵着由恬淡平和的个体人格之美与淡和的大自然之美有机融合而生出的醇厚无尽之美（《〈二十四诗品〉的诗歌美学》，云南大学张国庆教授），此乃亚男之谓乎?！（范恪劼）

走进天山

/亚楠

五千里逶迤长龙，就这么在光的簇拥下，用一生呵护我们。守望千年，那些荣辱毁誉都在浩渺的时空里，化为浮尘。无数生灵以自己的方式活着，它们或喜或悲，含苞的花蕊只为自由的心灵怒放。

雪依旧在高处绽放光明。这是天山最为圣洁的地方，远离喧嚣，远离生命中那些难以承受之重，让心灵在空旷的境遇下，回到本真。或许，我们只是一粒微不足道的草籽，根本不被人注意，也没有什么光环，但我们潜心向善，就终将迎来一片草原。

在那里，山花摇曳，牛羊安享着幸福时光。而那些潺潺溪水，也在自己的王国里自由歌唱。啊，这是多么好的回报！还有什么能够让我们如此欣喜？此刻，凝望圣洁的雪峰，我被一种情绪激励着，光明向远处喷射，被它照耀的生灵走向澄澈。

《诗潮》2017年7月号

作者 —— 亚楠，本名王亚楠。中国作家协会会员，新疆作家协会副主席，伊犁州作家协会主席。已出版诗歌、散文诗集十二部，每年都有作品入选各种诗歌、散文诗年度选本。

作者亚楠以沉醉、激动的心流连在天山的圣洁里，整篇散文诗也处处洋溢着对天山的喜爱与赞颂，仿佛是一首对天山情有独钟的赞歌。抓住对天山的描述，作者主要以它的圣洁为着眼点，特别是在高处绽放光明的雪。雪的洁净又让作者联想到生命与心灵，在脱离了尘世的喧嚣与浮华之后，人在天山的美景面前，体认到了本真的自我，以及应向善的心灵，所以作者亚楠不单是在描述一场天山景色，而是在天山景色里进行了一场生命与心灵的洗礼。而那些生活在天山里的无数生灵，含苞待开的花蕊，摇曳的山花，潺潺的溪水，都是作者带着激动的心情对天山细腻的感知。一切景语皆情语，《走进天山》既有作者对天山景色的赞颂，也有在天山之景的陶冶下对自我生命与心灵的体察和认知，而这些情绪都以作者抒情的方式全然流露出来，化成诗意的存在。（梁萍）

关于死亡

/淹月

我听说过一些计算的方式。有的是从开始呼吸到停止呼吸，有的是被人记住到被人遗忘，有的是从爱开始到爱结束。

对于不幸的生命，我们习惯说，他活得像条狗。

对于不幸的死亡，我们习惯说，瞧，这个人，像条狗一样死了。

一片树叶在冰川上滑行。

直到有一天，我看见，它准备从大街上穿行。一条脏兮兮的土狗，在途中迎接了自己的死亡。挣扎的时候有那么两个人看到了。围观的人越来越多，指指点点，接着散去。终于，有一个人跑了过来，把逐渐冰冷的躯体抱在怀里，呼喊几声后，开始痛哭。

撕心裂肺。

《散文诗》2017年第1期

作者 —— 淹月，原名廖艳娜。1983年生。湖南涟源人。写诗，写小说。心理咨询师，以地摊卖书为生。有作品发表于《星星》《散文诗》《湖南文学》《青春》《文学风》等杂志。著有诗集《玫瑰禅室》。

死亡，是永恒的文学母题之一。不同文体对它展开的各种探讨，简直如恒河沙数。在诗中，淹月首先摆出几种因计算方式不同而意涵各异的"死亡"形态（有物理性的，也有化学性的，有狭义的，也有广义的），然后用大众耳熟能详的"贱如狗命"，来凸显一个人卑微而又悲哀的不幸。"一片树叶在冰川上滑行"是整章诗的承接点。我们可以理解为时间的流逝，死亡的堆叠，也可理解为一种体认的持续发酵，最终将文字引向一条真正的"狗命"。面对这条十有八九无家可归的"脏兮兮的土狗"，那些"越来越多，指指点点，接着散去"的围观者，表现出了典型的麻木不仁。淹月没有正面去谴责、抨击他们。有个"跑了过来，把逐渐冰冷的躯体抱在怀里，呼喊几声后，开始痛哭"的人，帮她完成了这一任务。他当然不应是狗的主人，否则这条狗就不应脏兮兮的了，否则这"撕心裂肺"的痛哭就不"值钱"了。他用行动诠释了"人间自有真情在"，诠释了一份来自陌生者的爱。我们应该向他的善良致敬！（潘玉渠）

三星堆

/雁歌

这是一方沉默而神奇的土地。

我轻轻地来到广汉，小心翼翼地推开那扇沉睡已久的大门。

从门缝，仿佛传来一种浑浊的声音，并伴随一代远古王国的叹息。

仔细听。这声音，应该是从三千年前就已出发。

可能，源于村落炊烟的守望，源于耕作渔猎的姿势，源于倦鸟归巢的节奏。

但至少，与一件青铜有关，与一枚玉璋有关，与一片桑叶有关。

只是不知，眼前飞过的那只鸟，是否曾在青铜神树上栖息或歌唱？是否捡拾过多年前田野的一粒麦穗？

能够肯定的是，青铜大立人在时光的缝隙中，曾撑起一个古老的蜀国。

后来，遗失的文明碎片流落风尘，堆成三星。

幽深的光芒，点亮长江文明的源头，指引一只蚕缓缓蠕动的方向。

对面，是月亮湾。

有人正在细数，一颗，两颗，三颗。蚕虫，鱼凫，杜宇……

《散文诗世界》2017年第9期

作者

雁歌，原名王春雁。四川广安人。广安市政协委员，广安市国学学会副会长。中国散文诗作家协会会员，四川省作家协会会员。全国优秀教师，特级教师。《广安文艺》特约散文诗编辑，《广安文艺评论年选》执行主编，《渠江潮》执行主编，《世界华文散文诗年选》及微信公众号平台主编助理。数百件作品散见《散文诗》《星星》《散文诗世界》等全国多家报刊。拟出版散文诗集《行走的云朵》。

评鉴与感悟

三星堆是20世纪中国乃至世界考古最重要的考古发现之一。它不仅将长江文明抬升到与黄河文明同高的应有历史位置，也将中华文明五千年历史佐证于实处。雁歌的《三星堆》以三百余字的文本，触摸三千年前的碎片遗存，聆听远古王国的叹息，叩问遗失文明的历史归宿，聚焦眼前"蚕虫，鱼凫，杜宇"的三星辉光，在现场目击与细节萃取、历史梳理与现实比照中构成独到的三星堆映像；诗人注重构建语言的陌生化和精准隐喻的组合，结尾"有人正在细数，一颗，两颗，三颗。蚕虫，鱼凫，杜宇……"有着与诗题巧妙应和与主题升华之效。（范恪劼）

消失的麦子

/杨剑文

我要告诉你：麦子消失了。

消失是隐藏吗？消失是失踪吗？消失是死亡吗？消失是什么？那一片麦子！那一株麦子！回到土地，回到村庄，有多么难？

在这一片土地上，还消失过很多东西，来不及细数来不及回忆。

像我们无法回到记忆！

麦子在心底为我们升起遗忘的旗帜——那一片一片绿色的叶子。我想告诉你，它多像一把刀的模样，宰割着我们的一切，包括记忆。

麦子消失了，像是一个隐喻。

我们无法找到浇灌的河水，我们无法找到播种的土地，我们无法找到呼吸的空气，我们无法找到晾晒的阳光，我们无法找到储存的仓库，我们无法找到记忆的村庄以及生活……麦子就会离开我们，消失！

一枚射出去的子弹无法回到枪膛。一粒麦子还能回到土地回到村庄吗？

我要告诉你：麦子消失了。

郑重其事认认真真一本正经地告诉你：麦子消失了。

消息准确无误。

《四川诗歌》2017年第1期

作者

杨剑文，1983年生于陕西省榆林市横山县。在《星星》《散文诗》《敦煌诗刊》《诗潮》《延河》《散文百家》等多家报刊发表多种文字，入选多个年度选本。著有散文诗集《横山的春夏秋冬》。散文诗《秋雨》入选学生成长系列丛书《同步阅读文库·语文》，《横山的春夏秋冬》被著名散文诗作家、评论家耿林莽点评为"散文诗的典型性力作"，入选《流淌的声音——中国当代散文诗百家精品赏读》等书。曾获得公安部、散文诗杂志社、新能源杯国际散文诗征文银奖、人民文学杂志近作短评银奖等多个征文奖项。参加第十四届全国散文诗笔会。

评鉴与感悟

麦子是种植历史悠久的重要粮食作物。《诗经·周颂·思文》"贻我来牟，帝命率育，无此疆尔界。陈常于时夏。"与《圣经创世记41》"我又梦见一棵麦子、长了七个穗子、又饱满、又佳美"都有麦子的位置。在中西文化语境中，麦子作为意象引入文学各有其义。古代中国主要是黍离麦秀之悲，当代诗坛麦子则主要象征丰收的喜悦、劳作的苦难和自然原始生命力的坚韧不屈；西方则以圣经原典为主导，麦子是生命的象征，旧约中麦子喻指国家和家庭的兴旺，新约中麦子是生命和真信徒的象征。

杨剑文视域中和口喊中的"消失的麦子"有着麦子意象内涵的新拓展，那就是把与农耕文化密切相关的精神家园和师法自然的和谐憧憬之由衷关切和以麦子消失的痛楚呐喊再次耳提面命于世人。麦子消失，是海德格尔"新时代的人的无家可归状态"命题的中国版再现，是当代中国城镇化快速发展中出现"城乡二元结构"的艺术缩影，是现代化进程中脱离科学轨道盲目和忽略而导致困境的样本写照。诗人一再呼告的颤音，切入乡土的视角，永远漂泊的恐惧，失联记忆的忧伤，生存沉重的叹息，在麦子齐刷刷远离背影中，震撼感十足。（范恪劼）

下手很狠

/杨犁民

我们不知道，那只大红公鸡，早就被他盯上了。

刚才大家还一起围观，看它和邻鸡打架，转一圈回来，就已经死在了盆里，被开水烫毛。

"呀，挂了，挂了。"儿子出乎意外的平静。

仿佛看一款电子游戏，看得出，他下手很狠，手脚麻利。

天色尚未黑尽，要抓住一只鸡，不是那么容易的。

以前虫都不敢杀的人，如今杀起鸡来，轻车熟路。

去毛，开膛，取脏，似庖丁解牛。

"怎么把它杀了呀，这可是家里唯一的种鸡呢，不过年不过节的?"

"你们全都回来了，我不杀了怎么的?"

他说的你们，其实就是我们，包括他的——

儿子，儿媳，孙子，外孙，女儿，女婿

他说这话的时候，一具雪白胴体赤裸在那里，冒着热气。

《散文诗》2017年第7期

作者

杨犁民，中国作家协会会员，鲁迅文学院学员。十五岁开始在《星星诗刊》等刊物发表作品。迄今已在《人民文学》《散文》《诗刊》《散文选刊（上）》《人民日报》《读者》等海内外各级报刊发表各类作品百余万字。作品多次入选《新中国六十年文学大系》《新中国散文典藏》《中国年度诗人选》等多种权威选本，多次入选浙江、山东、福建等地考试试卷。著有散文集《露水硕大》，诗集《花朵轰鸣》。入选21世纪文学之星丛书和全国文学作品重点扶持项目。参加《人民文学》第三届新浪潮大理笔会。曾获十一届全国少数民族文学创作骏马奖、第六届重庆文学奖等。

评鉴与感悟

胴体雪白热气腾腾，下手很狠目瞪口呆，五内滚沸热泪欲零。《下手很狠》的绝妙在于整体结构的营建中引入了散文叙事和电影分镜头的技法，诗题和开局即设置悬念以蓄势，然后交叉使用细节捕捉、神态点化、语言描画、心理表现、行动描摹等手法，辅之以反衬正衬、欲擒故纵、烘云托月，花叶辉映，以境推情，在心理反差和情感复杂的冲撞搅和中，让一次久盼未遇的团聚有了村庄空心时代淋漓尽致的亲也很爱也很痛也很悔也很。在意象型散文诗因对彻底摆脱抒情散文耦合和同化的有效性而日益被更多作者推崇之际，杨犁民的别走蹊径对于散文诗建构的借鉴意义自不待言。诗人用"唯一的种鸡"的牺牲所掀开的乡村生存真相与老人庖丁般手脚麻利的盼团圆情感折射、用儿子"仿佛看一款电子游戏"所呈现的无感与一团热气背后隐去的万千感喟，让身在优渥中的离乡人在重回情感港湾与灵魂领地时，"下手很狠"，心甘情愿地接受脱胎换骨的鲜血淋漓。是的，一生很长也很短，故乡和亲人很疼爱也很宽厚，但唯有祛除全部纵任之欲忽略之念遗忘之心后，我们才可能找到并重获生命最原初的温情之美与人伦之光。（范恪劼）

落　叶

/杨胜应

盛满阳光的树叶，撼动了黄昏。

但跌落不是落叶独有的，还有远处的太阳。整个大地不断地暗淡下来，包括雅江的山水和人。不知道是哪位高高在上的神灵，把秋风当优美的经文在诵读。每吐露一字，人间就荒凉一分。

这不是一枚枚绝望的字。亲人们早已修炼有术。

牛羊进圈，铁器上墙，还有灯盏在餐桌上释放光芒。还必须得提及灶膛里的火焰，那左右图腾依然脱离不了桎梏的比喻。唯有鲜美的素食和缭绕的炊烟，才能够把这种卑微的在场感扩散。

我就是被炊烟喂养的人。

知道落叶的心。落叶并不以明亮在枝头而骄傲。它们更愿意落到人间的低谷，成为蚂蚁棺椁的一部分。它们覆在大地的表面，像一件遮羞的衣衫。

每解开一枚纽扣，我就会痛失一位亲人。

《扬子江诗刊》2017年第2期

作者

杨胜应，苗族，笔名望疯。1980年11月生于重庆，居四川南充。重庆市作家协会会员。作品见于《诗刊》《民族文学》《星星》《诗歌月刊》《诗潮》《中国诗歌》《四川文学》《诗选刊》《边疆文学》《天津文学》《散文诗》《四川日报》《延安文学》《诗林》《阳光》《中国诗人》《散文诗世界》《牡丹》《北方作家》《江河文学》《剑南文学》《躬耕》《岁月》等。作品曾获曹禺诗歌奖等奖项，入选《大诗歌2012年卷》《2013年中国诗歌精选》《2014年中国散文诗精选》等年度选本。

评鉴与感悟

秋来天微凉，心暖人自知。合上书，又一年的秋天到来，又要更换新一轮的书签，落叶点缀着整个世界，仿佛它们就是这个世界的主角。一年之秋如一日之暮，作者用拟人的手法将秋凉如诵经文般缓缓写下，每一音都如凉凉秋风，散落人间，整个世界枯黄，整个雅江山水暗淡。再平常不过的秋，在作者笔下，成为农民们温馨幸福的号角，那流传百年的风俗，伴随着袅袅炊烟，吹入了万户农家人的心田。

而作者就是其中的一位，他期盼用率性纯真的写作，来描绘最真诚的生活，从家园式和睦的场景，来获得最基本的快乐和温暖。当然，作者不是一个人，他不会是孤独的，因为秋的到来，带来了漫天的落叶，带来千千万如作者心灵般的"同伴"。由落叶联想到了大地的秋服，大地的遮羞布，它放低自我的身段，甘愿去温暖大地。秋天象征着衰落，如人之晚年，将思落叶归根，而作者不想这份凉渗入大地，去冰凉先祖。（范快）

我是那个不断朝河里
投掷阴影的人

/姚辉

从一千年前开始，第一种阴影辗转飘忽——从一滴水到其他的水，第一种阴影，古老得像巨石的须髯。

而我不断地朝大河深处扔着，扔着。我有取之不竭的阴影——你和你们的阴影，时间的阴影，典籍与祖先的阴影——从第一种阴影到其他阴影：苦与乐的阴影，恨的阴影，一个春天和一千种弦月的阴影……我反复朝河里扔着——河变得越来越宽，水势汹涌。这些翻越历史的水势，似乎，有着刀刃般璀璨的幸福。

我们是不是就这样成为河流麻木或欢愉的创造者？我们为怎样崎岖的河流活着？整个时代的暗影堆叠如山，我们，又还能朝漫流的大河再扔进去一些什么？

而我只能这样不断艰难地扔着。这些阴影，那些阴影——这些命定的阴影，值得骄傲的超越晨昏的阴影，就这样，成为，一代代人霞光四溅的命运。

我是那个不断指认阴影的人吗——

大河蜿蜒，我，是不是，正在成为某种永恒的阴影？

《散文诗》2017年第6期

作者

姚辉，1965年生于贵州仁怀。中国作家协会会员，贵州省作家协会副主席。出版诗集《两种男人的梦》（二人集）、《火焰中的时间》、《苍茫的诺言》、《我与哪个时代靠得更近》（中英对照）、《在春天之前》、《另外的人》，散文诗集《对时间有所警觉》，小说集《走过无边的雨》等，另编选出版了诗文集多种，部分作品被译成多种外国文字。

评鉴与感悟

阴影的本义是指物体挡住光线时所形成的四周有光中间无光的形象。在荣格心理学诞生后，知识界普遍接受了阴影的另一重特指，即"人格当中都有的隐藏在潜意识当中的黑暗面"。在姚辉这里，阴影则被重新赋值，那就是代指包含以人为主体的历史纵向奔赴中所有形而上的不可触摸之物，亦即那些彼此载浮载沉之岁月沧桑的、人物存灭的、情感心理的、思想精神的、价值判断的、文化浸润的、制度规制的、习惯因循的等等与"阳"相对的不真切的形象。

姚辉作为一位优秀的现代诗与散文诗探索者，在此章文本中熟稔地将历史意识与现代观念、个体精神与心灵体验、生命关怀与价值追索有机地熔铸于"阴影"这一主题意象之内，既能够窥见历史河流里层级累累的阴中之影，更能够镜鉴此在中一己不断的阴影投掷，从而使阴影在重新赋值获得最大的境域幅面、文意在暗示象征间储满最大张力、读者在深沉含蓄中可以触摸"语言之骨"也可以抵达生命真相之境。（范恪劼）

用一束缄默留白
——题著名旅美艺术家李洪涛先生油画《生日锦书》

/姚园

此刻，我既不想借翻卷的浪花比拟今天纷飞的心绪，也不想挪用浪静后的波平暗喻今天眸子的淡定。

我不知道接下来脑海会蹦出什么样的语词，来替我心境代言，我也不知道那语词会越过怎样的沟渠、泥泞，采集哪一类花语，并不染一丝尘埃地紧挨我的笔尖而坐。

我都不去化被动为一朵主动，我要为这纯粹的耐心进行一次铺满鲜花的加冕！

我等又不等。

在等与不等间，顿开的不仅是茅塞。

某些时候的念头在心海不管是持何种舞步旋转，也不过是徒劳地将自己围困。

不如左搂放下，右抱放开。

将自己暂且彻底放空，空到万物都无法占领我的视野，我对自己回眸一笑。

我望着镜子发呆。为了让今天的分秒嘀嗒出分秒之外的声响，我要继续潜入修行的大海？

可谁能让成千的鸟鸣在莫测的时空中盛开同一心语？
谁能让上万的花儿挣脱季节的藩篱随欲斑斓？
谁能让玉立于生日蛋糕上的蜡烛化为一生似锦的繁花？
谁的回答胜于不回答？

请允我用一束缄默为自己为他人留白吧，但依然未忘叮嘱自己：
生日快乐！

《中原散文诗》创刊号2017年第1期

作者

姚园，重庆人，现居美国西雅图。为美国《常青藤》诗刊、美国天涯文艺出版社总编，中外散文诗学会副主席。曾获全球征文比赛一等奖、第三届中国最佳诗歌编辑奖，以及多项其他文学奖等。曾被选入《国际诗人名人录》、有诗被收录进中学新诗阅读教材、被写进大学教材等。已在海内外出版十余本文学书籍，其中散文诗集《穿越岁月的激流》荣获"中国当代优秀散文诗作品集"。2012年出品海内外第一盘散文诗配油画的DVD高清专辑——《流淌在时光之外》。

评鉴与感悟

姚园的这篇散文诗《用一束缄默留白》是以旅美艺术家李洪涛先生的油画《生日锦书》为话题而作，读后全文以形散神聚的艺术表现力充斥着饱满的诗意，还有作者姚园不经意间细腻的感受力。虽是"缄默"为主，以至于文中的"我"在既不想用"翻卷的浪花"和"浪静后的波平"来比喻心境的起伏，之后却也找不到什么特别的词来更好地形容，所以那些跨过"沟渠""泥泞"后的语词，或是更加适合与笔尖而坐所采集的"花语"才能成为作者的赞词。看似在这场找不到词的"缄默"中，其实作者已经在多个物象的诗意组织下完成了这一项心境起伏的表述。而后在这场"等待"中，作者继续沿用"缄默"的姿态放空自我，抛却念头更认真地聆听钟声，此时的无声是作者对外在一切事物的挣脱，仿佛进入一种静思的状态。在这样的时空里，成千的鸟鸣和上万的花儿是否也能放飞自我，以至生日蛋糕上的蜡烛成了似锦的繁花，作者用这众多物象的类比传达着"缄默"时空下的另一种状态，让读者的思维也充满着诗意的想象空间，由此作者才说，在"缄默"留白的背后，还有最后最该说的那句：生日快乐。全篇的诗性归结于此。（梁萍）

黄昏颂

/叶琛

一片树叶掉落大地，像是一个布道者来到村庄。木窗、枯槁，赤贫的芦苇与虫豸为伍。坚硬的黄泥径下，茅草错节的根须接通水源。

花朵、种子、砂砾让新生有了永恒。夕光缓缓滴洒在草木上，离人都成了旧物，荒野中临渊之爱反反复复。此刻的轻盈像是村庄的本意，时间的悸动宛如风中轻摇轻晃的一张蜘蛛网。

黄昏，人世的远景吗？黄昏，永存的火种吗？

黄昏落下，我从野地归来。在途经寒水湾之时，恰巧把一道涟漪，收纳进狭窄的记忆。当一天成为过去，有谁，抓紧你，抱住你？山坡暗淡，吸附在青砖上的悲凉精细，坟茔前的枯枝败叶，把死去的人铺得多么平整。

《诗潮》2017年1月号

作者

叶琛，1986年10月出生，浙江庆元人。浙江省作家协会会员，丽水市作家协会副秘书长。作品发表于《诗刊》《星星》《散文》《江南》等期刊。散文集《在雨中叙事》入选浙江省青年作家"新荷文丛"重点扶持项目。著有诗集《彼年》。获浙江省新荷人才潜力作家奖、浙江省文学期刊创作成果奖等。现居浙江丽水。

一直以来，我都认为黄昏是一天之中最美的时段，也认为它最适合用来状写不悲不喜，恬淡自得，宁谧而柔和的心情。叶琛对黄昏的界定，有着一种"此刻的轻盈"，也有着一丝不容忽视的氐惆。这说明作者的诗写，在尽力贴切黄昏的意蕴，让笔下的情感更加的立体饱满。落叶、枯槁、芦苇、虫豸、黄泥径、茅草、荒野、蜘蛛网……营造出的意象，的确"很黄昏"。这让我们在捕捉黄昏给予的视觉体验时，很容易产生"在场感"，让景物与内心之间的距离得以消弭。但是，黄昏之后，便是黑夜。在夜幕将风景收入囊中之前，黄昏努力维系着一份优雅。黑夜到来了呢？作者随即发出"当一天成为过去，有谁，抓紧你，抱住你"的疑问。答案是不言自明的。那就是没有。因为，时间要继续走下去，黄昏终究会"落下"的。"山坡暗淡，吸附在青砖上的悲凉精细，坟茔前的枯枝败叶，把死去的人铺得多么平整"，这些灰色调的事物，共同榨干了黄昏的最后一丝气血，终结了它。（潘玉渠）

船，依然用扛

古城小镇，狭长的沙滩。

它的四周，平铺直叙：沙、沙、沙，依然是沙……

半月湾，可以说像一大块白手帕，随时擦去滴落下来的眼泪和汗水。至于有没有其他的比喻，很少有人提起到底是什么。

我知道它停泊过许多次落日，包括舢板、轮船。我知道它站过许多守望的母亲，包括奶奶、姑姑，薯花一般。

而汹涌澎湃，属于惠安女人，她们的爱情。

多少双双对对的女人肩靠着肩。竹杠横亘着肩，你们的左手推着船尾，我们的右手推着船帮。

在一起。她们渐渐顺着斜坡走上岸。

男人从大海返回。

女人却走向大海……一阵阵海浪卷过沙滩，女人扛着船走上岸了……

沙、沙、沙，依然是沙……

螃蟹不知道半月湾的整个黄昏，将如何收留天边那一朵朵云彩。

小镇。渔村。傍着多少男人和男人手上的渔火。依着多少女人和女人

287

胸前的乳房。

四周的沙只知道比女人的腹部肌肤白。四周的沙只知道记住了女人的脚步，和忧伤。

船，依然用扛。潮水般湮没了潮水。

这些惠安女人，大海的女人。船，依然用扛。认识了大海，她们比我们更懂得了人间的生活——

用大海的深去爱，用大海的咸去恨。

《惠安文学》2017年春季刊

作者

叶逢平，惠安人。现为泉州市作家协会诗歌创作委员会副主任、《泉州文学》诗歌编辑。福建省作家协会会员。曾获评"泉州市十佳文体青年"。作品多次入选《中国诗歌精选》《中国年度诗歌》《中国诗歌年选》《中国年度散文诗》《中国年度优秀散文诗》《福建百年散文诗选》和《福建文艺创作60年选·诗歌》等选本。入围华文青年诗人奖，荣获福建省政府百花文艺奖、福建省优秀文学作品奖、2014年度星星·中国散文诗大奖、泉州市政府刺桐文艺奖等四十多个奖项。

评鉴与感悟

惠安女子一直戴着神奇、美丽、勤劳、贤惠的花冠，泉州市惠安县崇武镇半月湾更有"海之韵、沙之丽、石之趣、城之古"的美誉。如何在五百字的体量中容纳以上繁多的物事，又如何以自我的视角呈现一个泉州惠安人的感知并唤起天下人的共鸣？叶逢平有着沉入惠安生活海水纵深的窥见和逼近惠安女子人生映像的慧心。诗人萃取真正与惠安女人生命耳鬓斯磨的生活元素，将落日下的守望、接渔获时的并肩劳作、收渔船的肩抗吃重、思念盼归的急切忧伤，用最地域化民族化和典型化的编织与濡染，立体出内外兼美又骨感十足的群像。而在半月湾不胜枚举的喻写中，一句"半月湾，可以说像一大块白手帕，随时擦去滴落下来的眼泪和汗水"，在喻体径直从生活中捞起的轻灵中，又贴切得如一帕蒙面，抚揩尽惠安女子命运中的内伤隐痛。在惠安女子主体出境背后的"我们"，无疑是女人的另一半——男人。第一人称复数的"我们"和更为聚拢指代的"我"，集合了惠安男子的钦敬、怜惜、挚爱、愧疚。女子的劳作与念心，男子的透视与悟感，双重投向命运的虔诚，让半月湾一地细沙晶润着玉泽。当然，过目不忘的还是那个"抗"，扛得住生活的千万负载因"用大海的深去爱"，撑得住命运的风暴因"用大海的咸去恨。"（范恪劼）

一条再也找不到的路

/毅剑

一些人，走着走着就散了；一条河，流着流着就断了；可一条本应越走越宽广的路，怎么会一下子也就找不到了呢？

是的，那条原本的路，注定我今生再也走不回，也找不到了！只是对于我，在心中，事实上，那条路一直还在而已。

二十多年前，那条我只身一人，由成都经都江堰，过岷江、汶川，沿着黑水河去茂县的路，我曾来来回回，走了好几次，还有一次，只差半天的时间，就会被沿途的塌方堵在路上。

一次，我还曾在位于四川省西北部、阿坝藏族羌族自治州东南部青藏高原东南边缘，地跨岷江和涪江上游高山河谷地带的这个小县城里，住了将近一周的时间，竟终日大部分时间躲在小旅馆里，不知道走走它的老街，看看它的羌寨，望望它的自然风光，了解一下它的转山会、羌族俄苴节、羌族萨朗等这些独具地方民俗和民族的文化。附近不远就是举世闻名的"九寨沟"风景区，当时的我也竟浑然不知。

众所周知，发生在 2008 年 5 月 12 日 14 时 28 分 04 秒的"汶川地震"，早已改变了那儿的一切，"山移地动，河流改道"，那原本的沿江顺河山路，也应早被新修的另一条路所代替。

在大自然面前，人注定是渺小的。每一个活着的生物，都一定有着它生命的极限。只要它出生，就会有死亡；只要它流动，就会有干涸。世间万物，没有谁能够与自然和时间抗衡。

　　一条再也找不到的路，也像我们生命中遇到的某一个人一样，他死了，你也就再也找不到他了。

《山东文学》2017年第1期下半月刊

作者——

毅剑，原名张建国，山东曹县人。中国作家协会会员。中国散文学会、中国诗歌学会、中国报告文学学会会员。河南省濮阳市政协委员，中国石化优秀作家。作品散见国内外百余家报刊，曾获中国当代散文奖、全国"十佳散文诗人"等数十种奖项。出版有诗集、散文诗集、散文集、报告文学集等十多部。现为河南省散文诗学会副会长、河南省诗歌创作研究会濮阳市分会会长、中原油田作协副主席、《中原》文学执行主编。

评鉴与感悟——

中国古典诗歌创作都有"诗缘情"的传统。古代诗论家元好问曾在《论诗三十首》写道"画图临出秦川景，亲到长安有几人"？提出写诗必须有真情实感，必然来自诗人对切实生活的感受。可见诗歌须是诗人真实情感的生发与升华，而《一条再也找不到的路》便是饱含诗人真实情感的作品。

诗人用朴实无华的语言描述曾经走过的路，并从生活中感悟到在自然与时间的运转下生命途上失散不再重逢的哲理。诗人回忆自己走过的路，由成都经都江堰幸逃塌方的路，错过有着优美风光及其后毁于地震的"九寨沟"风景区的路，以及"汶川地震"后被代替了的沿江顺河的山路。诗人感叹："原本的路，注定我今生再也走不回，也找不到了"，但其实作者慨叹的不是回不去的路，而是路上所遇的人与事。正是这些在路上所失去的美好人与事让作者心生感慨，沧海桑田，人世几遭变换，没有谁能与时间和自然对抗。逝去的只剩回忆，回忆跌进诗里化为永恒，让我们前行时情怀缱绻，回首时泪眼朦胧。

（韦容钊）

我在春季到来的第一天去看你

/英伦

我在春季到来的第一天去看你，并没有妄想怀揣一缕新鲜的春风就能感动你。我不是候鸟，没有感知寒暖温热的神奇功能。我也不是二十四节气的同谋，更没有偷猎爱情的卑劣目的和冲动。我来看你，如果不能用巧合来解释，那就只能说，冥冥之中，是仁慈的上帝派善良的天使——春天，来成全一次你我季节之初的、持久的、温暖的相遇。

春天，我歌喉喑哑，双眼迷蒙。

春天里不是我不想歌唱，我是想把这偌大的舞台，让给天下每一个哑巴；让给沉默了一冬的牛羊；让给深埋地下的祖先；让给哗哗的河流和屋檐上雪融后那一声声滴答；让给普天之下的他，她，它……

春天，我双眼迷蒙，甚至看不清一只爬到我脚面上觅食的昆虫；还有落在我头上的那些杨花柳絮，也看不清它们是啥时落上的，啥时被风叫走的；而站在我肩上鸣叫的那只鸟，我却看清了还是去年的那一只；我看得最清楚的，当然是一些四处游走的心，像一支支燃烧的火把，寻找着爱的柴垛，一旦遇到，便是一场惊天大火，一场旷世之恋——整个春天，都会献出所有的翡翠和花朵，为其狂欢祝贺。而我，只能用更加迷蒙的双眼，

293

目睹一个季节和另一个的擦肩而过。

春天，我歌喉喑哑，双眼迷蒙！我没有病入膏肓，但却患上了一场巨大的抑郁症——但请你不用担心，因为春天不适合死，只适合生！

春天里，你可能会碰到一两个看似疯疯癫癫的人；如果你喜欢夜游，你可能还会遇到一匹失眠脱缰的马，或者一个离群索居，醉酒不归的诗人。他激情的朗诵惊醒了睡梦中的斑鸠或野兔，晚风被很大的贪心蛊惑着，而远方是她永恒却累倒在地也见不到的情人。

甚至你还会碰到一群叫声怪异的鸟；甚至你还会看到忙着做爱繁衍，而连一声招呼都顾不上给你打的牛羊和昆虫；

甚至你还会看到，在正午向阳的坡地，紧紧拥抱着裸睡的年轻男女；

甚至你还会看到……但不管你看到或遇到什么，你可都不要惊讶。因为，你时刻都没有忘记，这是在春天里啊！

《伊犁晚报·天马散文诗》2017年第1期

作者

英伦，真名谯英伦，山东齐河人。山东省作家协会会员。著有诗集、散文诗集《哭过之后》《疯狂的目光》《夜行马车》《温柔的钉子》等。曾获2015齐鲁文学年展最佳诗歌奖，第十届天马散文诗奖，《关雎爱情诗》年度散文诗奖等。居山东齐河。

评鉴与感悟

英伦的《我在春季到来的第一天去看你》就像一支温柔飘逸的春风。诗歌的语言柔软而流畅，并不刻意讲究形式的对仗和押韵，但读起来却有一种内在的韵律，像春风一样轻柔又自然。诗人反复言说"我歌喉喑哑，双眼迷蒙"，但是诗人想象的翅膀却在春风中恣肆飞扬，从天空飞向大地，从河流飞向屋檐，飞向一只昆虫、一朵落花、一支火把，飞向斑斓的夜晚，"正午向阳的坡地，紧紧拥抱着裸睡的年轻男女"……多情的笔触轻抚着鲜嫩而丰盛的春天，然而他宁愿"歌喉喑哑，双眼迷蒙"，因为春天太美了，值得每一个生命热情拥抱；诗歌中的美只是春天的浮光掠影，诗歌结尾的省略正是诗人将缪斯的笔交与读者，盛情邀请我们走进春天里。在春天里诗人不再是诗人，而是同每一位春天里的人一样，甘愿融化在春天无言而盛大的美中。这不禁让人想到浮士德的那句感叹："真美啊，请停一停！"（夏晓惠）

王者秋天

/佘金鑫

以十万顷稻子拂动的黄袍加身，秋天荣登大位。

王者秋天。

为你奉上稻谷的金山，棉花的白银，流水的绸缎，天空的宝蓝。

一切的道路朝向你。

为了今天。

春天的播种机轰轰作响，满载着花朵，蜜蜂、蝴蝶、农人一路跟随，兴高采烈奔来。

夏天发布火热的动员令，一花一叶从每一块泥土、每一条枝头万箭齐发，向着时光冲刺，引爆山河的激情，一枚枚果实一天天长成大地的宝藏。

自然而又艰辛的旅程。

平凡而又荣光的日日夜夜。

终于江河归海，修成正果。

必定抵达圣地，瓜熟蒂落。

王者秋天。

有着秋水明亮的眼睛，大地宽厚的胸怀，母亲田野芬芳的话语。

王者秋天。

正端坐在江山之上，邀请天地，举办一场既定的丰收大典，再一次亲手为风尘仆仆的劳动者加冕。

《星星·散文诗》2017年第4期

作者
——
余金鑫，河南省光山县人。著有散文诗集《自在流淌的时光》、诗集《幻想家的果实》。诗作入选年度散文诗选、《新世纪诗典》等选本。

评鉴与感悟
——
王者秋天用黄袍加身，写出了气势，用灵动斑斓的笔触，素描出一幅跨季的画卷。

白云般的棉花，金山般的稻谷，流水般的绸缎，让热烈的秋，风姿绰约。秋水有明亮眼睛，大地有宽厚胸怀，慈爱母亲般的田野有芬芳话语。

秋的盛大，离不开春日的播种，夏季的挥汗如雨，秋日的盛典，是为劳动者的一次加冕。至此，王者秋天，卒章显志，只有劳动者才能创造盛大华丽的秋天，劳动者是王者。（鲁侠客）

牧羊的父亲

/余元英

父亲，属于另一个名词——牧羊人。

父亲牧羊从不跟在羊群身后鞭打它们，就像从未鞭打过自己的孩子。父亲常常走在羊群的前面，把自己当成身先士卒的领头羊。放牧羊群，也放牧自己。

羊群吃草，他独坐山头，比一块沉默的石头更沉默。偶尔也唱一支山歌，是对小时候的二女儿唱过的。若有鸟鸣惊扰，他就将慈祥转向羊群，看它们啃噬草地，也啃噬内心的忧伤。

风起时，父亲将羊群紧紧抱在怀里，就像抱着一朵朵蒲公英，生怕自己不小心，羊群就会像儿女们一样，长大，成熟，并风一样从自己身边飞走。

《扬子江诗刊》2017年第6期

作者 余元英，1990年5月生，九寨沟人。曾做过记者、乡村教师，现供职于雅安市委机关。有诗作发表于《四川文学》《星星诗刊》《诗歌月刊》《天津诗人》等期刊。作品入选《2014年新诗排行榜》《2015年新诗排行榜》。

父亲是慈祥的、温暖的，父爱是深沉的，无言的。父爱如山，只是表达的方式有所不同，但都是为了自己的孩子。朱自清在散文《背影》中通过对父亲背影的细致描写，将慈父爱子之情表现得淋漓尽致。余元英的这首散文诗并没有直接将父爱表现出来，而是通过写父亲与羊群的情感，间接地将一个慈祥而孤独的父亲刻画出来。儿女不在身边，他只能将陪伴他的羊群当作自己的孩子，不打不骂，拥抱它们就像拥抱着自己的儿女，但蒲公英总是要飘走的，所以父亲也是无奈的、孤独的、忧伤的。他将所有的爱给了儿女，而自己内心的孤寂却无人诉说。其实他要的并不多，儿女的陪伴将是他最大的幸福。"比一块沉默的石头更沉默"，诗人用略夸张的手法，形象地将父亲的沉默与孤独刻画出来，这种孤独他却从未对儿女说起，正如冰心所说："父爱是沉默的，如果你感觉到了那就不是父爱了!"父爱很容易被忽略，但它却一直存在，作为儿女应给予父亲更多的关注与陪伴。乌鸦尚有反哺之举，人更应如此，给予父母的不应只是物质的资助，更应是精神的关爱与生活的陪伴。（孙冰）

羚城九层佛阁下的日光

/宇剑

转经筒在风中低吟，低吟着苦行者的卑微和虔诚。

一步一个叩拜，一步也是一个轮回。不进高原不知天有多高。

不去甘南羚城不知人间在佛前多渺小；小得像尘埃一样漂浮在经院。

藏地的楼阁：庄严肃穆、神秘瑰丽。

日光下的我，淋浴于一场围葬的酥油香；一场佛经的洗礼。

喇嘛礼拜，灵鸟高飞，试图追求先知和天堂的眼神，会在一瞬间扎根于泥土、于青砖、于黄瓦、于每一个与佛相关的事物。

菩萨、金刚和大力士供奉在佛阁。供奉在我内心——

其实，在羚城也供奉着一个太阳，有太阳的地方，就有生生不息的信仰。

佛阁下的日光，像老人抚摸孩子头顶一样安详。

《上海诗人》2017年第4期

作者

宇剑，本名韩璟瑞，90后，甘肃环县人。有诗发表在《诗刊》《诗歌月刊》《飞天》等。现居西安。

这首诗歌是诗人宇剑宗教诗歌的代表作。诗人通过转经筒、苦行者、甘南羚城、藏地楼阁、佛经、菩萨等宗教意象勾勒了一幅羚城佛阁神圣的画面。卑微而虔诚的苦行者们在宗教的洗礼下叩拜，祈祷、追随着佛、对佛有着无限的信仰，佛阁下的日光散发着神圣的气息。宇剑通过诗歌写出了藏地人民对于宗教的信仰以及宗教的神圣，透露出其宗教的情怀。诗人诗歌创作的过程也是诗人构建精神家园和心灵净地的过程。诗人宇剑的《羚城九层佛阁下的日光》饱含诗人的宗教意识，佛教下的日光洗涤罪恶，给人温暖和力量。诗人在宗教的世界里也建构了自己的精神世界和精神信仰。在诗中，我们感受到诗人炽热激情的语言，构思完整，诗人把细腻与激情揉入自己的内心，再增添一些片段和色彩，融入自己充沛的情感，构成了诗人宗教诗歌的创作特色。（吴彦杰）

美术馆

/语伞

美术馆像一枚乌有之乡的戒指。

套在城市的手指上，仿佛某种承诺。

承诺美，承诺艺术，都是危险的。

但承诺依旧有着庙宇的灵力，它以美术馆的形式，高于现实。

我低于没有斜坡的道路。低于平行而来的风雨。低于一座假山和一条人工河流的记忆。低于满天星辰隐没在人群中的那一刻。低于绘画、雕塑、摄影、工艺品以及装置艺术在它们独立展示的过程中，所散发出来的骄傲气质。

徘徊在美术馆，如同时走在疑问与答案中。

提问的人和回答的人互不相识。我是盗听者。我用审美趣味在魔幻主义与超现实主义之间租借距离，以拉近我与美术馆之间关系。

或者说，我已陷入危险的境地，在追逐一个和美术馆一样坚固的承诺？

那环绕我的，会是什么？

等待展示，还是就此消失？

视觉戴上花冠。香气纷纷落入睡眠。

《诗歌风赏》2017年第3卷

作者

语伞，本名巫春玉。生于四川，居上海。曾在《诗刊》《十月》《世界文学》《青年文学》《星星》《诗选刊》《诗歌月刊》《诗潮》《散文诗》等刊发表作品，选入《新世纪十年散文诗选》《中国当代散文诗百家精品赏读》等多种选本。参加第十一届全国散文诗笔会。曾获第五届中国散文诗天马奖、《诗潮》年度诗歌奖（第七届中国·散文诗大奖等多种奖项。出版散文诗集《假如庄子重返人间》《外滩手记》等。

评鉴与感悟

语伞此篇散文诗，语言层面和内容诠释层面极具现代性。它超越了一般散文诗传统抒情达意的模式，而赋予它哲学艺术层面的思索。

如乌有之乡的比喻，承诺美和艺术都是危险的界定。将美术馆展览物的想象力，超越现实的创造力等元素，演绎得妙趣横生，语言也极富张力。

在低于没有斜坡道路章节，作者文采斐然的巧妙譬喻，将抽象的美术馆赋予形象的描绘。它让读者触摸到美术馆的色彩、线条、轮廓，艺术风格等肌理内在的属性和气质。

而在美术馆观众与艺术家对话的过程里，作者充分发挥想象力，让提问者和回答者形象介入，让审美趣味作为诸如超现实主义，魔幻主义等艺术风格领悟理解的路径，观众融入的钥匙。

让美术馆这一特殊语境下构筑的诗意，散发出智性抒写的光芒。

而末句里视觉戴上花冠，香气纷纷落入睡眠。正是作者在美术馆里沉醉其间，流连忘返的别样描绘。

此篇散文诗在题材选择，语言表达，诗情构筑的智性思索层面，都做了极具创造性的抒写努力。（范恪劼）

古歌：永不消失的记忆
——《南长城》组章之四

/喻子涵

一切都已结束了，一切似乎又才开始。

惊魂游走世界，五千年的嘶喊成为一部野史。

古歌在一座山坳响起，所有山峦都在回荡一种音调。

当声音穿越宇宙返回灵魂，古歌便融入人类的胎记。

是谁在深夜静静地燃烧，绿色的火焰在尘埃里自生自灭？

是谁点燃隐藏的脂膏和血液，举起火炬寻找古老的生命？

火焰中晃动着火焰——

断墙，炮楼，乱石，冲天的杂草，隐蔽的狙击场；罡风与罡风搏击，火与水绞杀；山巅的雷电与火光，深峡的马嘶与剑响；终于看清烽烟与尘埃，战场与墓地，烈日与冰霜；骨头与文字在天空飞舞……

歌声间歇，俯视苍茫，生灵重叠生灵，尘埃覆盖尘埃。

那些打铁匠，运水夫，凿石工呢？

那些投矛手，弓箭手，点炮手呢？

那些举旗者，吹号者，救援者呢？

那些放哨人，守关人，抬尸人呢？

尸骨长成鲜花，泥土绽开容颜，图腾演绎血性。

一圈圈涌动的黑头帕，一声声长鸣的牛角号；无数荒丘耸立，沾满风霜与血渍，愤怒与遗恨……

古歌中回荡着古歌——

你是宇宙中漫无目的的一颗无轨的天体，一堆古老而自由的岩石。

当你的声音来自沧海，来自地心，来自太阳，来自灵魂深处时，那些来自爱与恨的胎记，以及飞速流逝又重新组合的语词，便一一有了颜色和方向。

爱与恨在夕阳里平缓地沉落。

而晃动的眼神中，始终有着不安的灵魂。

变形的炮楼更加高耸坚固，无形的长剑跨越洲际。

绚丽的悲剧，伟大的毁灭，这就是上帝为我们设计的人类吗？

自私的智慧，狭隘的勇敢，为的是人性更加丰满？

从一个场地转向另一个场地，从一种声音变为另一种声音：

石头的寓言里，爱与恨永续传递；

古歌的传诵中，绝技与信仰永不消失。

一切似乎都已结束，结束在刚刚开始的循环中。

《中国散文诗网刊》2017年第10期

作者

喻子涵，本名喻健，土家族。1965年生。著有散文诗集《孤独的太阳》《汉字意象》《独立苍茫》等多部，作品发表于一百多家刊物并收入国内外七十多种选本。1997年获第五届全国少数民族文学创作"骏马奖"，2007年在中国现代文学馆被授予"中国当代优秀散文诗作家"称号，2014年获第五届"中国散文诗大奖"。系中国作家协会会员，贵州省作家协会副主席，贵州省诗人协会副主席，贵州民族大学教授，北京"我们"散文诗群成员。

喻子涵有着高超的艺术控制力，他以古歌的视角叙述了一段烽火连天的历史，燃烧的火焰、皑皑的白骨、遍地的鲜血是战争的催生物，生死在苍茫的时空里是多么渺小和虚无。他如诗人海子的《亚洲铜》一样，用叩问和呐喊的方式，发出了最有力的声音，这声音可以穿透人类、穿透宇宙。当人类互相杀戮，权利的掠夺开始破坏文明，又催生了文明，"南长城"就是在这样的境遇里出现，又惨遭抛弃。

诗歌的语言锋利有硬度，就像一根根骨头，将华夏民族的伟大形象撑起来了，"罡风搏击""水火相绞""号角长鸣""头帕涌动"，诗歌富有仪式感，诗人为逝去的生命祈祷和祝福。诗人的笔法正统，情绪痛苦而悲愤，并且发出呐喊"这就是上帝为我们设计的人类"？他拷问发动战争的当权者，拷问我们的灵魂，并且思考人性，"爱恨传续"，开始和结束循环交替。这首诗具有史诗性，它叙述的并不是确凿的历史事件，而是对宇宙悲剧性结局的哀叹，诗的结尾又带有乐观主义的愿景，一切可重新开始，弥合了道家天人合一的自然思想。

诗人的感情充沛，情感热烈。在战场死去的铁匠，运水夫，凿石工们，断墙，炮楼，乱石，冲天的杂草，隐蔽的狙击场，他都是缅怀和热爱的，乃至他热爱尸骨，热爱尸骨长出的鲜花。诗人有男性作家与生俱来的英气，将人类具体的残杀和爱恨化解在宇宙抽象而恒大的主题中，因此具有自由而深邃的力道。（司念）

灯光悬挂起人间

/月光雪

人间正铺平呼吸，一个阈值里均匀的生命语言，是光手语笼罩的一部分。梦的平原没有悬念。不隔山不隔水，没有跌宕起伏的旅途。母亲就站在地平线的起点。一招手，所有的灯光都从指尖开花，所有的孩子都跑回童年。

母亲十八岁，微笑都抿成花香，我们成群结队地跑着，跑成蜜蜂和蝴蝶。空气清澈。小溪见底。家门口小动物自由走动。

庄稼和蔬果，是母亲的另一群孩子。从春到秋，来回跑着。鼻尖的露珠，脚印的根须，母亲的瞳孔，光芒放射的手势。

灯笼花开时，梦，灯火通明。

站在花蕊里，我们的母亲多么美，童话多么美！

《星星·散文诗》2017年第7期

作者——

月光雪，本名王晓阳，中国诗歌学会会员，吉林省作家协会会员。《白鹤原》责任编辑，《作家周刊》《关东诗人》编辑。作品散见于《诗刊》《解放军文艺》《中国新诗》《星星诗刊》《青年文学》《诗歌月刊》《诗潮》《散文诗月刊》《散文诗世界》《散文诗》

等，发表作品七百余篇（首）。作品入选各种年选，多次在全国大赛中获奖。出版诗集《晓阳心语》、散文诗集《月光雪》。

评鉴与感悟

母爱亲情是传统散文诗题材，这首从童年、灯火、花蕊，庄稼意象等构筑诗情。让母子亲情充满童趣，温馨四溢。

作者文笔清新，文字轻盈跃动。母亲和孩子同时返回童年，所有的往事都被时光过滤后，成为记忆深处的花蕊，芬芳盈怀。

因为语言的别致，让此篇散文诗充满品咂的空间。诸如所有的灯光都从指尖开花，所有的孩子都跑回童年。鼻尖的露珠，脚印的根须，光芒四射的手势等。童年、童颜、童话，纯粹的诗思，只有将爱视为生命里的阳光，才能写出如此动人的散章。（鲁侠客）

放纵目光，撬动咆哮的石头

/云珍

杳然。

——如风的枝杈折断在梦中，这寺院，咔嚓咔嚓的钟声！

望望月亮吧，它总是那么慈祥。还有一嘟噜一嘟噜可以止渴的星星！

踩着钟声游丝般柔软的脊梁徘徊，鬼眨眼似的灯将尾巴样摇摇晃晃的影子拉得又瘦又长。

拽住哪一束光芒，方可攀入月温暖的怀抱？

落叶且舞且泣。是蝴蝶就好了，可以引领我在四月的风景里翻飞。

够不着月亮和星星，就像灯够不着暗影！

三尺之外，不是昏暗，必是陷阱！

既然捕捉不到星星，就必须拼命追赶丰满的流萤……

灰蒙蒙的天空如百年老龟背负着沉重的铅。云翳剃光了朝阳的须发——一轮丢失了活力的惨淡，一个秃顶的囚徒！

有鸟用雾淘洗嗓子：归来——这里的草籽足以饱食，这里的露水足够渴饮！

递一束明亮的目光给太阳作拐吧，它正挣扎着蹒跚而升……

阳光鲜如雏鸟的唇，为高出云翳的想象描眉、画鬓。

谁扯起洁白的帆影划过湖蓝色的天空？

有人拖着重器，走向石头咆哮的荒原，挖掘、打夯、唱歌，他们的脸上散发金属的光泽。

"上帝已死……"

放纵目光，撬动咆哮的石头。

举心灵之桴，擂击大地鼓面，喊醒板结在泥土里的绿色精灵

——我是我的菩萨！

《散文诗》2017年第9期

作者

云珍，蒙古族，1958年生于内蒙古和林格尔县。出版散文诗集《梦幻帆影》《飞行的麦穗》《潺湲的时间》。作品被多种诗歌、散文诗选集收入，获过多种文学奖。现居内蒙古呼和浩特市。

评鉴与感悟

语言陌生化早已被诗歌接纳并被视为基本套式，在有着诗性本质特征的散文诗写作中却还是处于非主流状态的操习阶段，以至于有些散文诗作者抱怨追求散文诗先锋写作的群体很难受到公正的对待。实际上，任何文学语言都不是自然语的直接搬用而是依照文学审美规则做了一定组合处理之后的语言。散文诗向现代性转变既然是一种必然的趋势，那么从抒写内容到操持语言向现代性主动嬗变无疑是值得提倡和助威的。甚至，从某种意义上讲，语言要素基本上决定了散文诗的文本质量和文体命运。

云珍的散文诗正是这种努力摆脱传统散文诗定型抒写体式和语言自动惯性、率意从陌生化着手、倾力激活语言内蕴的诗性和语境的新异性，从而提升散文诗文本的文学有效性和审美扩容性的极佳样本。所谓陌生化，就是在语言组合中以扭曲和变换、凝聚和强化、叠加和倒置等方法，使语言产生陌生、反常、阻滞的语境效果和迂回、疏离、婉曲的节奏韵味。就像"如风的枝杈折断在梦中，这寺院，咔嚓咔嚓的钟声""一嘟噜一嘟噜可以止渴的星星""踩着钟声游丝般柔软的

脊梁徘徊""有鸟用雾淘洗嗓子""阳光鲜如雏鸟的唇，为高出云翳的想象描眉、画鬓"，还有诗题"放纵目光，撬动咆哮的石头"。（范恪劼）

佛的眷顾

/扎西才让

牧羊人在山坡上沉睡，正午的太阳晒黑了他的脸。

他的摩托车倒在灌木后，也是热烘烘的。

佛祖——一个白须老人，路过理想中的群山，看到了想看到的。

牧羊人被风的语言、花的语言，和万物自然生发的语言，给唤醒了。

他看到身着金色长袍的老人，在河边向他挥了挥手，又在风中慢慢走远了。

他也茫然地挥了挥手，他的羊群拥挤在一起，灼热的阳光，使它们丧失了交谈的兴致。

然而，偏头微笑的鲜花，蜿蜒回首的桑多河，还有这山谷里慵懒安谧的神灵们明白：那个传说中的佛祖，已经眷顾过这里了！

《散文诗》2017年第4期

作者

扎西才让，藏族，甘肃甘南人。中国作家协会会员，甘肃作家协会理事，甘南州作家协会主席，第二届甘肃诗歌八骏之一。作品见于《诗刊》《民族文学》《散文诗》《散文诗世界》等六十多家文学期刊。作品被《新华文摘》《诗选刊》转载并入选五十余部年度诗歌选本。获奖多次。出版诗集两部，散文诗集一部。

评鉴与感悟

扎西才让的作品，总是充满神秘的色彩，每一个片段都充满思考，《佛的眷顾》中，这位牧羊人是恬淡的，阳光照耀他，佛祖看到了他。还被风的语言、花的语言、万物自然生发的语言唤醒。

天空、草原、羊群，还有蜿蜒的桑多河，作品表现出清晰而丰富的甘南藏族文化风情，是一幅青藏高原上的油画，这里，在作者的笔下不再是简单的自然之地，它是被人格化了、拥有一定性格的精神领地，诗意的场景甚至让我们忘记了牧羊人的真实身份。他的诗节奏均匀、舒缓，就像草原上空飞翔的鹰。从诗里感到作者对故乡，对故乡人们的无法比拟的深情，觉得在那无边的草原上，在哈达一样的白云下，有轻轻的叹息。

扎西才让的诗，强调自我的内心体验，强调词语的客观呈现和艺术手段的全面颠覆，强调"有意味的形式"，强调词与词之间的碰撞和由此而产生的符号学意义上的"词语的现实"。这也就是我们在阅读扎西才让诗歌的时候，常感到他笔下的甘南并非是写实意义上的"逼真""形似"的甘南的原因。（司舜）

重开一朵花

/占森

还有什么是可以摘取的呢？一切譬如画中物。你的手，亦如枯枝，入冬时努力握着的皱褶信念。

跳跃的，还在跳跃；低沉的，也在沉浸，这两种方式却都不适合你。你应该像一条尚有温度、渐趋薄轻的丝巾，晾在某个天空的肋骨上；应该像闭目时感受岁月那脉搏或风声；或是一辆透明的马车，反复装卸着驶过谁的面前？

有时，觉得一朵花多年的积蓄与期待，在最后敞开一定是获得过了什么？一定将什么给看破，而把"秘密"大白于天下。可仔细去听，却什么也没听到。仅有它簇拥着的淡淡芳香，面向阳光，偶尔抖动一下陈须。

然而，一朵花分明是隐忍的，是那些善于用无声去对抗外界的唇。它的每一片花瓣，又该用怎样的力和态度去托举，它们有各自不同的朝拜与奔放，不同的理念，在那隐忍的世界，你又如何去为一朵花命名？

衰败，抑或脱落，其实是把手脚收回腹内，把暖还给太阳，雨滴还给乌云。包括所有亏欠的债务，务必要偿还干净。然后像个胎儿，在尘埃和混沌处安坐，抵达某个本源。

你也在保留种子，宛如季节的持续交替和默视众生的轮回。你似乎能感觉到事物中萌动着的另一些你，全新的胞芽、抗体，雀动惊喜的新鲜血液。这就像草丛里的蝴蝶，躲在茧里只为一个适宜的时机。

想重开一朵花，重开更多的花，只想让它们——亘古盛放，不再凋零。

《橄榄叶》（香港）诗报2017年6月

作者——

占森，连云港市灌南县人。江苏省作协会员。"学院风·散文诗群"发起人，作品见于《诗刊》《诗选刊》《诗潮》《草堂》《星星》《绿风》《扬子江》《上海诗人》《中国诗人》《中国诗歌》《星星·散文诗》《散文诗世界》《源·散文诗》《中国魂·散文诗》《江西散文诗》等。入选《中国散文诗》《中国年度作品散文诗》《江苏新诗年选》《江苏省百年新诗选》等选本。著有诗集《三更，敲钟人》。曾获《散文诗》中国网络诗赛两次冠军、大别山十佳诗人奖、太湖风诗歌奖，入围淬剑诗歌奖。

评鉴与感悟——

花开花落本是自然规律，然而不同的人有着不同的感受。"落红不是无情物，化作春泥更护花"，龚自珍用落花表达自己的爱国情怀。"花谢花飞花满天，红消香断有谁怜"，一曲《葬花吟》道出了黛玉心中的苦闷与迷茫。诗人占森却从一朵花开的过程中，看到了隐忍，看到了生命的轮回。"一朵花分明是隐忍的，是那些善于用无声去对抗外界的唇"，诗人用拟人的手法形象地表明花的高洁品质，它遵从内心的信念，在隐忍中绚烂地绽放，不被俗世困扰。诗人写花开便走近花开的现场，以第二人称的方式拉近人与花的距离，借助多变的意象和丰富的想象见证一朵花开的过程。像丝巾晾在天空的肋骨，像岁月的脉搏，像透明的马车，多种比喻形象地展现了花开的过程以及诗人的赞叹之情。诗人不仅是在欣赏花开，而是从中领悟到生命的意义。一朵花开"仅有它簇拥着的淡淡芳香，面向阳光"，它的开放并不是想要获得什么，而是遵从自己的内心，绽放生命的美，这是一种淡然的处世态度，它的凋落并不代表死亡而是如凤凰涅槃般等待重生。（孙冰）

梨花烛照四月天

/张少恩

1

谁说梨花娇柔稚嫩?

四月里的那一天,它们一喊号,就把千朵莲花山扛在肩上。巍峨拨青天,迤逦弹风弦,枝枝衔玉摇银,树树含光吐芳。云雾缭绕,天使蹁跹。人间仙境在千山。我的心随仰望隆隆的上升。我在云间盘旋,俯瞰,要把这缥缈的四月看个遍。

皎皎的鸟啼,冰雪的吟唱擦拭我芬芳的倾听。圣洁的梨花在耀眼的视听里繁荣。不需哲人的点化,箴言的指路和提醒。一片梨花,一片片梨花烛照我梦想的前程。悠远的沉默仿佛萧疏的旷野终于等来了这一场漂亮的大雪,古老而沉重的躯体突然活泛了起来,素洁而摇曳的花枝重赐我青春的妙龄,闪亮的光蕊翻出我幽秘的内心,温婉的明眸使我彻底的倾倒。

这一夜,我在清纯的花间记下生命的诞辰。

2

我急于探求这夜的内幕。意念的白马在月光下腾跃、驰骋,嗒嗒的芬芳穿过我的耳际,融入我的鼻息。我的心灵和肺腑在幽夜里晴空万里。

倾听的细枝低垂,呼吸的渊谷回响。我寓意的彼岸月色芳浓,徘徊之影充满渴意的等候。我欲与你同行，且行且止，迷醉地相拥。你皎然的怀正适宜于我爱的投放。这一夜我不想虚度，我要献上威猛的气息，嘹亮的花香。

月光融融，是喜悦，是灿烂的许诺，不是泪光和浓愁。我在沉醉中分享梨花的圣洁与光荣。众神与此相聚，婀娜多姿的仙女窃窃私语。我欲投奔，怀抱一世的虔诚。

寂静泛白，瓷实的光泽温润而明亮。我渴意的指尖氤氲着春夜的气味，而我不忍触摸羞涩的花瓣，风赐予我的暧昧，正适于月夜的消费。

我的自觉之心乃是灵魂的尊贵。

3

我的心事在梨花上磨砺。思想的闪电终要突破密集的云层。幽幽的光芒将黑暗照亮，不朽的生命需要爱的吐哺与滋养。

风来了，我必须献上激荡与澎湃。无视岸，岸不存在，或者它只在我止息的身边出现。矜持与端肃是石头的造像，我绝不仿效和苟同，我要把美愿与梦想弄得风生水起，烟云弥漫。

我睥睨死水一潭，轻蔑一切的虚荣与虚妄。

春天来了，我要握住她纤纤的素手。她就是我一世的所求，我不能再等另外的盛放。一切就在眼下，我绝不放过，花枝般的炫耀与招展，吐放内心的渴意，献上我热烈的痴狂。撕裂紧闭的硬壳，在袅娜的枝间奔走，为自己的觉醒欢呼雀跃。

我听见每一朵盛开的梨花都在幸福的尖叫。

作者——

张少恩，辽宁作家协会会员。曾在《辽河》《绿风》《海燕》《鸭绿江》《中国诗人》《散文诗》《青年诗人》《天津诗人》《辽宁诗界》《中国铁路文艺》《诗林》等全国多家文学刊物发表诗歌、散文数百篇。作品多次收入《全国年度最佳散文诗集》。先后获营口市政府文学创作奖，北京文学教育类期刊作品奖。著有诗集《雄辩的青春》，作家出版社出版发行。

评鉴与感悟

《梨花烛照四月天》语言繁丽，气象新颖。这首诗在写作上有两个突出特点，一是丰富的修辞运用，二是软硬两种语言质地的碰撞。在修辞上，又以通感和比拟的运用最为突出。例如"皎皎的鸟啼""芬芳的倾听""哒哒的芬芳穿过我的耳际，融入我的鼻息"，通过形容通感使视觉、听觉、嗅觉沟通融汇，使诗歌语言变得立体，带给读者更丰富的诗美体验。诗歌第二节有几个比拟修辞运用得很有趣，如"我的心灵和肺腑在幽夜里晴空万里"、"倾听的细枝低垂，呼吸的渊谷回响"，再如"威猛的气息""嘹亮的花香"则是通感与比拟的综合运用。诗人想象力的驰骋与巧妙修辞的结合，使得这首散文诗中的"梨花"意象能够从文化积淀中脱颖而出，被赋予勇敢、张狂等全新意义。诗歌中充满了梨花传统印象与诗人意志的碰撞，并以软与硬两种语言质地的碰撞为表征。与圣洁、芬芳、柔软的梨花并行的是诸如"盘旋、俯瞰""威猛""嘹亮""隆隆的上升"等常用以表现宏大、粗粝事物的语词。梨花这一意象在这首诗中因而拥有了柔与刚双重色彩。（夏晓惠）

我带走目光如带走私人的油灯

/张晓润

在我身后，腐朽的草垛，它曾年轻过。

阳光过分，雨水过分，收成过分。

再往后，是如盖的树木，它在冬天里陈旧，在春日里新鲜。

它孤独，但拒绝站在村口。每一种坚守，无论身在何处，都有士兵的内胆和外修。

再往后，是焦黄的土地，一整片，集体在没落的村庄后失语。我遍寻泥土的芳香，从有毒的尸体上轻轻踏过。

在异乡，我有外省和故乡的触痛和悲悯。

但我的悲悯低廉，捧不出的昂贵，买不下一个村庄当年的汹涌和澎湃。

一个村庄的创口，袒露在有风北吹的荒野，没有一片药贴，能挡住它的溃烂。

如果黄金金贵而我不喜，我愿意以一枚戒指的粪土，换自然的风水，养一只欢腾的田蛙出来。

拦不住的苍茫一路后退，而沿途的土丘如我磕于尘世的额前的包块。

矮墙、瓦片、树木，以及未被春风擦亮的天空，都将我的背影还给我。

转身，我带走目光如带走私人的油灯。

而绞动衣衫的风和风声，将成为人与村庄的新的绳索。

《散文诗》2017第9期上半月刊

作者

张晓润，陕西省作家协会会员。作品见于《诗刊》《星星诗刊》《诗歌月刊》《诗选刊》《中国诗人》《中国诗歌》《延河》《岁月》《诗潮》《草原》《青海湖》《滇池》《散文选刊》《散文诗》《散文诗世界》《延安文学》和美国《常青藤》等国内外文学刊物。出版散文集《用葡萄照亮事物》。

评鉴与感悟

还乡是背负农耕文明出身的中国人最为普遍的心结情怀。当下较为普遍的还乡困境是，乡土未移，乡村却已在时代变迁中染苍染黄渐行渐远甚至倾颓荒废。诗人站在恍若隔世的曾经乡土中，前瞻后顾也听不到曾经的熟稔；走在异乡，内在的排异自生与身外的隔膜笼罩，只"有外省和故乡的触痛和悲悯"。

乡土创口袒露，乡村溃烂强势。唯有转身，"我带走目光如带走私人的油灯"。悲情如歌泣不成声，悲伤如啸疼痛填膺，悲悯如灯光不及远。诗人能够将失乡之痛和乡村溃败传示得如此触目惊心，其奥秘在于章法上有将乡村寻常生活具象化为独到诗性意象之才情，开掘上有能把现代化进程遮蔽处的灰暗生存和身为乡村之子一代的无奈无何及羞愧退避大字书写之胆略。有时，有必要再次重复，关注现实，目击当下，及物写作，良知在场，这是匡救散文诗虚浮矫情弊端的有效方式之一。在山水景观与自然风物题材的处理方面，努力追寻并发现那些富有人文精神和蕴含时代脉搏的物事与铭痕，也是正途一种，就像张晓润所执信的，"散文诗是架在山与流水之间的桥，我写它，一而再，就是想无论我的脸偏向哪一边，都坚信有事物的呼吸来接应我"。（范恪劼）

今生愿做种荷人

/张瑜

一条横跨苏北大地的灌河之水在天地间驰骋，犹如屋顶升腾的炊烟，透过层层回旋环绕的气雾，一种凝重的来自血脉深处的守望在召唤。

游子们远归的脚步惊醒了天荷源的沉寂，万亩荷塘在夜风中倾诉着沧海桑田的变迁……

看破空花尘世，放轻昨梦浮名。静默着将心融化于这片热土。春种新荷，残红善舞。倾心于小荷与蜻蜓的相偎相依、鱼戏莲叶的浪漫深情，平江无须歌惆怅，明月应是在故乡。

在每一个红尘的渡口，一体青凝不染尘，将十里荷田激荡成镌刻着生命沧桑的史书长卷。

把一生的光阴，铸成时光中恒久的心香。

笑靥如是希望如是生命亦如是

江湖有酒，庙堂有梦。这方土地蕴藏着理想的远方和不灭的星光！

假如说流浪是一种生命的鲜活体验，那么故土就是能让灵魂安然栖居的地方！

也许会有鸟儿失去果香的叹惋，也许会有鹰击长空的梦想，我要的九万里河山是不能代替的远方！万亩荷塘就是红尘中的诗书田园。

就像天上一朵漂浮的云，为了世间一颗行走的草，温情地化为一泓碧潭，把偶然的相望滋养成永恒的雕像。

一花一世界，一草一天堂。披着晨露晚霞，生命中无论是婉转清扬，还是迷津雾渡，坚守一片生息万物的源头，追随光的指引，以一颗朝圣者的心护佑这方土地的纯净、安然。

让现世的微尘与污垢都埋葬在落日的余晖里，倾听花开的声音。

《辽沈晚报》2017年8月22日

作者 ——

张瑜，笔名兰心。1979年10月出生。资深媒体人，国家级期刊社主编，品牌策划人。在国内报刊、杂志上公开发表散文、诗歌、随笔三百多篇。用文字建造精神的桃花源，安放不甘沉沦的灵魂。现居北京。

评鉴与感悟 ——

张瑜的《今生愿做种荷人》书写了在外漂泊闯荡的旅人面对故土万亩荷塘时心绪的平静满足，心境的通透旷达。张瑜的语言有一种古典的美，行文中也有不少古典诗词的化用。诗歌的题目很美。"荷"在中国传统文化中本是"中通外直，不蔓不枝""出淤泥而不染"的形象，又是这方土地的标志。诗人以"种荷人"指代生活在故乡的人和一种宁静致远的生活。"今生愿做种荷人"既是对这方土地的热爱，更是对诗意生活的向往。诗歌在写作上也并不拘泥于礼赞荷花与故土，而是在与故乡一景一物的对话中洗涤了旅途的疲惫与微尘，在熟悉自然的氛围中放松了灵魂，升华出纯净自在的生命境界。"故土就是能让灵魂安然栖居的地方！"张瑜笔下的"荷塘"大概并不仅仅是天荷源，也是留存在每一个人心中的圣洁的故乡。（夏晓惠）

我对人世有很深的爱

/张元

天高云淡，似水年华，我的宿命在寒冬里无望的播种，内心却从来没有放弃过爱的念想。

我们曾费尽心思地想要留住生命中最美好的片段，但是双手却始终握不住时间的这把流沙，这种一寸一寸的折磨，不可挽回地消失在无垠的缝隙，心情在春意阑珊时繁华乱坠，来不及留恋。

那些藏在年月里的旧事，如闪光的陶瓷碎片，虽华美却让人心生憾意。

那些离别的弯钩，钩去了铅华浮饰的污垢，空身独留，万千滋味涌上心头，比光速更快的应该就是物是人非。

我们在静默中转身，刷淡了天边似火的晚霞，把过往都留给了夜空的皓月，如同绽放的茉莉发出淡淡的清香，在黎明中微笑，初心不变。

若来，生活这场华丽的盛宴，不同的我们都会是主角。

若走，阳光依然还会来临，会有新的轮回出现，只差时间。

风中百合纷飞，情不在心头，相爱相离又归宿何方，花零落，成殇。

《散文诗世界》2017年第4期

作者

张元，1994年生于兰州。"甘肃文学八骏"之一。作品见《诗刊》《当代》《地火》《文艺报》《中国诗歌》等百余家文学期刊。出版个人作品多部。获第七届中国高校文学奖、首届中国青年诗人奖、首届牡丹文学奖以及《奔流》《北方作家》《时代文学》等公开期刊年度奖。

评鉴与感悟

写到对人世的爱，诗歌名作很多。张元的这一章，有独特的感受，独特才会清新豁达。"那些藏在年月里的旧事，如闪光的陶瓷碎片，虽然华美，却让人心生憾意"，人生就是有诸多遗憾，但不能因为遗憾就不去热爱，这种反差，最富诗意，自然贴切。

整篇作品的情感呈自然状态，文字的控制和结构的起承转合，都用很有厚度与力感的意象传达出来，在理性与诗情的结合中营造出情真的诗美。念想、留恋、转身，这些关键词明白地告诉我们诗人对人生的热爱，我们看到无论有多少"一寸一寸的折磨"依然会"在黎明中微笑，初心不变"。

难能可贵的是，写人生的诗，很容易写空，或者俗。张元能把握住一种感觉，写出了诗意的纯粹感和超拔感，我想不是凭技巧，而是凭直觉和本能写出了那些句子。使用带有光泽的句子，表达自我成长的心灵图式和生活踪影，并不是每个人都有意识或者有能力做到的事情。

（司舜）

陶　罐

/张泽雄

　　河边，一个汲水女子，一脚踢破露水一样的浅笑。然后弯腰，卷起裤脚，用一罐宁静，洗去岸边的心跳。

　　放下劳累，赶在夜色来临前，把日子小心翼翼地盛进去。

　　典雅的玉兰花瓣，在陶罐上一直开到了现在；

　　还有几只小鱼儿，围着吐水泡，想要游出水面的样子。

　　高处是釉色的天空和絮状的云朵⋯⋯

　　一个女人的梦，就装饰在这只陶罐里。

　　泥土养活了我们。

　　水与火交锋后，泥土成了我们生活中坚硬的一部分，就像长在我们身上的一根肋骨，已无法抽离。

　　帝王，寻找美玉和金属，制作奢华与剑戟；我们靠着泥土作息，直到彻底用完自己。

　　——生活仍如履薄冰。

交出泥土，交出词根上的玄机，我们还有什么？

把陶还给泥土，把泥土还给宿命。

《散文诗》2017年第10期

作者

张泽雄，20世纪60年代出生。诗歌民刊《逐水》主编。作品见于《诗刊》《星星》诗刊《散文诗》《长江文艺》等百余种刊物，作品入选《湖北百年新诗选》《60年长江文艺诗歌选》《中国年度散文诗选》《中国年度诗选》等多种选本，连续多年参加湖北公共空间诗歌展示。作品获诗歌月刊社世界华语爱情诗大赛特等奖、诗刊社全国诗歌大赛二等奖等奖项多次；著有诗集。2015年入选首届湖北文学人才。现居湖北十堰。

评鉴与感悟

《陶罐》如陶罐，具有纯正的诗性质地。从尘世烟尘中浮出的汲水女子，非素朴如初的陶罐如何盛进取泥土之上的日子；日子风来云去，玉兰花瓣暗香不散，陶壁上自在的小鱼一个水泡就荡漾出多少劳作一族的无限梦寐和极易满足。这时候，仰观必见天色如釉，俯察定见香梦在陶。于是，泥土的真谛和生命的真相就在触摸一根肋骨的柔然中触响坚硬。脆薄的依然是生活，如果必须且必是，陶罐为证，"把陶还给泥土，把泥土还给宿命。"

意象晓晦而精神晓灵，技巧圆润而成品澄润。诗人长于生存命脉的诗意观照、生命轮回的诗性演绎、生活本相的诗情笼罩，通过诗思的贯穿与跳跃、诗藻的驰骋与拼贴，一尊浮荡在时光流波中的陶罐，盛进生活之轻亦还足生命之重。（范恪劼）

那　儿

/张作梗

我离开那儿很久了。

——我离开那儿以被那儿的人或物不断遗忘的方式。

我离开那儿，然后写信给一个无头人——重启一个时空模式：让我找到新的地址和另一个身体的邮政编码。

我持续离开：先是以伤仲永、榴梿、苦艾、河流断裂，继之以落日、不断改变的口音、典当行、秋兴和偏头痛。

那儿是哪儿？有我雨水中的指南针吗？有铁蒺藜的谷仓圈养领章、帽徽吗？——我从那儿始发，但从不知道始发站在哪儿。

我存有那儿的一叠发票，都是购买生存所需。泛黄的数字退隐到一个漏雨的年代，变成饥饿、疾病和穷困。

我摸出衣兜里的体温。这体温记录了那儿的寒冷。锁孔被冻死，马嚼着马槽里的星光。十个逃亡者被风雪押回，满眼冰碴。

然而那儿是哪儿？是火车头的嘶鸣还是马车尾的静默？我持续离开，

又好似无尽地在返回。一个影子跟踪我，一个

时间的挂钩：酷似那儿。

《诗潮》2017年7月号

作者 —— 张作梗，祖籍湖北。作品散见《诗刊》《红岩》《花城》等多种报刊，有诗入选多种选本，部分作品被译介海外，获《诗刊》2012年度诗歌奖。曾参加诗刊社第二十四届青春诗会，第十六届全国散文诗笔会。现居扬州。

评鉴与感悟 —— 张作梗本身是一位"成熟"的诗人，在散文诗写作上也显示出其驾驭语言的能力。《那儿》的篇幅不长，但却透出一种冷静和哲思的意味。以第一人称"我"的口吻展开叙述，是讲述，也是自己与内心展开的一场对话。"我"以"伤仲永""河流断裂""落日"等等方式离开"那儿"，抽象的行动变得可感起来，每一种离开"那儿"的方式都是不可逆转的。"我持续离开，又好似无尽地在返回。"这些看起来矛盾的"疯话"好像"毫无道理"，但细细品味，却又在情理之中。且不去说"那儿"到底是"哪儿"，只是一路离开，一路追问，一路返回，一路上，"一个影子跟踪我。一个时间的挂钩：酷似那儿。"至此，我们才如梦初醒，在作者呓语般的自述自话中才知道，"那儿"就是过往的时间，是逝去的童年，是每一次悲伤，是那个过去的自己，是"我"来的地方，也将是"我"的归处。
节制的叙述中给人以启迪之思，这是优秀的散文诗作品应有的品质，也是张作梗散文诗的闪光之处。（蓝格子）

鲲鹏飞，让蚊蝇蒙羞

/周庆荣

前途演变成一双翅膀。

当天空收藏了星星的呼吸，夜真的已经很深。

地面上的情况已存在多年，河床上升，淤泥积累了经验。夏天的形势包括了暴雨，洪水是否能够被拒绝？

天空是我的整个前途，它不能交给苍蝇和蚊虫。

蚊蝇聚焦，如同秘书们在开会。险峻的峰峦它们无法飞越，而人间的冬天它们只是负不了责任的尸体。天空怎么能给予它们飞翔的权利？

传说中的鲲鹏，你何时走进现实的真切？

双翅就是未来的世界。一击荡开迷雾，再一击破局腾空。由于飞翔的力量足够大，一切现实的重因此能够拔地而起。土地的队列里，站着高山、丘陵，匍匐着沼泽、沙漠，正直的稻谷此刻遭遇稗草。地形复杂，它影响着人心。

鲲鹏应该出现。

它飞得高，模糊地面上的障碍；它看得远，目光可以抵达天空的边缘。好结果坏结果，一双翅膀就是导师。

《有温度的人》四川文艺出版社2017年5月版

作者

周庆荣，笔名老风，故乡在苏北废黄河畔。平生以真诚之心待人，读书写作为一大快事，别无所求。固执地相信时间是唯一的客观与公正，包括时间里的友谊和善良。

评鉴与感悟

散文诗一直存有争论，在散文的舒展与诗歌凝练中谋求平衡，似乎是件费力不讨好的事情。但周庆荣无疑是这种文体最有力的开创者之一。

散文诗长于抒情，但仅有感性抒情，未免掉入单薄的藩篱。若重于论理、思辨，又会失去诗味的蕴藉。周庆荣在长期的文体实践中，走出了一条独特的道路，高屋建瓴，往往将隐匿于芜杂万象中的"真经"，予以还原、提炼，以开阔视野，宏阔胸怀，在具象与抽象里，用诗性的笔触，水到渠成地描摹出多重的生动画卷。

此篇散文诗，是庄子浪漫主义意象鲲鹏代表的再诠释。开篇翅膀、天空、前途，就预设了一个哲学高度的语境。诗歌惯用的象征、隐喻艺术手法，一开始就切入正题。这样的语境，在这个时代，让我们主动思索个体与群体、个人与国家命运的关系。

然鲲鹏和蚊蝇这对矛盾命题，让读者充满期待：诗人是如何艺术性地演绎高贵与猥琐，高瞻远瞩与鼠目寸光。

在面临险峻、危难之时，一个人需要勇气、担当，一个群体、社会则需要智慧和策略。联系现实，这样的语境里鲲鹏的象征意义显而易见。

在泛经济化物欲喧嚣的时代背景下，这样的文字无疑具有醒脑提神，给予读者智慧阅读，深层次思考的功效。鲲鹏不仅是蚊蝇蒙羞的参照物，于个人而言，它更是勇气、品格的象征，于社会群体而言，它是人文精神的重塑。去苟且，信磊明，去盲从，信理性。从这个视角看，此篇散文诗凸显硬朗、雄健之美，诗意饱满而丰盈。（鲁侠客）

磨刀人

/周长风

腊月里，那个磨刀人又来了。

那些手艺人中，那个磨刀人最受欢迎了。他的腰间别着一只烟袋，他身材中等，看上去干净利索、非常劲道的一个人。他特别受到小孩子们的欢迎。现在想想，那些小孩子欢迎他，真的是一点理由也没有。那一把把生锈的菜刀，被女人从各家各户拿出来，旁边总是跟着一个男孩或者女孩，簇拥着，像护送一件宝贝似的把它递到磨刀人手里。

那些常年茹素的菜刀，大都有一副贫瘠消瘦的面容，浑身带着病恹恹的铁锈，跟我们后来在饭店厨房看到的肥厚阔大、油光锃亮的厨师刀不同，也跟我们在菜场肉案上看到的砍刀不同。那个磨刀人一点也没有蔑视这些菜刀的意思，他很郑重地接过来，按顺序排好，就开始磨刀了。一整个下午，小镇土街的上空，都回荡着刀子剪子撕裂的叫喊声，像一头头绝望待宰的小猪仔。

磨好的刀剪，重新被一家家女人和孩子领走，磨刀人脸上露出轻松满意的笑容。这时，他往往从腰间取下那只烟袋来，很舒服地抽上几口。他布满皱纹的脸，不一会儿就被一小团呛人的烟雾所笼罩。磨刀人抽完烟，把凳子扛上肩头的时候，已是黄昏时分。

这时候，家家户户都传来呼呼啪啪剁案板的声音，一声嘹亮的"磨剪

331

子来戗菜刀"，把过年的气氛烘托到了高潮……

《散文诗》2017年第6期

作者 ——

周长风，1964年生。鲁迅文学院学员，江苏省作家协会会员。作品散见《诗刊》《花城》《星星》《诗神》《诗潮》《上海诗人》等刊物，入选多部选集，出版诗集《隔着岁月的倾诉》《这些年你到哪里去了》。现居杭州。

评鉴与感悟 ——

一把锈蚀的菜刀，在宁静的小山村背景下，被一位走街串巷的磨刀人，磨出了腊月的温情，磨出了久违的农耕时代田园生活的星光。

善于营造特殊时代环境，善于描摹磨刀人动作举止、装束，善于细节的刻画，让小镇居民和磨刀人以及黄昏落日有机的组合，勾勒出一幅烟火气息浓郁的暮色图。

散文诗末节象声词的运用，砰砰啪啪的剁案板声音，也烘托渲染出腊月新年的立体欢乐气氛。（鲁侠客）

秋风中的狗尾巴草

/祝成明

我又来到了这个山坡。

狗尾巴草在秋风中摇摇晃晃，呼呼地喘气，像醉酒的人。

一群大雁紧拍着翅膀，往南飞，甩下几粒孤单的鸣叫。

草丛中露出一抔土，父亲蹲在这里，安静，孤单。

山脚下的田野和村庄，似乎没有变化过，草木照常荣枯，炊烟依旧升起，流水昼夜不息地奔向远方。那里曾经有一个躬耕劳作的身影，有一位热爱庄稼、炊烟和孩子的男人，如今，他去了另一个世界，不知天堂里，是否准备了一个大号的酒杯？酒杯里荡漾着的，是疼痛，还是思念？

我会想起童年，和父亲在这里砍柴。那时的父亲，年轻而健壮，黝黑的脸上汗水流淌，打湿了脚下的土地。

我还会想起一位叫琴的女孩。在这里，我折了一个青翠的草戒指，戴在她的手指上。

只有风吹着我悲伤的回忆和怀念。

我俯下身子，狗尾巴草擦过我的脸庞，有点痒，有点痛。

我闭上了眼睛。这样的季节，除了把苍凉交给秋风，把爱情交给落日，别无选择。

月光升起来了，我慢慢摸下山。

回家的路上树影憧憧，虫鸣唧唧，远处灯火闪烁，我好像穿行在一场梦中。

作者

祝成明，男，1973年7月出生，江西广丰人。文学硕士。广东省作家协会会员。做过十年乡下中学教师、群艺馆职员、报社记者、杂志编辑。现客居东莞。已在《诗刊》《中国校园文学》《山花》《北京文学》《青年文学》《星火》《文学港》《星星》《诗选刊》《诗歌月刊》《青海湖》等刊物发表习作六百多篇（首），有诗作入选各种选本。已出版诗集《河流的下游》、散文集《九楼之下的城市》。

评鉴与感悟

祝成明的散文诗仿佛流淌的河流，看似平静却蕴含变化，多读便会发现其丰富的世界。首先，在意象的选取上，诗人以狗尾巴草为中心意象。这是一种田野中随处可见且生命力顽强的植物，也是乡村的典型符号代表。诗人不落俗套，以狗尾巴草自喻，自己便是那山坡上醉酒且痛痒的狗尾巴草，以此传达出诗人对乡村的复杂情感。此外，祝成明在回忆式的独语中，不断变化视角，从眼前的狗尾巴草到天上南飞的大雁，再到远处草丛中的父亲以及山脚下的乡村，空间在诗人的笔下不断变化，回忆飘散在每个角落。空间牵引着时间也在移动，对父亲的怀念，对懵懂爱情的回忆，最终都只是归于"秋风"与"落日"，是一种"逝者如斯"的感慨。童年时代烙印在我们每一个人的生命轨迹中，不可磨灭，且会随着时间的推移，变得愈加深刻。祝成明在一次归乡的探访中，陷入时空的漩涡，那时的人与情喷涌而出。诗人的高明之处在于，他并没有停留在回忆这个表层，而是透过回忆思考我们在人生的漂泊中，伴随着的是如年龄般的生长还是如某些情感的陨落，别无选择呢？在一场梦呓般的回忆中，祝成明承载的是更广阔的世界，是诗歌的美学维度与哲学向度的结合。（李及婷）

一位女博士头顶的帽子

/转角

蔷薇提心吊胆地开了，她恰好开在一位女博士头顶的帽子上。

吊灯一样摇来摆去。

一些嘈杂与惊恐袅袅传来，自远方的地平线，自人的肺腑……撕扯这世上唯一一个高学历的女人。她光芒的头发是卑劣者唯恐避之不及的灾难，她光辉一样的眼神洁净得容不下宵小之徒一丝裸视……

可以说春天是被一群南来的燕子聒噪得不得不降临到松花江上的。

我也是。

那丛芦苇从干枯的深褐到薄雪融化后的焦黄像极了一朵探春的蔷薇，刚好开在女博士的鬓角——

那颜色，恰到好处地湮没了浮沉中的我。

《诗潮》2017年6月号

作者 —— 转角，70后，作品多次在《诗刊》《诗潮》《青年文学》等刊物发表。获第八届中国散文诗天马奖等多种奖项。著有散文诗集《荆棘鸟》。现居绥棱。

评鉴与感悟 —— 《一位女博士头顶的帽子》巧妙之处在于将"女博士"悸动又敏感的心绪物化为独具视觉与情感冲击力的具体场景、声音、神态和外貌，将那种难以言说的复杂情感婉转表露，但却颇具张力。诗歌一开篇就让人眼前一亮。"蔷薇提心吊胆地开了"运用拟人手法，但这枝开放的蔷薇却也是"女博士"感情的比拟。爱情的发生美好又紧张，更何况她"恰好开在一位女博士头顶的帽子上"，这足以让人紧张得像"吊灯一样摇来摆去"。有意思的是诗歌中的"女博士头顶的帽子"，这很容易让人联想到博士帽，它是"女博士"身份与荣耀的象征，但却也是偏见的所在——偏见者给"女博士"扣了一顶帽子。诗歌的第二节刻画了这种矛盾，在偏见的声音与女博士内心声音的激烈冲突中，诗人透露出春天到来的被迫性。这也就不难理解为何诗歌最后一节"探春的蔷薇"颜色"焦黄"了。这首诗歌的写作充满了戏剧性，一系列矛盾与冲突——"蔷薇"与"女博士""光芒"与"灾难""芦苇"的"焦黄"与"探春的蔷薇"……戏剧性地刻画了一位女博士的微妙"爱情"。作者以象征爱情的"蔷薇"开篇和结尾，但这并不是一首简单的爱情诗，而是对当代女性知识分子生存状况的侧面书写。（夏晓惠）

纪念日

/庄庄

从晨光中醒来是件艰难的事：如若死亡的钟摆稍稍偏左，心，便会在轰然的鸣响中归于寂静。

这一日的雨水，已下了多年，若命的游丝，又像是某种平静的反光。

他总会回来。我盯视着雨水，一滴一滴打在门前的小池塘里，仿佛对家园的柔声拍打、抚慰。或是父亲，疲惫的手指在表达他的谢恩？

"他的背离，乃是因为大地的法则。"

"然而，他已把自己投射在这里。"

暮春，村子浸在玉一样的苍翠里。仿佛什么也不曾发生。他穿青衣，背着双手，从房前到屋后，从菜地到田间，仿佛一个巡视土地的王——没有边界的王。我默念的祷词如雨中的苦楝花，无声无息的白、紫；又如深埋的骨殖散发幽香。他如今，已炼成草木之心，在春风里，在澄明里，跳荡如昔。

哦，隐匿的证人！时在云端，一双慈目，潺潺若清泉。我在低处，在满溢的溪谷，赶赴一场泉水之约。

当深泉溢过头顶，我终于得以浪花中永居。

《诗潮》2017年4月号

作者

庄庄，原名庄银娥，湖南益阳人。曾参加第七届、第十届全国散文诗笔会。出版诗集《隐喻》。

评鉴与感悟

这是一首情真意挚的亲情缅怀散文诗。作者借雨水，铺展开情感的脉络。如果不仔细阅读，我们很难发现作者内心涌动的情感潮汐。

父亲一直没走，他只不过去了很远的地方，在春天，尤其是雨水轻落人间的时候，父亲的身影又重新出现，作者笔下的诗意是醇厚、绵长的。

他在田间地头，他在春天的家园附近，并以神的姿态出现。在父亲回归的塑造上，一种祥和的宗教气氛始终围绕在字里行间。它让读者读出一种思念的炙热。

尤其感人的是末节，泉水寓意父爱的博大，父爱永存的情愫，像每晚夜色淹没了尘世，无处不在。（鲁侠客）

鸡矢藤

/子薇

走过了天井，走过禅房，走入大自然的怀抱。

遇见亲密的植物，习惯以拥抱代替心照不宣。彻底安静，俯下身。说一些惆怅，一些蚯蚓听得懂的轻声细语，一些白雪覆盖原野的思念。

茫茫人海一别经年便是遥遥无期。路上的惊喜也会时常惠顾，比如此刻，这碎碎念的植物唤作鸡矢藤。

像号角，小喇叭踮起脚尖，稳稳地吹出这一季的清风，一弯明月下的鸟雀声。

紫色花蕊，蓬松的白色蕾丝裙裾，仿佛高贵的小妇人，懂风情，不张扬。风吹，她妩媚，风不吹，她安静。

无论仲夏还是秋分，鸡矢藤的初叶抑或是褐色根茎，都是入药的瑰宝，治病救人的良药。在我收藏的中药材植物宝典里，我慎重地把它排列在鼠尾草之后翅荚决明之前。

《西桥东亭》2016年5月21日

作者

子薇，本名陆群，上海人，生于1969年11月。上海市作家协会会员。喜阅读、植物摄影、书法篆刻等。诗文散见于《诗刊》《星星》

《诗歌月刊》《诗林》《诗潮》《诗探索》等。诗歌入选《2013中国年度散文诗》《2013年中国新诗排行榜》《2014年中国新诗排行榜》《2015年中国新诗排行榜》等。出版多部诗集。2015年6月参加上海市第四届青创会，2016年获首届上海国际诗歌节诗歌大赛奖。任职于中国特色小镇车墩社区文化活动中心。

评鉴与感悟

子薇喜爱植物，以植物入诗，被尊称为"花草姐姐"，植物是她散文诗创作的主角。在《鸡矢藤》中诗人与自然相拥，发现普通甚至有些卑微的植物鸡矢藤，内心涌起无限的亲切之感，与之为友，诉说内心的思念。诗人赋予鸡矢藤美好的女子形象，素雅、淡然、安静、浪漫。就是这样一个女子静等时光，默默盛开，在必要的时候奉献出自我。鸡矢藤被诗人赋予了美好的情感，可见诗人对于这植物的热爱。同时在诗歌中子薇构建的植物世界，也是自己的精神空间。在植物的世界里诗人是自由的，安静的，放松的，可以摆脱生活的困扰，现实的枷锁，安安静静的做一个时光的陪伴者。清风，明月，伴着自然的美妙的旋律，诉说自己的思念，回忆美好的往事。内心的情与思都融化在了这美好的自然之境中。

子薇的诗歌充满了自然之气，字字都透露着自然的气息，传来阵阵清香，令人久嗅不倦。这是她诗歌创作的独特风格，在漫不经心中透露出生活的哲理。她总是能够发现世间最普通但最具真性情的东西，正如她笔下那些卑微却别具风格的植物。她赋予它们情感，并且与它们心照不宣，成为知己。诗歌没有华丽的语言却在朴实中散发出美妙而细腻的诗意，令人感到恬静的自然之美。（吴彦杰）

金帐汗

/邹冬萍

1

尽管，站在金帐汗牧场的草地上，云朵依然是悠闲从容的姿态。在我心里，却如狼奔豕突的古战场，风起云涌，草木皆兵。

如果可以，请允许我在一声长鞭的甩动中回到元朝，做一名阴山下放牧的女子。

如果可以，请允许我大声唱着额吉传给我的歌谣，以甜美的歌声，诱引林间的云雀成为我的知己。

如果可以，请允许我背起额祈葛的弓箭，不射大雕山鹰，只射云朵。我要借云的温暖，缝制一件大刀砍不进、长矛戳不破的铠甲，送给我心目中的巴特尔。

如果可以，请允许我在月夜里期待你的归来。等待你为我奏响马头琴，而我，将用一生的时间，为你跳上一支舞。

如果可以，我会穿上你送的嫁衣，端端正正地坐进勒勒车，等着成为你最美的新娘。

莫日格勒河啊，曲折向前。可是，再曲折的河水，终究曲折不过女孩儿家的玲珑心肠。

2

金帐汗，记录了一位民族英雄的骄傲。他是草原之鹰，在长生天的护佑下，凭借一杆长鞭，一柄弯刀，一匹骏马，完成一位伟男子的图腾。鲜血与白骨，堆砌成王的金字塔；部落与氏族，纷争与兵燹，共同构筑成王的霸业。

历史，记住的永远是胜利者。

留给失败者的，唯有史页中轻描淡写的那一笔。至于眼泪和悔恨，和失败者一样，在历史的长河中难有一席之地。

3

曾经的古战场，成吉思汗秣马厉兵之地，在一部部影视剧里重塑血肉之躯。

星空下，河水蜿蜒，芳草如茵。是谁，在一缕炊烟里吹起一支短笛，召唤逝去的英灵回到了故国？

晴空下，白云朵朵，牛羊遍地。是谁，在风地里结绳记事，打开花开花落的结局？

4

而今的金帐汗，在一场表演的角力赛中走向了沸腾。

风萧萧兮易水寒，多少战士一去不复还。

此刻，鼓声擂，马长嘶。只是，这一切，早与战争无关。

此时，铃声响，跳大神。只是，这场法事，与萨满亦无关。

《散文诗》2017年第5期上半月刊

作者 —— 邹冬萍，江西省作协会员。各类体裁作品散见于《星星诗刊》《诗选刊》《延河》《天津诗人》《散文百家》《佛山文艺》《创作评谭》《散文诗》《星火》《红豆》《江西日报》《参花》《知音》等百余家刊物。有作品入选《中国年度优秀诗歌2016卷》《中国年度优秀散文诗2016卷》《安徽文学诗歌年选2016》等多种文集。诗文多次获奖。

评鉴与感悟

邹冬萍的这组诗歌用浪漫主义的笔触真实地反映了草原的人文自然风貌，她将草原长调的韵律，现代诗歌的技艺和超现实主义的想象力完美地结合起来。诗人将自己化作放牧女郎，等待骏马归来的青年，她没有弯弓射雕的野心，一心期待奏着马头琴的人。她对草原的挖掘，是用诗歌和音乐的复调来显现的，那琴声悠扬的抒情特性和最常见的"金帐汗""莫日格勒河"、遍地牛羊骏马，是草原辽阔豪迈的精神之光。可诗人并不满足于此，回顾烽烟马鸣，鲜血与白骨，唤起人道主义的温情凝视和关怀，由此她突破了人文主义的理性传统。诗人敏锐、清澈的诗歌努力，为我们彰显了诗歌本身的属性——言志抒情。诗人以自我的抒情、爱和记忆，巧妙地展现了自然、生命本源和命运的哲理走向。诗的最后，鼓声和马嘶，铃声与跳大神，几千年流传下来的文明习俗，失去了本有的含义，古老文明的承载功能走入了荒芜。无疑，诗人充满着忧虑，这种忧虑笼罩着当今的生存环境。现实主义的再现于诗歌的后半部已超越了浪漫主义的憧憬，丰富了散文诗的诗体。（司念）

迷

/左右

玉米像枪弹一样，在农院门前，闪烁着去年冬天金色的伤口。

石磨早已年迈，脱落了牙。只是此时，还有一匹老马，低着头，眼睛里腾出黑暗的忧伤。它和一条绳，一起渡过了二十年的时光。

树叶子从天空飘下来的速度，越来越累。它应该像我姑姑那样，搬一张石凳，在农院门口，好好睡上一觉，带着很深的鼻响。

这些谜一样的牵牛花，含着露珠的泪水，在开出它幸福的热恋之后，习惯过着背井离乡的日子。

谜一样的农院。那些深深堆积的灰尘，正慢慢变为来年冬天即将下着的雪。

所有的植物，都在净化与沐浴天空，为老去的时间超度，划出一条白茫茫的路。

《上海诗人》2017年第3期

作者

左右，1988年生于陕西商洛。出版诗集六部。2016年参加《诗刊》社第三十二届青春诗会。现居西安。曾获第二届"紫金·人民文学之星"诗歌佳作奖、第四届柳青文学奖等奖项。

左右的诗歌纯净、自然，充满着原始美，淳朴美，散发着浪漫主义的气息。品读左右的诗歌不会猜到这些阳光的字眼出自一位无声的创作者。左右在无声的世界里最大限度地用足了自己的触觉、嗅觉，视觉，创作的诗歌充满了灵气与生动。在《迷》中诗人选择的众多意象，出自他熟悉的农村生活，这些意象是农耕文明的典型代表。受伤的"老玉米"，年迈的"石磨"，忧伤的"老马"，飘落的"树叶"，迷一样的"牵牛花"，迷一样的"农家小院"，堆积的"灰尘"，一幅农村生活的图景生动地展现在人们的眼前。诗人用丰富的想象力给予这些事物拟人化、生命化。它们简单普通但是深含底蕴，极富有生命力，拼尽全力去生存。它们经过岁月的洗礼，超越了苦难，寻找着自己的归路。

诗歌中有岁月流逝的沧桑感，经过岁月淘洗留下来的自然之物的沉淀感，字里行间流露着诗人对于乡村生活的怀想，对于自然之物的热爱，对于生命的热情，对于苦难的超越。诗人在朴实干净的诗歌语言中唱出了一首不朽的生命之歌。（吴彦杰）

声　明

　　本套《北岳年选系列丛书》，收录了本年度众多优秀文学作品及文化时评类文章。在编选过程中，我们及各选本主编已尽力与大多数作者取得了联系，但仍有部分作者因故未能取得联系。见此声明，烦请来电，以便奉送薄酬及样书。

联系人：王朝军

电　话：0351—5628691